泉州文庫

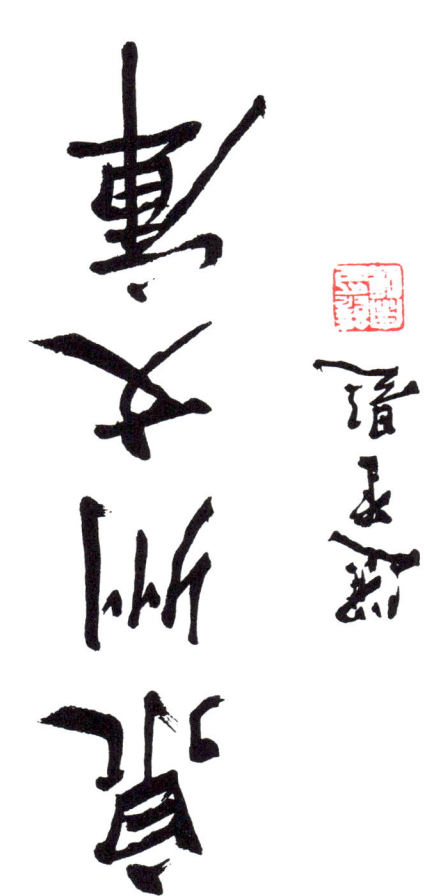

選堂題

（清）龔顯曾 著
謝如俊 陳瓊芳 點校

薇花吟館詩存
亦園脞牘

泉州文庫整理出版委員會
商務印書館

前　言

泉州建制一千三百多年，爲中國歷史文化名城和古代海外交通的重要港口。"比屋弦誦，人文爲閩最"，素稱海濱鄒魯、文獻之邦。代有經邦緯國、出類拔萃之才，歐陽詹、曾公亮、蘇頌、蔡清、王慎中、俞大猷、李贄、鄭成功、李光地等一大批傑出人物留下了大量具有歷史、文學、藝術、哲學、軍事、經濟價值的文化遺産。據不完全統計，見載於史籍的著作家有一千四百二十六人，著作多達三千七百三十九種，其中唐五代二十九人三十二種，宋代二百人三百九十一種，元代二十一人四十種，明代五百三十六人一千五百八十五種，清代六百四十人一千六百九十一種；收入《四庫全書》一百一十五家一百六十四種，《四庫全書存目叢書》五十六家七十四種，《續修四庫全書》十四家十七種。二〇〇八年國務院頒布第一批國家珍貴古籍名録，屬泉人著述、出版者十三種。

遺憾的是，雖然泉州典籍贍富，每一時代都有一批重要著作相繼問世，但歷經歲月淘汰、劫難摧殘，加上庋藏環境不良，遺存至今十無二三，多成珍籍孤本。這些文化遺産，是歷史的見證，是泉州人民同時也是中華民族的寶貴文化財富，亟待搶救保護，古爲今用。

對泉州地方文獻的搜集與整理，最早有南宋嘉定年間的《清源文集》十卷，明萬曆二十五年《清源文獻》十八卷繼出，入清則有《清源文獻纂續合編》三十六卷問世。這些文獻彙編，或已佚失，或存本極少。二十世紀四十年代，泉州成立"晋江文獻整理委員會"，準備整理出版歷代泉人著作，因經費短缺未果。八十年代，地方文史界發起研究"泉州學"，再次計劃編輯地方文獻叢書，可惜後來也因爲各種條件的限制，其事遂寢。但是這兩次努力，爲地方文獻叢書的整理出版做了準備，留下了珍貴的文獻資料和書目彙編。

二〇〇五年三月，中共泉州市委、泉州市政府決定將地方文獻叢書出版工作列爲國民經濟和社會發展第十一個五年規劃的一項文化工程。翌年,正式成立"泉州地方典籍《泉州文庫》整理出版委員會",着手對分散庋藏於全國各大圖書館及民間的古籍進行調查搜集,整理出《泉州文庫備考書目》二百六十七家六百一十四種,以後又陸續檢索出遺漏書目近百家一百八十餘種。經過省内外專家學者多次論證,最後篩選出一百五十部二百五十餘種著作,組成一套有一定規模、自成體系、比較完整,可以概括泉人著作風貌、反映泉州千餘年文化發展脉絡的地方文獻叢書,取名《泉州文庫》,二〇一一年起陸續出版發行。

整理出版《泉州文庫》的宗旨是:遵循國家的文化方針政策,保護和利用珍貴文獻典籍,以期繼承發揚中華民族優秀文化傳統,增進民族團結,維護國家統一,提高民族自信心和凝聚力,加强社會主義核心價值體系建設,增强文化軟實力,爲泉州的物質文明和精神文明建設服務。

《泉州文庫》始唐迄清,原著點校,收録標準着眼於學術性、科學性、文學性、地域性、原創性、權威性,具有全國重要影響和著名歷史人物的代表作優先。所録著作涵蓋泉州各縣(市、區),包括金門縣及歷史上泉州府屬同安縣,曾在泉州任職、寄寓、活動過的非泉籍人氏的作品,則取其内容與泉州密切相關的專門著作。文庫採用繁體字横排印刷,内容涉及政治、經濟、歷史、地理、哲學、宗教、軍事、語言文字、文化教育、文學藝術、科學技術等領域,其中不乏孤稀珍罕舊槧秘笈,堪稱温陵文獻之幟志。

值此《泉州文庫》出版之際,謹向各支持單位、個人和參加點校的專家學者表示誠摯的感謝!由於涉及的學科和内容至爲廣泛,工作底本每有蛀蝕脱漏,加之書成衆手,雖經反復校勘,但限於水平,不足或錯誤之處還是難免,敬請讀者批評指教。

泉州地方典籍《泉州文庫》整理出版委員會

二〇一一年三月

整理凡例

一、《泉州文庫》（以下簡稱"文庫"）收録對象爲有關泉州的專門著作和泉州籍人士（包括長期寓居泉州的著名人物）著作，地域範圍爲泉州一府七縣，即晋江（包括現在的晋江市、石獅市、鯉城區、豐澤區、洛江區）、南安、惠安（包括泉港區）、同安（包括金門縣）、安溪、永春、德化。成書下限爲一九四九年九月以前（個别選題酌情下延）。選題内容以文學藝術、歷史、地理、哲學、政治、軍事、科技、語言教育等文化典籍爲主，以發掘珍本、孤本爲重點，有全國性影響、學術價值高、富有原創性著作優先，兼及零散資料匯總。

二、每種著作盡量收集不同版本進行比較，選擇其中年代較早、内容完整、校刻最精的版本爲工作底本，并與有關史籍、筆記、文集、叢書参校，文字擇善而從。

三、尊重原著，作者原有注釋與説明文字概予保留。後來增加者，則視其價值取捨。

四、凡底本訛誤衍漏，增字以［　］表示，正字以（　）表示，難辨或無法補正的缺脱文字以□表示，明顯錯字徑直改正，均不作校記。

五、凡底本與其他版本文字差異，各有所長，取捨兩難，或原文脱訛嚴重致點讀困難，或史實明顯錯誤者，正文仍從底本，而於篇末校勘記中説明。

六、凡人名、地名、官名脱誤者，均予改正，訛誤而又查不到出處之人名、地名、官名及少數民族部落名同異譯者，依原文不予改動。

七、少數民族名稱凡帶有侮辱性的字樣，除舊史中習見的泛稱以外，均加引號以示區别，并於校記中説明。

八、標點符號執行一九九六年實施的國家《標點符號用法》。文庫點校循新版二十四史及《清史稿》例，一般不使用破折號和省略號。

九、原文不分段者,按文意自然分段。

十、凡異體字、俗體字、通假字,如非人名、地名,改動又無關文旨者,一般改爲通用字;異體字已經約定俗成、容易辨認者不改。個别著作爲保持原本文字語言風貌,其通假字則不校改。

十一、避諱字、缺筆字盡量改正。早期因避諱所産生的詞彙成爲習慣者不改正。

十二、古籍行文中涉及國家、朝廷、皇帝、上司、宗族等所用抬頭格式均予取消。

十三、文庫一般一册收録一種著作,篇幅小的著作由兩種或若干種組成一册,篇幅大的著作則分成兩册或若干册。

十四、文庫採用横排、繁體字印刷出版。每册前置前言、凡例。每種著作仿《四庫全書》提要之例,由編者撰寫《校點後記》,簡略介紹作者生平、著作内容及評價、版本情況,説明其他需要説明的問題。

泉州地方典籍《泉州文庫》整理出版委員會辦公室

二〇〇七年二月五日

目　録

薇花吟館詩存

序

身居杜曲，相逢尺五之天；手植薇花，剛上初三之月。九霄風露，曾醉金莖；一片宫商，如聞玉珮。得江山之清氣，爲臺閣之雄文。韋郎新賜纈袍，小宋能脩椽燭。矧覘門地，祖硯親摩；更侍庭闈，父書善讀。此我詠樵太史後，有作者稱極偉歟！君以幼慧，器於鄉閭。張湛本屬聖童，微之呼爲才子。看花綺陌，塵是軟紅；視草金鑾，衣猶慘緑。開徑時來三益，借書寧靳一瓻。歡伯不空，十石可供嘯傲；長恩在祀，百金能購散亡。集六代之笙簧，貫百家之珠琲。入座爲王、楊、盧、駱，取材必邱、索、典、墳。綜厥大成，裒兹傑構。夫主臣可頌，荷旃獨數子淵；而譎諫能文，執戟猶資曼倩。贊雲臺者，既思上將；歌清廟者，當念生民。信史可傳，名山勿虚著述；吾儕未老，大塊自有文章。風雅能師，江河不廢。上可敚浯溪之筆，下無負監門之圖。願進一籌，期公千古。嗟余薄宦，愧此壯夫。問西嶽之天，曾通呼吸；誦南箕之句，何補酒漿。蒓菜懷歸，敢云作達；刺桐話舊，幸有同心。誰爲七子應、劉，望蓬萊於絶頂；此即五言蘇、李，寄河梁之相思。

同治戊辰秋日，同里楊浚雪滄倚裝題於宣武城南漢十五鏡齋。

序

夫咀終北之神瀵，豐厨失腴；聆洗東之浮金，下里屏俗。飲杜而肝腸如浣，歌商而金石皆淵。由苦得甘，味外有味；返虚入渾，聲於無聲。醰醰乎嗢書鼎而華，渢渢乎比樂府而韻，殆我龔君詠樵編修之詩乎？君筍江挺粹，荔鄉發靈，翦髫能製月儀，挽鬟解對日食。時令祖春溪先生冠冕人羣，山斗鄉望，授之鐵硯，寵以銅檠。廷尉紹休乎子荆，拾遺繩武乎必簡，有同美焉。遹登賢書，洊陟翰苑。諷洛陘步月詠，驚爲神仙；攄昆池夜珠篇，壓其曹耦。微雲疏雨，則拍張浩然；殘雪斷冰，則推挹仲武。固已名飛日下，集富篋中矣。已而奉諱家弄，寫經禮堂。唾棄鞶帨之辭，鑽枅根柢之學。凡夫星經、方志、樂苑、陣圖、聲類、字林、泉譜、鼎録、魁紀、澀句、顯節、逸文，莫不弋墜鉤沈，襟奇襭奥。詳顔籀不詳之注，讀張華未讀之書。著述等身，耆英斂手。會吾浙章果堂年丈典郡泉州，聘主清源書院，蓋春溪先生舊講席也。春風如昨，先生殁，諸生以“春風如昨”額於院中。祖竹襲其清芬；盆水甫盛，牡丹貺其嘉瑞。傳璞幸相如同時，恨顔子異國。思結千里，神交廿年。忽報賢蹤，乍臨敝地。馬寔投刺於王暢，弗厭留連；尹敏對案於班彪，浸忘暝旦。因出所著《薇花吟館詩存》相質，并索以言。雒誦全編，境蓋三變。當其捶琴露初、刻燭星晚，麗不葩粉，苦不棘塵，有子山之清新、明遠之俊逸。洎乎白棒滋逼、黄皃乘危，隱居小樓，潛處複壁，有平子之愁歎、聱叟之淒惋。至如近泝吴、越，遠遊燕、齊，山水方滋，丹青入畫，有淵明之閒曠、表聖之窅緜。或以君抱連犿瓌麗之才，邃蓷轂深造之養。故腹成宿藁，構想欲仙。舌粲妙蓮，觀空非有。而不知旭歷鋭銀者，孟晉之迨；琢磨攻玉者，得師之多。陳君舉頌南給諫。甘陵黨魁，許叔重徵甫刑部。南閣祭酒。氣節邁天下，文章甲寰中。君既閲門巠，又傳矩訓。是以都水導漢，匪航絶潢；𧍷氏湅絲，罔羼間色。傳璞識圉豹窺，心傾驥坿。披舊編而半漶，勸新本以重雕。謬委校讎，實增忸墨。歐陽詹固名進士，敢云昌黎送行；梅堯臣非窮詩人，竟僭永叔作序。

光緒七年，歲次辛巳八月朔，鄞郭傳璞拜序。

舊　序

余，龔出也，於故太史春溪先生爲中表舅弟。先生與先大夫同官京師，以姻連故，交尤暱。先大夫見背，先生亦解組旋里，僑居王氏宅，與余家衡宇相對。余時方穉，每放學輒往嬉戲，先生取果餌啖我，課對屬。窺其意，蓋憐予不啻同産若也。已先生歸道山，余浮湛章句。比長，知學，而先生墓已宿草。因竊自恨余生較晚，不獲執經門下。顧時讀其所著《芳草堂詩》，詫爲不朽盛業，向往者久之。先生有賢孫，曰顯曾，自其少時，即以神童知名里鄙間，尊甫廣文梅坡先生令從予遊。余内顧無以益生，而生乃暱就余，不懈益虔。余又自愧先生之待我厚，而余之待生，卒無以稍酬豪末也。生於學無所不窺，尤善爲詩，稾積寸餘。其風調格律不必盡守宗風，而精神靡不相肖。莊生曰"薪盡而火傳"，洵不誣矣！昔杜甫爲唐以後詩人大宗，論者謂甫實承其祖審言家法。余謂審言詩雖工，然人品猥瑣不足道。甫以忠愛發爲歌詩，可謂蓋愆，不得謂之繩武。若先生之事業文章，磊落軒天地，而生以卓犖之姿繼之。將子美所謂鳳藏丹霄、珠照濁水者，其兩無愧也已。余翫時廢學，濯若寒竽，其無以益生者，視昔尤甚。顧自幸自少至壯，得交其祖子孫三世，而又喜生詩之無忝乃祖也，輒爲言之如此。

咸豐辛酉仲冬，許祖滂序。

舊　序

憶十年前獲交於詠樵，其時君方毁齒，我正垂髫。兩小無猜，契重摹於王貢；一村入畫，誼遂締於朱陳。風雨相窺也，毬鼙相逐也，春花秋月相與嘲弄而裒裒也，祕笈奇文相與鉤稽而賞析也。蓋緜緜延延，隸今如一日矣。詠樵以終、賈之妙齡，具機、雲之逸調。九重碧落，摩頂而降麒麟；十里丹山，揚聲而來雛鳳。席傳家之范研，誦鑿楹之晏書。一軍獨張，三舍争避。變松槐之對，長孫詑爲奇童；賦動静之棊，燕公驚爲國器。固已萌芽甫兆，人識豫章；彪炳未成，羣推虎豹矣。歲華方富，才學日躋。逮舞象之初臨，已雕龍之獨擅。登屋月誦，弄墨晨書。下董子之帷，深探對策；讀中郎之帳，幾欲等身。墨不飲於三升，才儼儲於十斗。文章舊價，壓元、白以何妨；供奉新詞，儗庾、鮑而不愧。應輶軒之采，則使者目爲南琛；上孝廉之船，則開府虚其左席。未及弱冠，蚤飲香名；纔著荷衣，便稱作者。是何盛也，抑有説焉。今夫易泐者，才華之暴殄；不朽者，學問之深醇。詠樵裕洪鈞獨亶之姿，而不以自晝；受宗匠國士之遇，而不以凌人。方且入嫏嬛而結古歡，探宛委以崇霞想。積三冬而不券，詅七字以自豪。騈坒妃豨，茂倩傾其腹笥；挾張競病，景宗避其筆端。當夫净閣閒窗，姓初霜旦，强花作語，延月助吟。汁灑金壺，對茫茫之秋士；聲殘銅鉢，削寸寸之春風。鉤摹六代鶯花，肸飾三唐質幹。煙石埘筆而風月争輝，珠玉離腸而雲椵换色。豁一己之古趣，成數寸之琅書。不必派衍陳芳，自合羚羊之諦。不必格登齊己，可游香象之河。人歎其才之雄，吾服其學之敏也。嗟乎！江山南北，烽火東西。妖星掃旬始之光，毒霧起蚩尤之冢。捲三江之雪浪，何處洗兵？睠一室之風塵，幾成投筆。斯蓋杜陵野老臨側埋（理）而驚心，少谷山人吮霜豪而隕涕矣。尚冀與君兼羅時蹟，各縷見聞，竊比春陵之行，用俟浯溪之頌。而乃引吭度韻，聲病未諳；

擁鼻微吟,筆墨作惡。寫性情而自足,問風格以茫然。是則勒張爲之圖,願奉君以廣大教主;聯柏梁之句,當讓我爲非有先生。

昭陽作噩之歲,律中林鐘,卦值離之九三,内兄陳棨仁拜叙於藤華詅実。

題　　詞

吴縣潘曾瑩星齋

新句皎冰雪，寒窗手自披。襟懷何灑落，骨格總清奇。雛鶴有遠勢，老梅無媚姿。輭紅飛不到，渺矣白雲思。

吴縣潘曾綬紱庭

芳草堂前迹已陳，幾番聽雨暗傷神。迢遥廿載渾如昨，今日蓬山有替人。

其　二

性情偏近鷗鳧侣，吟詠多于雲水間。消得清凉無限福，讀君詩句似遊山。

瑞安孫衣言琴西

五古結調近《選》，五律造句近張、賈者，皆集中最上品，餘亦不懈，而及於古所詣，正未可量也。然以君之才之年而又富於藏書，則當爲大儒，爲濟世之名臣。而文章之士，蓋又不足言矣。同治戊辰四月，瑞安孫衣言跋於都門。

昔年投我詩，北望沮遥慕。握手復在兹，如疾起沈痼。高才富文辭，談經或訓故。我意殊不然，有懷哽欲吐。時屯須經綸，儒效匪章句。豈無命世英，振俗鏗韶頀。君今日騰騫，於世有津渡。亦欲講所聞，或恐舍此去。同聲發狂言，千里有良晤。

侯官范熙溥新谿

磊落襟懷筆有神，峻於唐體薄梁陳。問山寂後遺音歇，天遣清源有替人。

其　二

航海歸來握手時，榕城橋畔雨如絲。披吟何幸師風雅，翦燭寒宵許論詩。

侯官楊浚雪滄

大著如天風海濤，震蕩心目，而超妙幽峭，則又如王子晉月夜吹笙，足以破行雲而凌碧落也。其雄秀在骨，濃艷在肉，宏麗在皮。韶年具此作才，必傳無疑。同治二年十月十四夜，姻世愚弟楊浚拜讀。時漏四鼓，月色如水，天無纖雲。展卷三復，喜而忘寐。人才難覯，不意於吾温陵復見一樵。

扁舟一葉下吴淞，破浪人歸大海風。早歲多才真福慧，使君如子幾英雄？宦成共訂千秋事，書在何愁四壁空？差喜長吟同抱郗，天涯知己有詩筒。

晉江陳棨仁鐵香

秋風瑟瑟天蒼蒼，一聲剥啄來虚堂。開門有客傳吟稾，拜受不啻千珪璋。一篇一篇徧雒誦，金石作韻調箏簧。雅材大小一百五，天遣盡化薇花香。薇花摇香收不起，薇農先生囅然喜。侈口斜張古錦囊，網取清芬入蠶紙。春回楮國筆初華，坐看肝肺生杈枒。珊瑚玉樹發光怪，墨海只尺飛龍虵。諸體翩翩集羣妙，池塘春草澄江霞。就中五言推弟一，長城不畏偏師加。我讀君詩舌婁撟，手胼口沫聲繚繞。紞如街鼓三更鳴，合卷起立秋鐙小。

晉江王晨曜道義

紫鳳翔青霄，長吟挂一瓢。泉飛傾宿海，劍怒拂霜杓。佛劫燒千古，仙心醉六朝。風情應更艷，煙月暗魂銷。

晉江陳棨儀義門

薇農先生不世姿，下筆志以古人期。十年論交重姻婭，愛我示我囊中詩。湘簾棐几燈火上，寂坐得此甘如飴。一篇一篇細雒誦，勝飲醇酎傾千卮。春林禽鳴山自古，秋巖水浮石能奇。如花艷濃如雪淡，境界變化誰能窺？難達之情乙乙思，難狀之景歷歷追。鈞韶九變盡美善，凡響何敢矜金絲？憶昔桐陰集吟侶，消寒雅會相追隨。終然鴻雪各聚散，君獨職志騷壇持。况今述職班侍從，承明著作推專司。以此寫月圖雲興，便可獻頌鋪丹墀。中興大業彌區寓，曷不肸飾登新詞？岐陽獵碣浯溪石，會見聲價留匯㕢。風篁吹人山月移，起獻一語君無嗤。

元和李煐曼卿

少陵已死長庚杳，千古騷壇孰主張？如此才華除韋柳，自應剽竊薄齊梁。一朝佳話移蓮炬，萬里新詩壓錦囊。風月江山身世好，和聲鳴盛句堂堂。

目　錄

薇花吟館詩存卷一

短歌行戊午　時年十八。

有酒吾娛,有歡吾呼。歌聲落落,擊缺唾壺。夏蟲一夏,春草一春。吾生如客,往者古人。侏儒飽死,臣朔飢死。小兒乘軒,君子不仕。芳蘭見刈,文禽受羅。燕飛雀舞,鴻鵠奈何?天地茫茫,歲月堂堂。鳳凰自高,何必翱翔?拔劍斫地,搔首問天。今我不樂,忽其華顛。

烏棲曲

城頭擊鼓烏夜栖,梧宮彈箏醉如泥。吴王既醉不自主,西子猶向鐙前舞。更衣起視明星稀,汝南雞鳴烏驚起。

烏夜啼

烏烏鴉鴉空繞枝,棲烏三更啼且飛。啼烏有時頭能白,征人沙漠何時歸?佳人細語煙紗隔,幾日金風動刀尺。遼關瑟瑟秋先寒,深閨年年月倍白。素月流天銀漏沈,空院烏聲和夜深。君身分作邊城土,妾心擣作閨中砧。

東飛伯勞歌

伯勞飛東燕飛西,紅牆自高銀漢低。東家有女人如玉,小小芳年誇三六。天上仙人畫不成,宛轉脩眉曳曼睩。聘錢十萬天帝償,七襄織就賦催妝。鄰西宋玉莫登牆,明年待闕成鴛鴦。

銅雀臺

萬丈暮潮漳水怒,寒聲捲向鄴城路。銀箏檀板音未殘,繐帳風酸日已莫。

銅雀高撐飛不去，伯勞燕子銷魂處。月朝十五可憐宵，夜夜盼深天欲曙。空幃作伎承恩苦，分盡遺香香無主。極目西陵弟幾墳，七十二墳皆秋雨。

秋　夜　長

秋夜長，露濕㯶櫳月浸牀。牙牀月印關山影，振觸秋心和夢警。金刀不翦淚痕斷，永夜漫漫發浩歎。玉關隔在萬里遥，遠夢何由到枕畔？枕畔悠悠漏正長，爲君拂淚擣衣裳。搗碎凉碪心悄悄，背牀合眼何時曉？

怨　歌　行

十三繡鴛鴦，十五嫁兒郎。入門未幾時，兒郎征遠方。少年負意氣，郎心愛戰場。昔歲音書返，聞知近白狼。人説封侯貴，妾愁秋夜長。女紅助饔飧，日日奉高堂。高堂豈不愛？鬱鬱終迴腸。持此傾城姿，而甘閟空房。昨日東鄰女，嫁得瑯琊王。車馬鳴玉軑，金珠結明璫。聞説好夫壻，畫眉爲脩妝。低頭時泚涊，羞對新嫁娘。

從　軍　行

生男勿喜歡，生女勿悲酸。男兒志四方，忠義感心肝。戚戚别親故，出門買征鞍。拓地一千里，畢力斡時艱。離家十幾度，邊月年年看。接鏑陣雲馳，卷甲朔風乾。窮谷邈無底，流沙湧回湍。弓弦鳴秋急，鐵衣沃雪單。將軍飲羔酒，士卒未朝餐。將軍卧帳幕，士卒枕戈寒。百戰孤城下，帀手千箭瘢。同伴骨已枯，而我歸尚難。逖哉遠征人，拊心坐長歎。

老　將　行

少時意氣摩青雲，頭銜屢壓羽林軍。陰山夜獵鞭腥風，朝斬樓蘭夕論功。叱咤一聲胡將倒，駿馬誓蹋秋風老。殺人换手不换刀，深巷相逢轡如草。雪中面縛名王來，拓地千里心未灰。刮骨堂中飽羔酒，圖形閣上争功魁。百戰歸來頭沃雪，須髯如戟顔如鐵。醉酣記唱朱鷺歌，夜静縱談舊虎穴。璽書大半疊箱邊，漢主頗聞重少年。掩卻柴門時拊髀，閒來瓜下學揮拳。昔時穿楊無全目，今日銅花繡霜鏃。留得血衣示子孫，賣將寶劍買牛犢。

戰　城　南

戰城南，催胡笳。旗如雲，刀如花。殺人如草聲不作，惟有妖夢歸其家。黑雨噴天血塊立，髑髏似柴相對泣。聞説羽書過山陽，百萬青燐飛飛集。白骨一溝流滔滔，青天黯澹怪風饕。鬼屍伏地避鴉啄，鬼馬暗啞不敢號。吁嗟乎，士卒裹尸革已朽，將軍猶誇好身手。可憐一將功未成，纍纍萬骨堆邊城。

行　路　難

我欲乘風叩閶闔，九天寂寞不開門。我欲遨游探崆峒，八極杳冥無人言。挾策擬江都，作賦誇文園。壯麗懷帝鄉，組織成天孫。出門自揚征鞭去，便欲萬里窺帝閽。已聞日近長安遠，西笑不敢思騰騫。況乃螳臂當前車，滿眼蟲沙天欲昏。健兒殺人不通姓，江湖怪浪掀且翻。其次鬼蜮含沙亦險巇，人心荆棘尤難論。我聞蒼聖始制字，雨粟鬼哭紛怪緐。無乃識字召憂患，故覺進退羊觸藩。不如歸去栖蓬顆，坐爾青氈傾爾尊。

春　暮二首

望遠燕飛杳，隔牆明薄霞。徘徊孤影蝶，悁悵數聲蛙。酒熟奠芳草，客來看落花。匆匆春事過，别夢又天涯。

其　二

空潭流水地，芳序暗中更。春事愁無賴，歌詩衹自鳴。頹陽暖將夕，衆緑繡初成。獨立東風下，蒼茫百感生。

曉　起二首

近圃枕竹聲，迢迢春夢裏。落花慵不飛。啼鶯催人起。

其　二

一鳥破曙煙，初日明樹杪。遠寺遞鐘聲，到耳響已小。

放　　言

黄帝醜女納嫫母，齊宣反愛無鹽婦。西子南威見大噱，畢竟到今稱之俱悠久。始知妍媸美惡皆萬年，造其極者斯足傳。没世不稱乃可恥，所以君子重疾焉。

登　葵　山

山風謖謖雨濛濛，石磴欹斜一綫通。滿地松楸樵斧響，不知身在衆峰中。

偕陳鐵香榮仁、王道羲晨曜遊開元禪寺訪東西二浮圖作

紫雲寺雙塔，出地高層層。鈴索護其巔，下風瞰飛鵬。崇基亘天造，不泐亦不崩。八門繞佛像。簷角垂棱棱。兀立桑蓮刹，雲霞氣常蒸。締造溯唐宋，神工昉寺僧。木磚凡再易，紾石架馮馮。五丁驅以走，重雷勃然興。遥天兩蒼龍，涌出如飛騰。高矗十餘丈，雄鎮阜岡陵。仁壽已突兀，鎮國尤崚嶒。我來叩雲關，訪勝偕良朋。振衣御西風，躡屐攀蔓藤。行行隨二客，何慮從不能？秋色正西來，爽氣撲禪鐙。鳥語四無人，暮氣何清澂？拾級窺空洞，龕浄佛不膺。神風嘘當頭，雲梯疑可登。登高快壯觀，扶欄左右凭。陽烏忽西匿，歸翼昏秋鷹。倦遊正思返，素月催東升。

獨　立二首

獨立斜陽處，當颸如舞絮。西風衝院牆，轉作東風去。

其　二

天空如欲墮，雲羅扶凉翠。中有一鷺飛，倒筆書白字。

彗　星　歎

咸豐八年戊午秋，八月既望冰輪收。向晚不樂仰霄漢，纍纍連貝環斗牛。

一星飛來人不識,噴出光芒數十尺。旄頭怪指蚩尤旗,始訝欃槍犯北極。婦女兒童走相告,翹首廣庭争喧譟。兩頭横將斗柄擔,一帚欲把塵氛埽。父老指點語予來,天心示變垂妖災。無論白彗與黑彗,象主刑殺無疑猜。年來盜賊四方起,東南疆界多戰壘。天棓天欃爾何驕,警兆之來不可弭。即論吾里災異尤違常,毒癘之魔争跳梁。日月薄蝕星辰詭,紛紛怪誕難推詳。果是劫數應如此,抑亦天意未能止?不然何以逐疫驅癘士女忙,依舊疢祲迫成萬夫死。我聞孛入斗,星如雨,隕石亦復於宋五。矯頸問天天無言,草茅杞憂終何補?

冬日漫興二首

朔風如鐵峭寒生,枯坐微吟句已成。初日曉霜争片瓦,早梅殘菊集羣英。擁爐煮茗冬廬課,折紙餬窗寒士情。幸有朋簪破岑寂,聳肩相對發幽聲。謂陳銕香内兄,日來論文談詩。

其　二

磨磚擁褐自年年,適意惟資翰墨緣。便有經綸何日展,即論述製幾家傳?撐腸書少才難厚,著手文成思未專。無計洗將樗櫟耻,欣逢匠石競先鞭。時學使徐壽蘅師來督閩學,先試觀風,方作課藝凡十餘題。

折楊柳歌己未

青青官道柳,道左垂清陰。妾欲牽柳絲,繫郎天涯心。郎自折得柳條去,一鞭蕭蕭如飛絮。

當　壚

胡姬年少小,春風自當壚。隨意倒金樽,不慣數青蚨。羞羞倚定中門檻,酒家佳人一代無。傍有阮郎睡未醒,妒殺馮家執金吾。

苦　熱

大造煽洪鑪,祝融施炮烙。彤彤迫人來,染盡南方赤。温風鼓火威,歊蒸錬地脈。無處可敲冰,有威能爍石。直如金在鎔,焊焊然赩赫。湯泉沸荒井,瘴煙焦勁柏。草木變枯條,禽鳥避幽陌。竹聲啞牆陰,鐵馬暗簷脊。對此驕陽光,鬱滃氣全迫。無乃楚人炬,直比焦土垞。我匪熱中人,不作趨炎客。欲效北窗凉,蝸國苦仄窄。斗室已如燬,薰風失兩腋。汗雨不可揮,舉手輒加額。親炙勞紈扇,炎氛侵絺綌。起來問秋風,容易一年迹。安得借吹噓? 玉宇洗空碧。早凉動高樹,燥煩祛朝夕。讀書秋樹根,中庭露華白。

七月十九日將省試過萬安橋

太守有遺愛,長橋横洛洋。即今身後頌,猶指水中央。風色斟漁網,潮聲載蠣房。打碑音不斷,相送過飛梁。

興化道中

西風驛路遞蟬聲,石磴三叉酒一程。數葉舟輕争唤渡,四圍山好半無名。秋從蓼國叢邊認,人在荔陰多處行。勞我征塵初發軔,濛濛雲樹最關情。

福州試寓述懷

平生少别離,日侍父母側。所樂天性真,瞻依難抛得。出門不十里,告面無逾刻。云何慕浮名? 掉頭睽鄉國。瀕行誠黯然,趨别心惻惻。君相方翹材,多士争努力。竭來初發軔,敢望中繩墨? 轉念盛世士,豈至傷抑塞? 霜鏃試飛羽,雲程勵迅翼。儻遘匠石知,一壯蓬蒿色。因之致歡顔,即効弟子職。

題虎峬寺

松濤十丈瀉雲關,數盡招提弟幾灣。拍座潮聲噓近海,半空塔影落孤山。上有關鎖塔,爲海舶出入憑望之準者。人間梵貝音齊涌,天外煙霞秋自閒。拾級最高樓上望,寒風斜日繞螺鬟。

登紫帽山

樵路闌秋雲,危峰瘦似削。疏煙濕不吹,蒼然接碧落。幽禽啼晴初,亂水成澗壑。磴仄鳥道支,一步一駭愕。捫壁見古洞,金粟此依託。瘦金書已湮,宋徽宗書"金粟之洞"字,今已不見。摩崖失鐫鑿。巋然凌霄塔,紫氣尚籠絡。我來拜古佛,登高躡芒屩。窮幽攀層岑,欲訪林泉約。仙人去不還,殘僧亦落拓。一嘯御天風,振衣自磅礴。松聲出遥空,蔚藍迎面掠。穿虹辨歸途,來時路幾錯。斜照曖遠村,人影辨約畧。回望平林昏,竹泉應疎籊。

小山叢竹亭

有竹秀而青,叢深環精舍。有亭翼然臨,紫陽昔過化。嵌壁豳風詩,翠墨題猶乍。堂壁有朱子書《豳風》詩石刻。暮鐘動近寺,地近城隍廟。風篁答未罷。嘉樹遠移陰,亂花時補罅。眷言殷仰止,懷古思親炙。遺澤永憑依,古今成代謝。人去已千年,夕陽仍臺榭。

春　晝庚申

緑篁曉調煙,鶯啼春夢裏。好日媚晴初,香塵喧十里。玉鉤簾捲東風憨,海棠花時闌干倚。

春日同遊賜恩巖四首

曉上岑巖載酒隨,城東十里冶春時。磴泉分出曾遊路,滿地松杉刺史祠。唐以賜恩地賜許刺史稷,今尚有祠。

其　二

撰杖東風郭外過,菜花細麥野耕多。當頭無數留題好,春石連拳字擘窠。

其　三

嵐雲寺樹碧重重,煙外聲傳何處鐘?盡日嫩寒風景裏,春陰天氣似殘冬。

其　四

好春能得幾人閒，巾屐風流共往還。已向尊前拚一醉，可無詩興對名山？

同翁鴻飛姊夫文田、陳鐵香内兄遊法石寺歸途口號

春畦千萬頃，野屋兩三家。人别雲邊寺，樵歸洞口霞。鴉寒昏暮翼，鴨暖鬬溪花。蘭若遊途晚，斜陽路欲叉。

先大父湖湘送歸圖詩册裝成，敬題其後

飽掛輕帆一片孤，歸田帝許賦將蕪。洞庭波浪君山黯，世路荆榛我馬瘏。千首詩篇傲琴鶴，十分鄉思促尊罏。湖湘秋水臣心白，贏得人持送别圖。

春　雨二首

寒雨敲窗硯欲冰，閉門趺坐冷於僧。一池孑孓背人長，知是宵來春水增。

其　二

濃陰黯黮屋頭垂，翠坼紅舒寒較遲。卻喜雨中啼鳥早，盡情唤及未花時。

春　曉

唤起及春曉，明窗驚早眠。落花千葉雨，芳草一簾煙。近寺飛疎磬，羣山出遠天。無爲苦岑寂，獨立聳吟肩。

齋居雜興

幽栖應似野人家，老屋三間簾不遮。盤樹煙痕遲鳥語，當門塔影上窗紗。春深畦草羣争地，雨過山茶獨自花。更向小園勤種蒔，牽蘿編竹護籬笆。

游九日山

撥雲躡石步紆徐，寂寞林泉塵迹疎。洗眼清溪春漲水，置身層巘隱君居。

姜臺姜公輔臺。祇有樵尋徑，秦硯公緒遺硯石。今無客著書。勝絶卻難千日住，深情思古定何如？

夜　坐

老樹沈殘照，遥天爽氣澄。鐘聲寒夜杵，人語入書鐙。亭宿花千影，窗流月一繩。吟懷何處著？自向小闌凭。

出　門

游眼新揩野趣生，客心駘蕩賦孤征。松楸古道情俱遠，花柳春陰畫不成。徑晚牛羊歸夕照，潭空鳧鴨唼泉聲。出門一笑緣何事？風軟宜人識面迎。

大盈曉發

曙色抱峰起，濛濛路不分。鴉催荒驛夢，蝸纈斷碑文。亂水臨橋鬨，人家隔樹聞。客心正堙曖，迎面盪層雲。

夜泊劉五店汛

近江千萬點，點點是扁舟。極浦霞齊鶩，春耕馬當牛。村墟沈暮色，鐙火話孤郵。唤渡依依認，行人此去留。

五通江舟行

百里乘春賦近游，煙潮一舸逐輕鷗。江流至此將趨海，風利從來少泊舟。容郄快浮蓮葉艇，蹋波横渡荻花洲。此身合是同查客，孤嶼前頭接斗牛。

厦門絶句四首

潼潹新添碧漲痕，萬家孤嶼媚晴暾。夕陽古道金雞樹，細雨春帆白鷺門。

其　二

金榜山高界碧天，頑雲如夢樹如煙。孤蹤不見陳場老，石壁漁磯九百年。

其　三

櫓聲欸乃拍江煙，姊妹耶孃一葉懸。莫向儂家說離別，天涯咫尺五航船。

其　四

畫舫咿啞競往還，簫聲吹過綠莎灣。十三古渡頭流水，潮去潮來人語間。

咫樓夜坐，寄鐵香

萬斛舟如水上萍，移橈都向隔闌停。急潮夢裏參差雨，遠火檣邊次第星。破寂笛聲飛碧漲，滿天人語入蒼冥。風光如此無吟侶，題寄詩人眼一醒。

過黄氏榕林别墅

榕風膺海濤，亂石蹋新路。危臺拳其巔，盤煙出密樹。幽花卧亭麓，風雨不敢妒。斗大鳳皇山，片石紛負固。古墨削春痕，苔花繡題句。石上刻蔡文恭、黄莘田諸公題詠。築室人已徂，林壑自成趣。登臨暢麗矚，徘徊不知暮。夕陽落近城，栖鴉歸無數。

客　心

跨浪高樓聳，逌然此託栖。春愁三月雨，遠夢四更雞。海氣兼山暗，城煙入樹低。客心寒食近，怕聽子規啼。

寒　食

樓外疏簾捲落暉，一天薄冷欲侵衣。鷓鴣時節春相待，煙雨家山人未歸。已淡遊心同鳥倦，偶逢寒食看花飛。踏青細數明朝路，送我吟情度翠微。

閏　上　巳

東君此句留，落花悄流水。風雨展春三，詩心健上巳。

偕同人晚遊東園二首　園舊爲靖海施侯别墅，今歸李潤堂襲伯。

城東臺榭故侯家，遺蹟當年話種瓜。十丈松濤煙雨藪，危巢終古尚栖鴉。

其 二

碧桃時節訪春過，得侣行吟唱蹋莎。晚趁斜陽盡遊興，滿蹊黄蝶菜花多。

題黄香圃丈貽檀采芝圖

長松時吟龍，坐石足揮麈。中有餐霞人，往還躡芒屦。深谷歌唐虞，在山藴霖雨。里鄗扇清風，穆如仲山甫。即論衛枌榆，已足資翊輔。以兹濟時才，信宜擔圭組。胡爲締遐想？衆芳屏勿伍。祥煙劚嵐巒，吉雲妙羅縷。長鑱同耕夫，療飢吸漿乳。夷然傲林泉，未知攘榮膴。我聞黄綺時，杖履相與聚。仙骨露嶙峋，幽栖不可覩。英爽空陳迹，餘子何足數。乃從千載下，行藏獨布武。入山非徜徉，出山資建樹。心地溉芝田，蘭芽森琼圃。三秀一笑拈，仙靄蔭庭户。自壽兼壽世，美意延萬古。披圖挹芝標，瑶光撲眉宇。我愧靈根薄，石髓頗自苦。塵俗亦勞形，安知納與吐？願言坿謝庭，從公乞翠羽。

五月五日二十初度四首

枉誇壯志請終纓，未許乘風破浪行。是歲，將計偕北上，聞寇警，不果。一詠一觴皆樂事，無菑無害勝長生。椿萱最喜親方健，樗櫟何愁器未成？游泳人間空自壽，尊前黄酒五時傾。

其 二

樹繞庭階草映簾，蓬栖小隱又奚嫌？杜陵廣厦憑空造，謝客池塘入夢淹。我無兄弟。消受詩書權擁富，收羅風月不傷廉。酸寒莫道儒冠誤，清福閒排甲乙籤。

其 三

蹉跎弱冠負居諸，空説凌雲夙志攄。囈語敢談千古事，齋心好讀十年書。腹非負我功難繼，墨縱磨人術未疏。莫笑鵬程甘戢翮，順風珍重待吹嘘。

其 四

割肉無才臣朔飢，天公生我欲何依？懸弧偶爾同胡廣，作賦安能望陸機？陸機作《文賦》時年二十。太瘦詩心難割愛，無多書卷忍相違。傳家何日能繩武？

細葛香羅詠賜衣。

采 蓮 曲

藕花十丈水如煙,青溪小姑瓜皮船,衣香人影荷葉邊。荷葉邊,鴛鴦起。不采花,袛采子。

采 桑 曲

三月女桑戴勝鳴,少婦蹋春呼侶行,羅敷陌上趁新晴。趁新晴,兜繡屧。攜筐歸,棄槲葉。

聞 雁 怨

碧瓦高梧秋雨細,凉碪拭罷征衣製。孤雁一聲啼曉霜,停鍼無語相思長。絶塞冷邊月,况經長城窟。匆匆容易秋風生,空幃寂寞芳心歇。君邊秋至寒鐵衣,妾邊鳴杵音孤揮。斜陽古堞玉關路,祇有雁歸人未歸。雁歸何早人何遲?君心不記苦寒時。并翦翦愁愁不斷,蕭條天地生離思。白蘋之洲黄葉道,千里關山叫秋老。知君迴首望南州,隴頭見雁心如擣。但將繫帛書重緘,期君著意開素函。妾身願作衡陽來去雁,雙宿雙栖長相見。

聽 香 詞

銀河不翳秋霄長,露華濕夢團清霜。雲母屏開美人立,悄見六街明月凉。月圓月缺成今古,姮娥依舊耐煢苦。夫壻前年戍遼陽,傳説軍書正旁午。碧海青天遥不聞,寒碪擣素宵平分。庭前岑寂苦記憶,博山鑪香沈檀焚。娟娟紅袖凌秋煙,喃喃禮佛伸誠虔。郎去願無風波惡,郎來願如冰輪之速圓。今宵萬户聲俱悄,檢點香心聞吉兆。整衣理髮出深閨,地白境幽詞了了。下階防人知,出門潛向窺。好語多從道上過,不聞遠志聞當歸。

取 月 歌

焨龍爚鳳玉脂泣,珊瑚簾前珠履集。廣寒宫闕黯不開,黑霧壓天銀潢濕。

周生周生有奇技,借箸梯繩恣游戲。躡雲有聲牛斗旋,手攀白榆振霞帔。吴質停斧走且僵,纖阿避舍扃玉堂。結璘黄文危以顫,五百丈桂如探囊。酒酣取懷出素魄,一片冰輪走玉液。砭肌冷毛避天精,但見當中摇光碧。

何處生秋早六首

何處生秋早?秋生庭院中。廬陵聲可賦,子美興無窮。人静鐙四壁,簾疎月一弓。凉颸吹不歇,傍砌答吟蟲。

其　二

何處生秋早?秋生野徑中。樵歸沿渚蓼,僧老種園菘。雲碓舂流水,清鐘韻晚風。寺門凉月近,人影板橋東。

其　三

何處生秋早?秋生驛路中。旗亭嘶塞馬,極浦下征鴻。千里送衰草,一年驚轉蓬。寒笳荒戍外,夕照射殘虹。

其　四

何處生秋早?秋生廢苑中。玉階誰詠扇?金井自飄桐。黄葉寒蟬逕,蒼煙鬬蟀宫。頹垣何所見?鴉噪古楊叢。

其　五

何處生秋早?秋生客思中。蹇驢茅店火,細雨洞庭篷。城堞吟叢菊,江天冷落楓。故鄉蓴鱠好,歸夢昨宵通。

其　六

何處生秋早?秋生田舍中。雨餘閒種藥,露下曉鉏葱。棚豆傲飛鳥,汀蘆隱牧童。西疇登稼日,雞黍約村翁。

郊　行四首

十里秋容深淺,一天游興往還。鳥隨落葉下樹,人帶殘陽入山。

其　二

三間兩間野屋,半村半郭人家。細指緋衣披著,一林楓葉霜花。

其　三

杜樹棲鴉似葉，亂流衝石如船。牧笛一聲何處？暮煙秋水涓涓。

其　四

路通半畝疎枳，秋在一叢新橙。蹋盡白雲歸去，攜將野色進城。

補陶淵明九日謝王刺史送酒詩

車馬亦岑寂，吾廬窅以深。采菊餐其英，涼風吹疏林。素景東籬下，秋懷待庭陰。對此日夕佳，而無良醖斟。客向柴門來，攜酒相追尋。餽我杯中物，静日慰賞心。一尊傲花色，獨酌思古今。情興不可極，悠然生微吟。言念君子意，三徑悦幽襟。醇醪得妙理，漉巾酣我忱。區區投報意，聊以酬知音。

題尤艮齋秋夢録三首

大覺漫疑是大癡，感秋説夢入新詩。揚州醒後黄粱熟，更見西堂囈語時。

其　二

碧天如夢夜雲輕，青女西窺白帝迎。秋水無痕人去後，空庭落葉一聲聲。

其　三

征鴻搖落濕蛩吟，簾捲西風夕照沈。彈出秋聲人不識，滿窗煙雨攪詩心。

南安道中

頽城十里斜陽悄，過盡蔗田見紅蓼。何處笛聲吹不休，雲邊幾點青山小。

秋日同黄喈南孝廉梧陽、陳鐵香、張敏脩煌城北訪勝，和敏脩韻四首存一

野田負郭盡栽花，黄葉堆邊徑欲叉。梅石煙深多積蘚，松灣秋静但啼鴉。寒鐘未動迢迢寺，歸路漸迎澹澹霞。獨有曲江好風度，吟情端不負黄華。

歲暮雜興三首

積成薄暝霧戎戎，坐守爐灰借煖烘。昨夜小霜魚撥凍，隔簾一樹鳥呼風。歲歸爆竹千聲裏，春入梅花數點中。竹屋紙窗閒管領，可曾佳趣似坡公。

其　二

拂地湘簾疊几氈，瓶花凍入峭寒天。騷情便欲歌山鬼，逸致無如種水仙。似我清閒同舊曆，連朝濡染爲春聯。敝裘獨向殘冬擁，卒歲休歌無褐篇。

其　三

冬廬枯坐思蒼茫，撲鼻欣聞甕酒香。薄冷未能成小雪，殘年容易促斜陽。貧家尚免催租累，詩債翻難隔歲償。最喜循陔多樂事，潔馨願補廣微章。

祭詩行

惟庚申年之除夕，避債無臺催租迫。主人婪尾酣陶然，酹向詩神尚饗旃。神荼未及祀，司命未及醉。惟有梅花盞，竹葉杯，獨與吾詩伸禮意。今宵幸恕鯫生狂，拾取蕭齋古錦囊。出之春風座，奠之屠蘇觴。謂是六丁收不去，高閣幸免蠹魚據。雞林賈人不肯購，御屏風前寫未就。落眉毛，入醋甕，當時何苦窮吟諷？冪酒缸，覆醬瓿，異時誰解憐享帚？落落我與汝，衹合相追隨。茶初夢半周旋時，醉花坐月樂不疲。流水青山繫我思，紙窗竹屋不汝遺。得乎失乎無所疑，寒乎瘦乎解者誰？今年之作衹如此，後日之與曹七步、温八叉，張千首、李百篇，並驅而齊駕，斷非主人所及知。但覺冷淡生涯相爾汝，伴我清閒沁我脾。凡有功於筆墨者，我主人禮亦宜之。

春日閒居雜詩四首　辛酉

晝簾晴捲日遲遲，花雜鶯啼中酒時。剛到春分春意好，連朝風信試辛夷。

其　二

困人天氣步迴廊，睡起微聞擣藥香。獨自厭厭成不解，薔薇花外看斜陽。

其　三

宿疴初起思慵疏，風味貪嘗小甲蔬。慈母關心呼强飯，厨頭催斫細鱗魚。

其　四

米貴翻生辟穀心，每因下箸費沈吟。君看五斗求非易，又典佳人纏臂金。

爨　下　謡

爨下老媪切切語，吾家炊火日一舉。今年米價高去年，吾儕飢寒無死所。薪如桂，米如珠。官不平糶吏催租，入城乞糴争相呼。吁嗟乎，一歲再三旱，篝車常不滿。移民苦太煩，聚粟慳未散。典衣莫供一頓飽，無米難弄炊婦巧。安得留侯辟穀方，并攜雞犬昇天堂？

從　軍　謡

軍書旁午催如雷，軍心枯槁形如灰。弓刀逐隊行百里，但見歸來不見死。丈夫當以革裹尸，此意不存已久矣。揚征旗，買軍衣，雕戈長纛宣兵威。不聞敵幕刁斗聲，惟聞天邊風鶴影。回頭相呼歸去來，卷甲無聲劍光屏。或百步，或五十步，今朝且甲戰士顔，明年再應將軍募。君不見飢鴉啄腸髑髏泣，戰場夜静鬼雄揖。自古從軍多苦辛，胡爲乎，荒城漠野馳風塵。

飢　鷹　謡

老鷹在韝不肯出，飢鷹成羣學厲疾。咄咄不許凡鳥鳴，嗷嗷哀啼爾奚恤？燕雀鴻鵠紛呼號，飢鷹肆意傾脂膏。一時果腹供饕餮，餘禽不敢思翔翱。一鷹如側眸，一鷹如縮項。争攫争食不得均，有時相持自鷸蚌。烏虖！爲叢驅雀任馳逐，空外羽毛同一哭。飢鷹煽毒不肯休，孤鶴獨向深林宿。

彌陀巖觀瀑二首

龍綃闌不住，作勢莽孤懸。挂石三千丈，長流不計年。山僧通暗筧，遊客擲鳴泉。劖盡峰腰細，琤琮韻野絃。

其　二

流水成日夜，遊心在澗阿。清音敲玉磬，遠勢倒銀河。人語落花定，春晴急雨多。巢雲峰下路，終古此奔波。

高　士　峰

日明絶厓巔，峭石迎面立。危壁無人行，雲氣自呼吸。

一　嘯　臺

舒嘯此登臺，古佛洞四大。石室界煙霞，人在鐘聲外。

泉　　窟

昨夜細雨生，瀑流多三尺。掬水烹新泉，客心欲漱石。

千　手　巖

洞古白衣尊，幽栖結半領。斜照近孤巖，時見樵者影。

二月十五日

迷離樹影隔窗疏，絶好春陰晝不如。意外忽逢三夜雨，閒中時展一牀書。茶香煙韻消清課，藥砌苔欄繞敝廬。今日百花生日日，分畦蒔種趁晴初。

嬉春體四絶句

花氣濃於酒，鳥聲何處春？背人階下過，自折虞美人。

其　二

蛛絲罥曲檻，燕子嗔疏簾。私擣金鳳蘂，盡染十指尖。

其　三

盥郎薇上露，坐郎碧紗幃。沽酒勸郎飲，日日典春衣。

其　四

兜卻鳳頭鞵，賭春芳園裏。小姑憨且嬌，頭上奪花蘂。

上　巳二首

一雙蝴蝶數聲蛙，庭院深深簾不遮。來往芳辰憑細雨，消磨春事是飛花。臨池濃蘸三升墨，得句多嘗七盌茶。繙竟右軍脩禊帖，倚窗泚筆欲涂鴉。

其　二

淡淡垂楊脈脈雲，流觴時節競湔裙。落花似夢全無語，春水如愁總不分。接葉深容禽語妥，衆芳濃比麝香薰。吾家密近開元寺，每有鐘聲屋後聞。

雨　　夜

不覺幾時雨，但聞簷瓦鳴。五更濕春夢，一枕得鐘聲。小屋疑浮舫，鐙花悄落檠。栟櫚敲撼撼，應是促詩成。

春　盡　詞

紅雨滿階春芳歇，緑樹窺窗接清樾。卷簾潛放爐煙飛，燕子一雙時出没。人間獨有杜司勳，牆東悄悄送東君。風花狼籍不自惜，頹垣滿地催斜曛。悠悠韶光馳似馬，蜂蝶分香争未下。把酒澆花花無言，低頭自酌餞春斝。

夏　晴二首

曦光媚虚館，人意愛新晴。積雨已三日，幽蟬方一鳴。棗花多午蔭，蕉葉欲秋聲。爲報窺園客，漸看衆緑成。

其　二

偶來欹石枕，已到黑甜間。心迹當如此，勞形何日閒？一牆載花影，幾樹入遥山。似欲添詩思，微雲淡不還。

七夕詞三首

二分秋色可憐宵,銀漢凉時夜轉迢。但是香花瓜果地,喃喃細語不勝嬌。

其　二

烏鵲齊填一水過,神仙眷屬夜如何?平明生怕又離别,那管人間巧許多?

其　三

微雲如畫澹新秋,花影娟娟月一鉤。庭院無聲人不寐,静看凉露滴牽牛。

不　雨　歎

六月不雨耕者泣,七八月間旱更急。羲輪百日遊雲衢,屏翳停驂不敢入。乖龍守瓶江海封,西山旱魃笑相逢。俯視郊野無餘緑,夏畦赫赫愁病農。毒痢之魔跳以舞,巫者尪者淚如雨。號呼欲起作商羊,悲君此意亦良苦。嗟乎!百里隨車今不見,萬口嗷嗷談天譴。官長祈禱頗倉黄,日暮歸來呼張宴。我欲翹首挽天河,傾盆倒瓮催滂沱。起視甘霖洗大地,對雨喜成賀雨歌。斯時但見黑蝀强有力,杲杲赤天不能色。萬家溝渠作水鳴,桔槔無聲牛蹄息。

秋夜齋坐二首

天静西風起,落葉得深院。悄然四無人,貪幽坐忘倦。樹影下似流,蕉響觸如戰。秋衫帖帖飛,開篋捐紈扇。自煮一餅茶,微月高牆見。

其　二

白雲孏不收,窗外忽已暝。羣動寂未聞,遠寺墮孤磬。茅亭納花光,秋心與之瑩。殘荷不受露,擎盤拒莫定。哦詩豁朗襟,吟蛩若相應。

秋　草四首

試望寒鴉古木村,芊芊無復護平原。一春南浦曾添恨,幾日西風又著痕。楚雨吴煙秋次第,白蘋紅葉路黄昏。荒郊多少行人過,夢在天涯聽暮猿。

其　二

極目荒蕪野色遥，荻蘆洲畔幾魂銷。蹇驢斷岸歸千里，冷雁殘陽送六朝。秋士詩懷蕭館寫，美人恨事故宫描。最憐苜蓿嘶風地，九月凄凉伴牧樵。

其　三

短長隄影近斜陽，望斷江南處處黄。月落一山鳴蟋蟀，煙栖滿徑亂牛羊。不堪征馬過青塚，可有流螢飛戰場。小草尋常枯茂事，豈因零落怨秋霜？

其　四

慘澹淒迷一派横，沙深露冷不勝情。重陽有蝶雨初濕，十里無人風亂鳴。野燒山枯鷹眼疾，林楓葉下鹿蹄平。莫將憔悴傷顔色，容易春來吹又生。

秋日答鐵香見寄詩，即用其韻

摇落秋心墮葉黄，雁聲蛩語爲誰忙？露華似水多侵草，月色如潮欲上牀。菊圃論交情貴澹，竹窗哦句意俱凉。知君吟料今方富，蠏正肥時桂正香。

中秋已夕得鐵香和詩，再叠前韻卻寄

敗葉辭柯樹樹忙，眼前秋色已蒼黄。悄無人後忽聞笛，正得詩時獨倚牀。信是一年今夜好，君看明月不勝凉。因逢佳夕簾重捲，餘燼何妨放篆香？

夜來風雨驟作，三叠前韻簡鐵香

撩夢寒威風雨忙，狂飈戰夜變昏黄。兩三枝竹全敲瓦，六七葉梧忽墜牀。萬木無聲先作勢，孤鐙如菽漸生凉。披衣起向東籬護，珍重花開晚節香。

題周振平都閫采菊圖二首

西風吹東籬，幽人掇其秀。古香動盈把，寒色落襟袖。戀此晚節花，素心樂昏晝。露氣筠籃重，霜痕衣裾透。披圖證秋容，但遜黄花瘦。

其　二

采菊見南山，悠然真意足。三徑昔柴桑，與花成眷屬。之子嗜好同，搴香亦盈束。芳甸締孤賞，粉本摹幽躅。眷懷貞秀姿，愛癖忽焉觸。願從乞英餐，聊充寒士粟。

偕許澂甫師、黄喈南丈、陳三鐵香、陳四義門榮儀、陳五劒門榮倫城北訪勝，晚歸飲澂甫師齋三首

因秋著遊屐，歗侶及蕭辰。行脚兩三里，素心五六人。山林在城市，風日健吟身。去去煙霞裏，桃源許問津。

其　二

吾心期問菊，不分未開時。殘照樹邊樹，亂叢籬外籬。梅荒一片石，梅石書院外有梅花石。草長四門祠。謁歐陽行周先生不二祠。金石誰成癖？摩挲遍卧碑。鐵香將輯《閩中金石畧》，遇斷碑殘石，必樵索之。

其　三

沿風墮踈磬，趺石暝忘歸。覓路且歸去，前途沈夕暉。翦鐙薦秋醁，醺色借餘緋。境往趣仍續，池西月上衣。

齒　痛

口中骨主齧齰具，落落輔車相依坿。編貝雖無方朔姿，三十餘子如星布。笑我今年二十一，毀齒未齊獨負固。物必自腐蟲乃生，咀嚼之餘動牙蠹。一齒號痛累一身，咄咄呻吟朝至暮。景文哺歠不可觀，子荆漱石歎抱痼。竟學淵明屢攢眉，大似元公欲吐哺。菜根雖齩不覺香，説士縱甘亦無趣。炙方求療三年艾，膏藥已傾半甕醋。非是亡脣故生寒，真成緘口殊見惡。食不甘味似有思，與世聱牙果何故？我聞上古媧皇能補天，不能一一爲我鑄。遂令朽骨敢侮予，日來投箸謝餐素。留侯辟穀得良方，宰相伴食嗟禁錮。吁嘻乎！區區齒頰何足數，朝饔夕飧爲爾誤。

往黄敬堂謀熙、黄佑堂謀烈二同年梅石山房觀菊題贈二首

秋霜庭院影溶溶，打叠丰姿十倍濃。忙殺風標兩公子，經營花事健於農。

其　二

淡交晚節印襟期，簾捲西風瘦不支。傳語柴桑好題句，東籬合寫一秋詩。

冬夜不寐，枕上作三首

積冷難枯坐，寒幃思正濃。得詩忽推枕，不寐好聞鐘。雜感生寒夜，懷人歲又冬。霜禽凍未宿，墮影觸惺忪。

其　二

門外行宵柝，沈沈入五更。天空聞鴿信，鐙小近蟲聲。滅燭看窗月，花陰隔院生。重衾方欲戀，膈膊又雞鳴。

其　三

夜趣疏檠溢，幽花凍倚瓶。與梅同不睡，無夢苦長醒。寒犬吠殘月，啼烏驚曉星。吟成恐忘記，細語喚娉婷。

晨　起

寡營枯坐愛吾廬，俗慮塵心學破除。日出先從高樹見，天寒大好閉門居。當前趣永偏宜澹，昨夜詩成盡未書。忽地銚聲答幽諷，煎茶得句莫齟齬。

臘月十三日雪，用坡公聚星堂雪詩韻

隔牖重陰壓危葉，天帝初番試新雪。南州一冬雪最稀，今年忽雪真奇絶。初來挾雨何霏微，旋覺因風變叉折。霜禽瑟縮廣院喑，日痕黯黮紙窗滅。詩成忽聳肩如山，管凍將呵腕疑掣。兒童欣詫盛璣璐，高士徘徊褰衣纈。與梅爭春費平章，烹茶掃水嫌纖屑。甫逢臘粥味初嘗，衹恐殘年去似瞥。朔雪莫向炎方談，那知此語亦浪説。對雪偶學白戰詩，忍寒寫成手如鐵。

歲　晏

忽忽歲既晏，落日明柴扉。荆棘將安往？詩書吾所依。朔風吹短鬢，起舞唱無衣。大笑中庭立，梅花亂亂飛。

東坡先生生日，同許澂甫師、黄喈南丈、陳鐵香、義門、劒門昆仲，繪像設祭，爲詩以紀

�聲潛萌動，歲律暗中移。人家争媚竈，或邀祭終葵。書生獨酸寒，徵逐忙哦詩。詩壇一瓣香，遥祝尊峨眉。遂填笠屐像，杖履相追隨。三過精神在，壽骨尤豐頤。白髮三千丈，掀髯如生時。公身丁磨蝎，吠聲羣隨之。南遷瀕九死，儋耳窮邊陲。薯芋日飽啖，桄榔身託羈。一場春夢幻，都似黄粱炊。精氣長在天，奎宿照八圻。八百有餘載，堂堂留容儀。披圖拜春風，風流真吾師。公行不及闆，靈兮或來兹。空洞容餘子，乘風游海涯。酹酒薦蘭酯，醍醐涓玉卮。茶餅與荔香，殷勤爲介麋。雖無景文畫，雖無王郎詞。梅花爲公獻，仙杞爲公持。心香申頂禮，公應不我遺。咄哉下士輩，凍立如蠅癡。紙窗竹屋下，歲寒相與期。祀公馨俎豆，消寒擁四圍。寥寥成雅集，奔走齊摳衣。高談便飲餕，微月生柴扉。區區刺桐城，聊當赤壁磯。浩歌公何在，一曲鶴南飛。

送神曲泉俗以臘月二十三日送神，越年正月四日迎神。

香花列，酒漿陳，熘一雙，爆四鄰。華歲晏，祝新春，語喃喃，争送神。神光離合知何處？風爲馬兮雲爲馭。霓旌翠蓋杳冥間，一瞥空中自來去。酬神勞神傾良醞，頂祝明年好事近。家人婦子致吉祥，全憑神力蒼穹問。神之駐兮篆香飄，神之去兮靈旗招。靈旗招兮上天上，天上人間兮路不遥。歲云莫，日之晚，送神風，護神幰。俗以是日風起爲送神風。去復去，駕未遠。春四日，接神返。

歲暮四詠

春聯

東皇控驂至，大地變春色。珥筆貢諛詞，齊奉東風敕。紅箋富貴字，華屋仁壽域。愛博門楣光，但費淋漓墨。

封　條

赫赫頭銜貴,高門滿彌縫。閥閲動述祖,溯系稱華宗。城中暴富兒,攀稽笑無從。今年縻囊金,新年門盡封。

爆　竹

敗鱗與殘甲,滿天飛不已。莫作不平鳴,藉此占大喜。三百六十日,消磨春聲裏。家家轟如雷,兒童齊掩耳。

火　爐

别歲争圍爐,榾柮烘烘煦。嚴寒變春温,炭聲然歲暮。蕭蕭窮巷子,炙手熱初埘。借此茆屋中,坐煨殘年芋。

除夕,效東坡先生三歲詩三首

歲晏百物足,雞豚嚮殘臘。米粟釜庾充,新釀動盈榼。爲歡饋物産,不惜出與納。以貨如交易,筐籠紛雜遝。貧富稱有無,存問各訢合。富家逞豪華,禮意窮周帀。貧家傾錙銖,磨舂出升合。落落酸書生,岑寂高士榻。往來一詩筒,裁成相贈答。餽歲

其　二

今年盡今日,明日又明年。持此一尊酒,送年例相沿。已過三百六,今年儘留連。除夕爲祖餞,辭舊休輕捐。家人斟屠蘇,兒童爐火然。東鄰接西鄰,爆聲飛滿天。歲事孏且憊,我醉正欲眠。舊年去復去,夢中新歲遷。别歲

其　三

殘年何所似,勇流如奔濤。掉頭不肯住,去去等逋逃。雖有魯陽迴,空自煩勤勞。夜闌彊相守,欲嗤小兒曹。苦無長繩繫,攀遮頗喧嘈。小住爲佳耳,雞聲且漫號。新年詎非年,何須待旦囂? 甚恐負少年,馬齒日漸高。努力愛韶華,流光迅滔滔。守歲

薇花吟館詩存卷二

雜　言八首　壬戌

吾生亦何求？讀書便是福。清芬冀傳薪，咿唔匪志穀。豈不貴根柢？經訓沾膏馥。小技矜雕蟲，亦知學非樸。頗爲時輩誤，詞章勖庠塾。謂甦涸轍鮒，宜逐文場鹿。少賤苦窮餓，飢腸眷饘粥。章句遂浮湛，涉獵恃販鬻。弋獲浪得名，欣然争一蹴。及今本心明，始悟術非淑。所學乃何事？未可對幽獨。聖賢昔教人，道德宏樂育。性行重脩爲，仁義貴精熟。正學苟不明，曷貴典墳讀？矧復戀時趨，尤增壯夫恧。亟起返躬脩，本來變面目。

其　二

美玉無全瑜，良木無全材。水極清無魚，人至察無才。知人先灼照，有容量尤恢。妍媸精喆鑒，察識澄靈臺。内明外若拙，平心神别裁。其在庸庸者，置之同駑駘。若夫彦聖徒，體用難兼該。片長足旌録，薄質資栽培。微釁及小過，净地著纖埃。吹毛莫求疵，大度袪疑猜。反己惟持恕，胸臆自宏開。責人能留餘，涉世泯罻胎。求全儻苛刻，奇儁安能來？

其　三

湍險已憂惴，人情尤變幻。結納侈聲氣，凶隙終嫌怨。不獨富貴交，雲泥判亨困。即論道義交，亦飲翻覆恨。當其歡儔侶，恨不極繾綣。一言偶齟齬，反脣不相遜。昔矜膠漆心，今迕嚶鳴願。蓄險機尤深，腹誹積方寸。或存左右袒，門户更延蔓。所以君子交，如水甘樸鈍。吾道寧終孤，不知亦無悶。神交契古人，我我相酬勸。不則素心人，一二勝千萬。落落與終身，毋使薰蕕溷。勿至詠谷風，始賡絶交論。

其　四

朱絃希繁響，恬流少急湍。泉明空撫琴，閟音永不彈。芳蘭送薰苾，無言秀已餐。脩士外黯淡，抱道自盤桓。聞人逞談說，尚將避舌端。何況捫吾舌，敢妄翻波瀾。亮哉摩兜堅，出話慎其難。

其　五

平生談清操，誓不貪泉飲。貿貿一行去，黷貨訕尤甚。初終變氣節，此理真難諗。慷慨語道德，雖負潔廉品。窘餓匙恒産，給奉乏常廩。枵腹講操持，良由幾未審。一旦得藉手，頓忘夙性稟。持儉可養謙，志士常懔懔。

其　六

謀生苦無術，讀書亦未能。識字益憂患，祖武何時繩？轗坷未遇日，敞門空撫膺。燕雀譏鴻鵠，卑風躓鯤鵬。流俗何足責？賞識得未曾。營道即同術，盛氣亦憑陵。稍聞談經略，雄辯何紛騰？縱目渺八極，高論括廢興。俯視時輩拙，龍門峻難登。玩物足喪志，小技尤見憎。下士惜羽毛，守口惟兢兢。當年任輕忽，安敢争伐矜？豈無凌雲志，所惜時未乘。千載艱知音，奚況吾友朋？但慮學尚困，黽勉對青鐙。

其　七

喬榦藴空山，太璞抱大野。但葆千金軀，勿患知音寡。明珠誤投人，見棄同缶瓦。相賞牝牡外，誰能識良馬？我有莫邪劍，灌辟方躍冶。護以紫錦茵，佩之青犀銙。詎謂知者希？終有望氣者。

其　八

盱衡及千秋，掃除安一室。拓地無三弓，適意在容膝。志士自樂飢，幽居任蕭瑟。情至興亦欣，據案操不律。澹沱愛芳晨，霽色晌春日。新禽貢好音，花氣鬬芬苾。美蔭將窗環，芳草争地出。俗屨幸不來，長留苔痕密。作詩惟自賡，眷此生花筆。

題余曼翁板橋雜記八首

長板橋南臺榭横，酒旗畫舫擁傾城。承平世界神仙福，粉黛人家簫管聲。

其　二

扇影歌喉夢亦香，輕盈法曲泥檀郎。妥娘頓老新聲發，十萬纏頭壓教坊。

其　三

名花名士鬬風懷，酒罷棋闌聞墜釵。最是月斜人定後，一天鐙火落秦淮。

其　四

姊妹如花共賞心，酒香人語淺深斟。連朝盒子春槃會，争備歡場手帕金。

其　五

六代鶯花次第收，凄凉金粉付東流。春鐙燕子詞成後，零落南朝十四樓。

其　六

鐵騎臨江壓暮潮，掃眉無復話良宵。玉京老去横波嫁，誰向春風舞細腰？

其　七

白門煙柳傍秋飛，聲伎樓臺有落暉。茉莉香銷瓢菜長，十年舊夢淚沾衣。

其　八

舊遊湖海感平生，白髪青衫老淚傾。解唱江南斷腸句，人間尚有庾蘭成。

春　草四首

不斷郊原翠毯鋪，陰晴十日燒痕蘇。簾青如夢飛蝴蝶，酒醒無人啼鷓鴣。春到園林封檻砌，愁生驛路見蘼蕪。江南有客傷神甚，唱遍天涯何處無？

其　二

煙雨吴宫怨未消，遠芳無際倍魂銷。雉媒遥指三春路，馬跡曾過幾板橋。寒食踏青空渺渺，送君恨碧總迢迢。王孫何處鶯聲亂？盼斷江頭欲上潮。

其　三

三月憑闌日又斜，傷春傷别問誰家？銅鞮坊北朝盤馬，金谷園中晚噪鴉。南浦愁看波盡染，東風吹斷路將叉。萋萋離緒消難得，忍向長隄護落花。

其　四

裙腰一道認迷離，古岸空濛上酒旗。春水緑於前度好，斜陽碧似六朝時。闕氏冢冷添愁重，燕子村孤入望疑。惆悵西堂尋夢客，池塘生意欲成詩。

首夏雜詩四首

醒愁夢懶過三春，花事闌珊衆緑新。燕子不來芳草歇，斜陽獨立苦吟身。

其　二

隔屏兩兩三三蝶，悄院疎疎密密花。吹得滿城風絮後，黄梅雨過忽聞蛙。

其　三

緑遍菖蒲令節迎，紅噴榴火眼波明。何人熨貼香羅佩？茉莉簾櫳刀翦聲。

其　四

棗花纂纂日西銜，倚樹哦詩思不凡。消受緑槐風四面，新晴凉意透蕉衫。

題涂祥卿明經鴻鈞遠浦歸帆圖

歸向滄江卧，片帆天際斜。田園蕪欲盡，之子忽思家。泛泛人千里，盈盈水一涯。因君復望遠，詩思展蒹葭。

五月五日作歌

吾降恰逢重五日，離明象合才名溢。二十二年猶蒿萊，無乃不學嗤無術。凍蠅瑟縮安敢號？少年意氣空雄豪。讀書致用原難事，於世渺不如鴻毛。區區文章真小道，誰能致身青雲早？平生雖匙温飽心，饑來亦自愁潦倒。有時狂歗看蒼天，青眼高歌無人憐。臣朔苦飢侏儒飽，萬卷拄腹惡能賢。天下需才士逐鹿，白駒猶然縶空谷。空谷酸寒自解嘲，駑駘幸免轅下辱。方今潢池紛弄兵，螳臂當車何縱横？坐令荆棘滯車馬，氣茶畏請終軍纓。有道頗懷貧賤恥，抱器觥觥奮袂起。側聞振策遊神都，一葦須杭滄溟水。不羈且待飛騰期，轉眴春風會有時。眼前暫復安株守，何必悲歌嗟路歧？今日何時兮，覽揆初度尚黑頭。問君何者足不朽？若問五日死，三閭亦已久。若問五日生，田文今安有？敢將嶽降崧生詩，祝向蓬樞與甕牖。但逢良辰令節且陶然，清福婆娑樂消受。今日何日兮，或進九子粽，或斟五時酒。杯勺雖未勝，薄醉當大斗。試思一年三百五十九，誰似今日人人爲我壽？

村　　外

半角煙籬繞吠尨，幾家雲碓水淙淙。野田白鷺忽驚起，飛入斜陽近轎窗。

五雜組九首

五雜組，羅與綺。往復還，車如水。不得已，貧而仕。

其　二

五雜組，華衮襲。往復還，短綆汲。不得已，下車揖。

其　三

五雜組，環珠翠。往復還，舞蝶翅。不得已，投名刺。

其　四

五雜組，織文襦。往復還，轉轆轤。不得已，去故都。

其　五

五雜組，階前蘚。往復還，燕尾翦。不得已，春衣典。

其　六

五雜組，染素絲。往復還，錢刀資。不得已，交道衰。

其　七

五雜組，揮雉翣。往復還，争棋劫。不得已，更舊業。

其　八

五雜組，丹青畫。往復還，媒妁話。不得已，見貴介。

其　九

五雜組，赤玉瑰。往復還，曲水杯。不得已，歸去來。

夏日放言六首

閉户静消一夏，開軒偶拓三弓。讀書頗解雌霓，披襟時有雄風。

其　二

短歌不知大暑，長日真如小年。坐久斜陽欲墮，詩成茶火初然。

其　三

樹涼已得蟬蜕，叢密猶剩燕窠。兩口葵花盌大，一盆荷葉錢多。

其　四

乍雨乍雲時節，不衫不履風懷。鳳仙花時可喜，鳥聲雜處大佳。

其　五

但覺不求甚解，何憂來日大難？錢癖每輕和嶠，甑塵豈困范丹？

其　六

傲骨錚錚欲響，齋頭寂寂自娱。事事從吾所好，悠悠與古爲徒。

秋　色

秋色已如此，柴門尚未開。殘陽黄葉徑，白露蓼花堆。檐静一蛛過，天高數雁來。缺鐺吹茗火，獨自撥罏灰。

爲友人題七賢過關圖

迢迢驢背指寒山，人在横橋十里間。千樹梅花一鞭雪，吟魂如夢繞藍關。

客　夢

西風醒客夢，徙倚揭簾旌。微月當窗入，銀河案户明。有懷期遠志，不寐聽秋聲。唧唧寒螿語，遊心共不平。

圈虎行

鐵光如炭攔虎住，虎亦雌伏受禁錮。忽聞人聲排闥來，咆哮一呼肆瞋怒。碧眼蕃兒手摩抄，虎氣頽然如么麽。癡立似倀僅摇尾，虎視眈眈今如何？吁嗟山君在山中，般般一歗南山空。食牛由來養鋭氣，假狐尚自憑雄風。陷身誤投羅與網，爪牙無所施悍獷。虎子既失虎穴中，耳戢毛卷求豢養。始知叱咤喑啞如虎口，檻穽一朝隨其後。逡巡局促難闞虓，平生積威皆掣肘。

遊虎溪巖

振衣拾級晚登峰，石骨嶙峋薄靄封。豈有巖巔真嘯虎？且看雲氣欲成龍。海風四檻人攜袖，秋色千林僧倚松。我向鷺門策遊屐，名山一笑舊相逢。

萬石巖

天風壓海聲，上有孤巖敞。飛煙散遥空，松濤正答響。斜日如欲落，秋高暮氣爽。我來叩禪關，禮佛登方丈。俯臨檻以外，恍惚窮萬象。怪石駕嵯峨，亂擘巨靈掌。或如蹲虎豹，或如伏魍魎。或背齊晉盟，或争滕薛長。一石千萬石，巧繪難摹倣。五日畫一石，須著一生想。

九月將計偕北上作

聚首不覺歡，離家各心酸。平生第一别，遠道況漫漫。昔歲借聘錢，所嗟行路難。己未秋捷後即將北上，因聞道路寇警，不果行。今歲辭高堂，淚眼愁相看。相看不敢哭，恐摧親心肝。吾父與吾母，視我上征鞍。垂誡極諄切，珍重期加餐。但葆遠適軀，何必求一官？家計雖貧苦，且勿眷飢寒。李郭幸有侶，差免形影單。家書尤宜報，開緘欣平安。受訓惟諾諾，無語淚偷彈。回首心如割，一步一蹣跚。

偕陳榕坡大章、馮秋槎拱辰、何晴颿家聲、許岵亭有濟、王少明繼釗坿夷舶之上海，爲賦長句紀之

天涯錦帆力飛駛，掉頭直走滄溟裏。鐵艘飄上扶桑顛，俯看滄海一粟耳。奔雷呼浪忙吹嘘，習御狂飈翫靈胥。萬里駕颿風作脛，雙輪碾雪水乘車。白日破碎不成色，島嶼晦明争頃刻。耳聾目眩隨飈飄，蠣頸縮波鷗戢翼。側聞有路

匆登船,何況鉤輈蠻語紛喧闐。行囊攜得焦餘飯,忍餓坐受長風憐。對此茫茫生百感,振衣當風肆雄覽。狂搜萬靈發歗歌,吟成險語破鬼膽。渾茫無際連斗牛,片時江南認前頭。泖色波分知傍岸,海門天遠不宜秋。翦取吴淞水千尺,賣魚舟停月正白。泊渡移來李郭船,家山幽夢杳難跡。弭棹起食松江鱸,小住爲佳休踟躕。眼前蛩駏幸相倚,客裏風情尚不孤。

申江絶句五首

千里江南一枕孤,計車十日滯征途。茫茫身世生愁感,小住松江不爲鱸。

其　二

吴趨歌罷不堪聞,幕燕林鴟總失羣。滿地哀鴻訴離㔠,流民圖孰繪監門。

其　三

輝熿西北盡高樓,財賦東南聚此州。賈舶秋潮來去處,蠻花犵鳥使人愁。

其　四

酸寒氣欲吸長鯨,破浪乘風萬里行。荆棘叢中問征路,居然戎馬一書生。

其　五

我來意氣最粗豪,况是天涯秋正高。今日登樓謀一醉,不妨飲酒更持螯。

滬上曉發二首

擊汰更飛渡,江南首屢回。曉煙將岸遠,細雪撲衣來。水急魚奔網,風高雀避桅。家山隔迢遞,遥望復裵徊。

其　二

越井思何極,況當去路迢。日明初起處,山壓欲生潮。炊霧柁樓飯,新霜獨木橋。布帆挂千里,風力不勝驕。

大沽夜泊

西風獵獵撲魚罾,繞岸人家已上鐙。推起船窗看繫纜,一江月色凍新冰。

天　津

析木一津長，行人此繫航。關征荒堞外，旅舍運河傍。風冽便飛雪，天低易夕陽。歸帆儻南挂，有夢寄家鄉。

旅邸漫興簡李雲生觀察同文　四首

壯心不忘著先鞭，縹緲蓬萊指日邊。成葉三年曾刻玉，鍊丹九轉欲求仙。乘風已破宗生浪，射策慙無庾信篇。差喜命儔同李郭，南來共泛孝廉船。

其　二

氣欲凌雲賦子虛，塵寰安識馬相如？真成叔寶茫茫集，肯效深源咄咄書。入爨誰知焦尾木？尋斤恐棄不材樗。酣歌慷慨天飛雪，又是青陽迫歲除。

其　三

毛穎囊中待價售，催人歲月恐如流。飛龍縱鍊盧仙藥，舞鶴疑貽叔子羞。客裏雪霜羈士感，眼前眠食老親愁。星河歷歷分明在，安得乘槎達斗牛？

其　四

待詔應憐曼倩飢，亡羊空歎路成歧。高歌望子誰青眼，濁世何人識白眉？幸有龍門接遊士，敢因驥尾附新知。矧逢孔李通家誼，更是階前吐氣時。觀察爲先大父壬辰秋闈所得士。

至　日　作

萬里愁于役，霜風吹鬢絲。況當佳節日，倍寫客中詩。濁酒深浮白，征衣欲化緇。江山助奇語，擁鼻獨吟時。

其　二

吾欲試毛穎，因之著祖鞭。劒花飛夜冷，客夢到家圓。雪影落何處？春聲似去年。朔風吹歲莫，枯坐獨淒然。

梨園行贈歌者

天津橋上車流水，歌管褸臺絲音起。誰家法曲譜新聲，何處鐙宵掩月明？

一帶院牆當大路,梨園子弟結鄰住。彈箏挾瑟上金堂,此曲衹應天上遇。五陵裘馬氣粗豪,脱卻霜袍换緣醪。玉樹但歌陳後主,珠喉誰識薛陽陶?簫鼓逢場競作戲,斜陽影裏傳神媚。西施妝罷學捧心,飛燕描成能蹋臂。英雄兒女各千秋,終古功名屬俳優。次第鶯花收眼底,無邊春色在眉頭。日暮人歸呼酒榭,柔喉脆管歡良夜。但是同心誓代桃,紅綃不問纏頭價。誰將上計催秦嘉?秋淺秋深客別家。雲樹蒼茫遊子夢,煙波縹緲客星槎。北望風塵吹京國,錦帆遥指天涯極。問津小住塵未湔,聞道霓裳下九天。觀場起向横橋畔,院落笙簫春歷亂。敲來銅板大江東,譜入紅牙楊柳岸。舊曲新腔那易聞?揚州春夢入司勳。此時但解憐紅袖,此地便應乞紫雲。雪花如掌沾衣滿,隱隱酒旗露亭館。新火圍來榾柮鑪,清觥傾倒葡萄盌。飛觴聲裏雜歌絃,酒氣成龍燭炧前。供奉新詞裁未就,嬌歌先譜李龜年。雛音恰恰愁如滴,頳盡玉山描白皙。貪看六郎衆奪花,生憐李謩能擫笛。起言故里住山東,少小飄流如轉蓬。永訣耶孃分姊弟,彈來妝淚袖皆紅。十三調成鸚鵡舌,名在歌伶弟一列。天生靈慧可人憐,色藝場中擅雙絶。武陵客訪桃源津,顧曲評茶暮暮頻。只有鸚哥呼李益,斷無仙犬吠劉晨。我來鄉思方振觸,博得坐香兼倚玉。品花抛盡沈郎錢,贈語題來順郎曲。酒酣耳熱寫新詞,滴粉搓酥句不辭。自是香奩韓偓體,莫疑曲子相公詩。詩成眉色皆飛舞,傳誦爲教通菊部。此日因緣締盛游,異時應記廣寒府。彈指東風催早春,征衣計日浣京塵。渭城誰與殷勤唱?合有何戡是舊人。

十二月十七日雪,三十二韻

夜夢不知處,朝來白到門。猶疑月色吐,已是雪花繁。臘盡岸湄柳,春回庭隙蘐。是日立春。朔風砭凍骨,微雨釀冰魂。萬木聲齊啞,千簷響欲喧。同雲初積暝,集霰細吹痕。戲玉遥天舞,摇煙大地昏。四山皆一碧,六出本無根。鶴氅疑剛著,鵝頭訝盡髡。樹虚雜微凇,野曠折寒楠。積素廣庭照,飛塵隔牖噴。瓊樓添崛屼,銀海誤淪渾。遠鷺欲無影,玉龍何處奔。近真侵晝幌,迢亦覆煙邨。瞥眼忽三尺,當頭撒幾番。槎枒棱疊露,泱漭氣先吞。著屐輕輕陷,如山旋旋屯。掃階箕屨擁，觸冷手難捫。阻遍游人跡，摶來彌勒尊。新泥嘌涂軌，冰柱待晴暄。記得家鄉景，況將節序論。春音催暮歲，梅孕護芳園。堂上奉杯酒，閨中快笑言。迎春喜兒女，饋歲語嬋媛。倏覺行蹤隔，真成離思煩。聳肩頻料峭，別緒理紛緼。鴛瓦聞猶小，貂裘擁未温。客途誰訪戴？卧境寂推袁。銚韻學幽諷，鑪灰炙冷樽。混茫憑壓屋，瑟縮不開軒。呵筆吟情耐，烹茶朋話敦。敗鱗殘甲裏，白戰一篇存。

諸同人戲爲雪彌勒口占一絶

散花影裏現慈悲，冰作圓光玉作肌。不著纖塵真凈土，一龕趺坐月明時。

津門除夕二首

到眼堂堂又歲除，迎年餞臘阻公車。關山聞説吹狼火，鄉國劇愁滯鯉書。怖似鴿栖依遠樹，閒同蜷縮守冬爐。重慊樺爝人家事，一種歡悰未肯攄。

其　二

修虵赴壑客心單，鶻突飈馳歲事殘。風鶴即今聞警戒，雪鴻隨處且盤桓。眼前已覺長安近，夢裏猶驚行路難。料得釧聲鐙影下，倚窗懶理五辛盤。

人日酒後作二首　癸亥

真教思發在花前，晚趁東風醉綺筵。端正輕衫忙著屐，商量破費買春錢。

其　二

月鉤如削暮迢迢，換醉何須脱錦貂？煖酒蠟燈春似海，客中第一可憐宵。

初春雜興四首

東風隄岸釣人家，屋覆青茅籬築笆。最是破冰好天氣，一灣河鮨長魚鰕。

其　二

天津門外酒船停，天津橋頭鯉浪腥。豆子畂邊斜照白，角飛城畔晚煙青。

其　三

遊人雜遝總如雲，指點煙波界夕曛。七十二沽雲水闊，賣魚堆裏正論斤。

其　四

香塵輭入馬蹄輕，難得新年早放晴。十日春風欣解凍，柳邊緩步看潮生。

通州晚泊

岸勢依天盡，殘陽迫晝真。河流淘日夜，客望入京塵。倒影檣臨水，暮痕春照人。移舟渡頭泊，吾亦近知津。

見槖駝，偶詠十二韻

三五成羣處，蹣跚疥疾瘥。奇姿瞻傴峗，緩步笑蹉跎。類自泉渠出，畊曾回紇過。肉鞍高崱屴，峰背聳坡陀。幾陣聲鳴圔，千斤載重駝。隆然媲馴象，蕞爾藐靈鼉。屈足嫌支節，昂頭任撫摩。毛應資褐褥，飲或雜鹹鹺。鬼訝乘龍異，經宜率馬馱。危肩栖鳥雀，大力合牛贏。製記洛陽倣，形嗤郭氏訛。不須驚腫背，怪事世間多。

法　源　寺

精藍拓游塵，諸天人不見。鐘聲出上方，通幽引崇眄。傑閣摩春霾，梵宇敞畿甸。鹿幢表廣庭，遠意與之莚。松杉鬱佛欄，怖鴿影亂戰。僧寮拱游廊，法王尊幽殿。銅冶丈六身，金碧大千院。禁扁紛題名，煌煌目爲眩。碑碣論廢興，摩挲我幾遍。裒古立蒼茫，舊聞憶史傳。西京旌擁雲，東征羽馳電。沙蟲苦斷脰，衆殤紛相唁。瘞骨京觀撐，招魂進哀薦。貞觀聳宏規，憫忠寺斯擅。代嬗制屢更，崇福名疊變。鞏革殊夏鼎，碩果存紀甗。衰草閟幽靈，古柏森寒顫。一代一恢廓，甍甓增葺繕。遂令大雄刹，及今猶完善。茫茫千餘年，光陰駛如箭。烽燹閱滄桑，此寺經百鍊。我來汗漫游，輭紅正拂面。停車禮梵王，瞻矚情忘倦。筍鞵踏空緑，苔疣剥片片。煙痕盤樓檐，松湍擘衣緣。聽梵暝忘歸，蛛絲晴欲罥。

虚衿絜幽賞，思古隨所眷。沿風生微吟，泚筆呼滌硯。

謝公祠中别構一齋，懸疊山先生琴硯圖拓本。萬藕舲尚書榜其額曰一琴一硯齋

首陽義士辟粟後，一琴一硯落人手。精魂長隨遺物久，疑有神靈爲呵守。琴材妙掣嶧陽剖，號鐘詻辭鐫不朽。當時楚囚遘陽九，信國商聲變拘羑。朱厓浪惡君絃蹂，斯琴淪落等瓦缶。瘞藏有年土花醜，焦尾爨餘發培塿。土人得之拂塵垢，識者購此示之友。公諸世上不私有，歙硯更儷神物偶。程銘趙題字深黝，昔日建陽橋亭牖。簾外乾坤幻蒼狗，團湖坪上忍回首。韓亡難遇圯橋叟，卻聘書成淚如酒。此時此硯苦同受，片石忽落八閩藪。水底不隨鼉蛟走，瓦全壯氣猶抖擻。周生珍惜死不苟，臨簀抱器如重負。配之玉帶生無忸，藕舲夫子起江右。桑梓敬其意良厚，掃除一室題齏臼。墨搨蒼茫比科斗，懸之齋中魑魅吼。烏虖！南渡寸土今存否，區區何物得齊壽？

同黄濟川侍讀貽楫晚過長椿寺二首

夕照寺門收，返痕金塔樓。真成僧富貴，長對佛高幽。春思聞啼鳥，游情似野鷗。沈吟頻閣筆，題句在前頭。

其　二

諸天香火寂，松梵晚風麿。幢古入暝色，榻深見佛鐙。黄絁瞻畫象，泥字欲成蠅。觀九蓮菩薩象，像出明大内。上有泥金細字，書“崇禎某年畫”。能説九蓮聖，高談詢老僧。

松筠庵謁楊椒山先生像

東廠杖聲西市血，浩浩爲公勵冰雪。馬市未阻鱗曾披，蛇膽無功心如鐵。分宜勢燄欲薰天，當時誰肯探虎穴？上方劍鋩無乃韜，奸回黨惡何時滅？堂堂孤憤出曹郎，諫草淋漓竭剴切。風吹枷鎖滿城香，歌罷遺詩眶眦裂。蒼茫忠魄何處尋？杜宇聲聲天半咽。駕部祠堂動敬共，宣武門前停車轍。遺貌儼然生氣

存,院宇春深啼鶗鴂。昔讀公集唾壺擊,今瞻公容氣猶傑。剖丹二疏落人間,汗青百代鑄奇節。嗚呼!先生之宅妥貞魂,先生之事炳遺碣。笑他十載鈐山堂,塵迹蒿萊亦净絶。

百五節偶作二首

思家時節發長吟,連犴襟懷最不禁。畿甸風塵磨壯骨,關河煙雨鑄詩心。遠遊始覺鴻留爪,名藪真同魚慕涔。溷跡軟紅愁小住,看他人海莽升沈。

其　二

已恨天涯夕照遲,子規聲裏攪相思。春寒春煖誰分定?花落花開又幾時。細雨海棠過冷節,秋風蓴菜盼歸期。客中容易清明到,振觸鄉園尚别離。

都門寄内四首

竹窗環美蔭,花圃近房櫳。香駐重櫳裏,禽喧好夢中。妝臺孀窺月,衫袙瘦欺風。珍重平安字,知卿喜剖筒。

其　二

小姑昏悦去,閨裏更無聊。堂上椿萱健,追隨勤暮朝。貧家雖守儉,食性賴親調。君亦勞能代,吾真福倍消。

其　三

慈母愛兒切,關情寄遠書。愁懷緜客路,夕照倚門閭。微步隨姑出,花前背立初。所思怕人覺,輾轉定何如?

其　四

翻悔離家易,今知行路難。三年諧伉儷,一度走長安。客枕鄉爲夢,重衾戀亦寒。征途堪遠慰,尚自勉加餐。

偕黄霽川侍讀、幼臣中翰貽橋、丁介帆舍人士彬、黄敬堂、佑堂二孝廉、張蔭庭拔萃端遊天寧寺四首

難得芳春一日晴,鶯花十里過清明。牡丹芍藥開都遍,結隊游車晚出城。

其　二

漾得香風出紫藤，亭臺一角露棱棱。鴉呼鈴荅忽聞處，瞥見浮圖最上層。

其　三

啼禽聲裏餞餘春，引得遊蹤破蘚茵。莫向東風惜遲暮，落花無語待幽人。

其　四

沙甖煮茗味蕭疏，香積厨開雜野蔬。大好與僧同粥飯，何須破戒醉燒豬。

挽王道羲秀才

墨妙文心早擅名，天南落落一書生。才華易促周公瑾，窮勣曾同阮步兵。宿草孤墳他日淚，殘篇傳世故人情。可憐身後零丁甚，吾道艱難尤不平。

劉筱坪比部師洛、張安甫民部文瀾、楊子恂舍人仲愈、馬駕部逢亨、梁小若駕部欽辰邀飲松筠庵

躡徑通石窦，穿竹經幽房。拾級循苔階，仰見諫草堂。楊公遷擢日，卜宅此徜徉。眼見諸臺省，袞袞誰剛方？憤氣不苟已，披鱗何慨慷？柄臣勢不敵，公獨攖其鋩。張子有奇氣，鑱鐫舊封章。能從百載後，追揚文字光。張布衣受之，搜二疏底稿刻石立壁。遂令二疏草，觸目生煇熿。忠魂應歸來，祠宇詎易荒？我來逢盛筵，酹酒古人旁。古人不可作，歌罷仍徬徨。

無　題四首

何事秋風趣别離？隔屏悄立怕人疑。須知寫恨深深處，盡在停鍼脈脈時。金鯉無情遲尺素，銀蟾何故攬柔思？生憎走馬章臺日，京兆閨中孰畫眉？

其　二

花開花落影闌珊，翠被難禁料峭寒。身瘦自忘腰帶减，春深嬾换袷衣單。銷魂盡日那知夜？别淚從來未肯乾。底甚思量無限事，總教恨緒入眉端。

其　三

熏籠玉枕獨成眠，銀漢紅牆思悄然。私語些些防夢裏，春心寸寸發花前。

悔教夫壻輕投筆，枉向天孫借聘錢。小睡未安和酒醒，柔情狼籍寫鸞箋。

其　四

緘愁霞綺孰傳書？濃積幽悰未肯除。暖艷爲誰含荳蔻？佳期失喜指芙蕖。芳閨新種相思豆，春水多生比目魚。便欲投君香夢裏，好風珍重一吹嘘。

題劉倬卿同年璋壽詩卷

風林無静柯，急弦無緩矢。負兹邑鬱懷，抒寫乃如是。劉子抱奇才，闔邦不羈士。歗傲人間世，豪氣頗跅弛。餘事作詩人，詩亦絶依倚。曾未出户廬，曠觀空萬里。連犿好襟期，一一流素楮。吾閩多詩宗，唐宋遠莫跂。近代盛二藍，嗣響推十子。誰能繼其聲？莘田與雁水。里閈溯典型，騷壇尊壁壘。大雅久不作，諸子能蔚起。而我生已晚，私心亦竊比。性情終塗澤，風格苦卑俚。每恨古之人，好詞擅專美。珠玉在其前，所餘糟魄耳。緊君一卷詩，今日已如此。浩浩見性真，斯才亦罕矣。我更進一言，皇然不自揣。將邪得灌辟，其鋒乃不靡。庖丁解牛者，尚求進乎技。歲月鍊才華，努力宗正軌。直入古人堂，追蹤杜與李。此道衰复興，端自吾子始。天風吹海濤，揚飆各分駛。君方振鯨采，我亦策駒齒。異日持詩卷，質君東山裏。談詩雲樹間，相見各有喜。

里門師友詩八首

抗疏劾權貴，臺省標錚錚。並世三直諫，誰不震其名？名譽已傳播，尤以述製鳴。經訓必櫽栝，考核期詳明。努力追古者，眼光窺百城。浩浩翰苑集，奏議儲其精。薪盡火宜傳，藏書留晏楹。顧無同壞几，冥芴湮平生。陳頌南光禄師

其　二

訓詁與聲音，讀書誰思誤？案頭枯流螢，俗儒狃章句。小學書充棟，終飽編裹蠹。殫心期講貫，冥思殊未悟。喜尋先覺覺，吾師黄叔度。黄壽臣少宰

其　三

當代許洨長，築室聊中隱。庋架盈古香，精華探義蘊。夙好耽緗素，時趨謝

脂粉。有才不著書，下筆尤謙謹。憶吾游師門，少小尚未齔。欲就丁卯橋，望衡今更近。許瀓甫比部師

其　四

作書有八體，其八曰隸書。蔡邕變隸法，八分義攸居。漢唐類踵出，學者習難除。海内善書者，近代復何如？吕子擅專門，黄絹名不虚。擩染人間世，結體追古初。鐘鼎與科斗，間亦出其餘。吾里數藝術，非君其誰與？吕西村孝廉

其　五

咄咄王逸少，書法窮根源。詩成必横絶，食貧尤軒軒。去日愁潦倒，卑風躓騰騫。昔時一樽酒，與君曾討論。秋風吹茂陵，消渴病文園。光陰逝流水，落日易黄昏。影徂心常在，此言慰九原。王道羲茂才

其　六

初祖溯温陵，榕垣名尤盛。裁就硬黄牋，酬酢資聆詠。愛客樽不空，觀書眼如鏡。下筆動萬言，雄才殊超敻。風度獨翩翩，千秋頗自命。昔登大雅堂，談詩仍未竟。愧我引吭音，歌吟昧聲病。異日持詩卷，期君爲竄正。楊雪滄舍人

其　七

羽商雜流徵，曲高和彌寡。大吕儷黄鐘，凡響陋缶瓦。落落湖海士，誰是知音者？天下方需才，斯人乃在野。親串締夙交，傾心久藏寫。相依結蛩駏，驂靳愧駑馬。灌辟器未神，資君作大冶。每望百尺樓，常苦居樓下。陳鐵香上舍

其　八

築栖梅石間，詩書供屬饜。履綦規矩繩，文章華藻掞。東坡既能書，子由學亦贍。風雨每連牀，得句互箴砭。今年逐名場，聯鑣並吐爓。君看豐城中，光芒飛雙劍。黄敬堂、佑堂二孝廉

五　日　作

燒尾初聞奮地雷，賜衣喜自被恩來。故鄉頓隔六千里，新酒頗添三四杯。客舍驚心插蒲艾，高堂望眼企蓬萊。遥知天際歸帆疾，舊侣今應鼓櫂回。是日領

表裏二端，故弟二句云云。

五月初七日，養心殿引見館選，恭紀

沾沾小草荷吹噓，射策榮邀藻鑒初。殿試以弟六本進呈御覽。十載讀書酬素志，三山染翰近丹除。何期先世承恩澤，又覲天顔侍帝居。千仗春容臚唱肅，許隨鵷列步徐徐。

夏日雜詩三首

春雨招不來，夏雨麾不去。一窗常沈陰，屢訝天初曙。故人杳千里，南望不知處。悠悠生遠思，茫茫向誰語？蜷縮一室中，科頭更箕踞。幽栖真沉寥，盡日案常據。明朝冀放晴，斂錢資飲醵。

其　二

規模遘時利，文字覷窮通。猶幸見錐末，謬許入彀中。聲名踅腥羶，篆刻慕雕蟲。朝餐動至午，行止終悤悤。好逸心常静，毋爲習俗蒙。敞門讀吾書，澂慮歸沖瀜。

其　三

未登太華顛，培塿已無外。未觀太倉粒，總覺斗升大。涂抹盈霜縑，炎炎入都會。縱著羅與綺，垢面終無賴。辟若脂粉施，無鹽亦美娧。及其詳妍媸，諦視目不昧。始知糟魄餘，拉雜宜亟汰。十里步障圍，蛛絲詎能繪？五丈阿房宫，散木詎能蓋？

題周伯蓀太史蘭紅心草廬近稿

天南猶未掃欃槍，翻使周郎鄉思并。海内句推吴祭酒，江關愁殺庾蘭成。才傳薊北游非誤，詞唱江東座更傾。今日蓬山披秀語，一編風雨作秋聲。

陳頌南師所著文集，未之見也。偶于廠肆購得籀經堂集底稿，喜題卷末

白簡飛霜面嵌鐵，批抵要人氣不折。揚眉放膽上封章，無賢不肖今能説。

翰苑集垂陸宣公，奏議乃冠文陳雄。努力汲古崇經術，考據綽有閻毛風。説經尤宗許洨長，犖精篆籀瞭如掌。稽撰達恉舶其微，詎止點畫資摸倣。商周彝鼎旁參稽，訂誤郅寉如燃犀。審音頗共亭林埒，訓義不與金壇睽。著書已溢三千牘，吾鄙無由快一讀。豐城劍氣不終埋，殘蠹半編出廢簏。願船名士遊門牆，如埽落葉窮披詳。是稿經何願船比部手爲校訂。我得此集同拱璧，攜來珍重壓歸裝。歸裝擬解黄花時，欽欽開卷酬相思。願壽棗木傳四裔，以與未讀之士同賞之。

雨後同遊南下窪，和霽川丈均

撲座西山爽氣浮，陶然亭上豁吟眸。槐榆聲裏晴能雨，蘆荻簃邊夏亦秋。世事於人原似夢，壯懷如許況登樓。朝朝苦插紅塵脚，清絶同心此日游。

馬頭題壁二首

秋到天涯人未還，六千里外念家山。遥知今夜洗車雨，望斷盈盈一水間。

其　二

古驛瘦驢爭野草，深宵飢鼠瞰燈油。何當卻話關山道？秋雨秋風過馬頭。

河西務口號

秋柳暗長堤，秋花没馬蹄。霞明飛鳥外，虹對夕陽西。

七月十五夜

萬里雁南鄉，孤征人未還。秋風動朝夕，明月照關山。螢落疎櫺畔，雞啼隔院閒。歸雲天外逐，相對態同頑。

出　城

驅馬出城去，情餘戀闕真。雙叉微雨路，萬里欲歸人。凉早欺征袖，秋先瘦客身。車聲已飛駛，心更疾於輪。

楊邨道中

秋生河岸長蒼蒹，獵獵西風颺酒帘。畦裏豆花白疑水，車前絲雨織成簾。蟬喧柳蔭宫商湊，雁入炊煙詩畫兼。月露光陰來往地，别情不獨惱江淹。

申江九日作二首

去年九月出門來，鯉魚風起船旗開。六千餘里歷歷過，七十二沽處處猜。塵袖幾時浣京洛，浮生何倖侍蓬萊？歸與得就菊花否？花下當傾三雅杯。

其　二

今年九月尚淹遲，佳節天涯倍繫思。客舍正逢鱸美日，征途争及雁來時。錦帆又逐秋心遠，尺素先傳歸路期。獨在他鄉頻悵望，最無憀處彊題詩。

前詩甫就，餘情未已，復成絶句一首示友人

本無兄弟同佳節，況復年年客異鄉。一種秋心降不得，吴淞港畔過重陽。

登烏石山

壞塔埋雲斂莫鴉，樹趺石劚怪杈枒。晚煙隱隱圍天暝，蕩入居人十萬家。

題楊雪滄舍人浚燕臺看月圖二首

六街如水浸樓臺，獨立蒼茫眼界開。蹀躞春明門外路，幾人高處振衣來？

其　二

今年策轡上神州，我亦清虚豁遠眸。他日黄金臺下過，與君把酒話瀛洲。

雪滄丈以詩見贈，次均答之

歸舟破浪下吴淞，良晤欣陪長者風。三顧定需龍卧策，千秋合占鳳池雄。子雲詞賦名原大，文舉交游酒不空。珍重臨歧無别語，往還端莫悋詩筒。

蘆雁畫册,爲陳鏡帆比部燾題二首

成行排字夕陽西,一紙秋容雲水迷。無用銜蘆避矰繳,滿汀如雪足幽棲。

其　二

瑟瑟秋傳渚岸聲,水寒花漲任飛鳴。江湖滿地稻粱飽,聚得人間親弟兄。

薇花吟館詩存卷三

崇武觀海甲子

點點漁罾晚出城，陽烏西匿夕潮平。我從滄海曾經後，時愛天風鼓盪聲。

雨

昏昏正難辨，十日釀霉成。鐍户不知夏，泉聲屋上鳴。千家千樹暗，一雨一分晴。偷得平原筆，漏痕隨處生。

挽少宰黄壽臣先生四首

竟自騎箕返，傷哉夜壑藏。勞衷驅白髮，大木撼青陽。聖主非金棄，歸心轉莫償。斯人今已矣，無計拄靈心。

其　二

中外多歟歷，如公孰與儔？貳卿周小宰，節使古諸侯。温語自天下，臣心無地休。倏歸兜率去，白日遽難留。

其　三

南海曾㝢化，西川亦感忠。高文傳議禮，籌海著全功。薏苡嗟騰謗，枌榆訝失公。吴淞停素旐，無望見清風。

其　四

望雪堂前地，先生晚號望雪老人，因以名堂。從游許我頻。師資弟子列，意氣古之人。問字元亭授，諧聲汶長真。買舟共南下，感念倍傷神。

六月十七日坡公前貢荔并集同人聯吟，黄濟川舍人以事不至，但寄詩論荔枝之勝，走筆賦答

同治三年歲甲子，我適杭海歸自都。六月望後三庚過，騷壇邀供髯翁蘇。

堆盤錦荔三百顆，晶丸鮮坼紅珊瑚。泉南不遜嶺南美，薦公公爲品玉腴。離支佳果推閩粵，蜀中之産徒區區。誰分三十有三品？作譜始自蔡君謨。吾閩遠勝粵種佳，忠惠品題榮枌榆。君也足跡之所歷，惠州眉州窮馳驅。七閩生長極不忘，鄉味首推良非誣。其時歊蒸正困人，火雲嗑髻奇峰矗。誇詩願追和陶句，逭暑欲製調水符。待君未來斜陽晡，儕輩褏回濫吹竽。敲句擘荔休踟躕，語君君亦流涎乎？

夏日偶成，寄雪滄舍人

晷影栖遲思倍清，蓬蒿小闢過三庚。好眠常愛曲肱枕，得句都從乂手成。插竹陰多衣染色，種蕉葉大雨留聲。舍人近事如相問，石銚塼鑪隨處橫。

贈魏子安孝廉秀仁，即送其入都

萬里妖星變瑞光，時金陵方克復。詩篇鴻富壓行囊。重來同里辭知己，此去浮查躡帝鄉。三魏文章當世誦，一官出處半生忙。子安入都擬將謁銓。明年執手京塵内，與爾同傾大白觴。

病起柬鐵香

秋風吹我病，藥物費經營。滿院愁雲懶，倚牀聽竹聲。琴書十日静，裘葛一時更。傳語故人處，真成太瘦生。

除夕書感四首

十年盗賊劇縱横，入蔡功勳指顧成。誰道已收江左績？翻教遠迫冶南城。風敲白骨宵啼魅，浪打丹霞曉吸鯨。九月間，漳郡不守，髮匪屠害甚慘。羽檄時聞消息近，解圍安得伏波兵？

其　二

尸裹沙場血積溝，欃槍氣惡欲横秋。凶門星落將軍殉，林密卿提軍戰於萬松關，死之。廢郭霜嚴壯士愁。義旅宣勤誰入穴？市人驅戰解同仇。萑苻澤近風聲厲，欲問諸君借箸籌。

其　三

荆楚軍來半珥貂，健兒千騎馬聲驕。桄榔影裏風吹角，蠻瘴煙中劍指杓。節制堂皇歸僕射，軍需迢遞給嫖姚。賊壕十里官兵擁，極目游氛何日銷？

其　四

獸犇禽駭欲何之？接壤聲聲尚鼓鼙。局蹐祇能觀趙壁，酸寒未忍棄班錐。客談倥偬從戎日，酒酹峥嵘暮歲時。聞説家家賣釵釧，春醪待薦不須疑。

愁霖行答鐵香，即用其韻乙丑

試鐙風合雲不開，黑蜧興孽乖龍災。垂虹夜明陽氣動，層陰晝布春寒催。簷牙樹杪長緪貫，亘天不絶昏亭臺。豈惟老屋如舟怖？作勢直欲戕殘梅。敞門感事愁如織，對此合賦江頭哀。方今餘醜動鄰郡，吹唇喝吼然劫灰。時漳州賊氛尚熾。鯨封稽戮兵屯久，戰鼓鼕鼕如轟雷。荒郊固壘百餘日，誰拔蝥弧天上來？客主之形分勞逸，鈍兵蓄鋭殊唐頽。矧乃浹旬愁霢霂，上漏下濕泥成堆。安得速抵賊壕内？滅此齊奏鐃歌回。天戈所指妖星落，約長縶戩殲渠魁。此地坐聞露布馳，一朝大地洗氛埃，增陴浚湟胡爲哉？

春分日同諸子游瑞像巖

時春出北門，霽色撲梯隥。峰腰露岑巖，引人漸入勝。雨後新緑多，雲與客争徑。鳥語碧霄前，瑣碎亦可聽。懸泉奔澗底，琴筑衆響應。深林青蔽虧，山花落未定。峭哉天柱峰，面壁更奇亘。石骨矗立中，疎煙自包孕。本有煙霞戀，來禮雲門磬。滿月覩金容，初地撥危磴。烽火數月連，鄰境尚鞍鐙。動形風鶴疑，未遂登臨興。斯遊一豁然，瞻矚意頗稱。人影没鳥外，微覺斜陽暝。歸路迎東風，吹我塵夢醒。

夏日，許澂甫比部師、黄濟川舍人、王秩亭參軍惟叙、黄喈南、黄敬堂兩孝廉、李子文别駕實琛邀集東園

主人能愛客，幽興正堪攜。謂子文。樹雜中開徑，樓高外拓畦。松濤當户涌，蟬響近秋嘶。讀畫論書久，殘陽已向西。

偕澂甫師敬堂劍門登彌陀巖

越巘躡層尖，風高氣澄爽。雲深石路微，泉落秋崖響。城堞忽在眼，遥矚託遐想。人語不可聞，川原平似掌。

安溪山中

雲氣不能留，蓬蓬如奔逐。匯泉成溪流，遠勢出崖谷。藤蘿蒙仄路，松楸破亂緑。山茶欲成子，雜花飛簇簇。人行羣峰腰，蜿蜒迷心目。聞雞村忽逢，得樵徑方熟。一嶺夾一澗，山重兼水複。令人應接忙，但愛馳驅速。昏旭晚歸林，暝煙暗迷麓。蒼黄辨人家，何當尋信宿？

夜宿南安黄氏樓上

遮山雲氣迫黄昏，高蓋峰椒暮掩門。襆被樓頭倚鐙影，今宵聽雨古詩邨。邨爲歐陽行周先生讀書故里。

夜　坐

隔簾料峭風聲甚，坐久微聞窗紙敲。起看梅花不成寐，月明如雪上寒梢。

同游九日山，用鐵香韻七首　丙寅

無限登臨感，憑高懷隱君。唐秦公緒隱此。青山姓名在，勝地古今分。硯石聚春水，秦隱君注經遺硯石尚存。鐘聲催白雲。五言題不得，恐被昔賢聞。

其　二

躡屐攀危嶝,試登高士峰。向僧索微徑,訊古動幽悰。客指無名木,鳥棲前代松。撥煙爭越巘,行脚健於農。

其　三

報國虎鬚捋,冬郎曾託棲。掩窗驅野馬,結屋聽邨雞。韓致堯學士流寓此山。坏土孤臣恨,懷人落照西。姜墳春寂寂,同對鷓鴣啼。姜公輔墓亦在山麓。

其　四

路憶曾遊處,巖依最上頭。佛容愁黯淡,鬼語喜空幽。卧碣埋蛙蚓,荒厓積髑髏。亭臺傾圮盡,衰盛付浮漚。

其　五

江山尚如此,極目正蒼茫。數里溪爭響,一天風動凉。名峰無蠢石,壞屋有禪牀。落日金雞渡,漁人已卸裝。

其　六

摩崖立霞外,遺墨簇瓌奇。擬此窮遐眺,因之訪古碑。祈風前代刻,紀勝蔡侯詞。積古誰豪嗜?苔痕手剔披。山有南北,宋蔡襄等題石甚多,鐵香窮搜石刻歸,輯《九日山金石記》。

其　七

斜陽遥岸直,層嶠下肩輿。歸翼林間定,春風雨後嘘。炊煙深野屋,蔗味送村墟。歷歷斯遊勝,真如讀異書。

贈鄭海鷗丈守孟並以志别

夾漈先生真吾師,豪氣千尺筆一枝。胸羅星宿眼嵌月,金殿從容需論思。十年流宕肆閱歷,一日揮豪登天墀。歸來喜收藥籠物,坐擁清源之臯比。海丈館選後今年來主清源講席。佳兒掇科已拾芥,更願課士如課兒。憶昔憑高望北斗,春風步屧追陪久。登龍甫登長者堂,附驥又趁令子後。余舊爲海丈梅石書院所取士,己未、癸亥又與令嗣心雅大令同年。今年聚首刺桐城,脱帽倒屣時相迎。夜静論文見燭跋,興酣讀畫驅酒兵。風流儒雅傾譚吐,娓娓清言愈沈痼。西風一夜敲窗櫺,秋月挽君君不住。月圓時節秋平分，欲別未別酒盈尊。溯行向我索題詠，愧無別句能銷魂。鯉魚信起菊開處，我亦萬里燕臺去。明年待君輭塵中，聯步同登玉堂署。

九秋將入都，沈吉田太守應奎索留別言，走筆賦贈

葵羅清紫山容開，花驄忽送好官來。十載饘堂坐講貫，一行鯉郭欣追陪。太守政聲世少比，盟心獨酌雙江水。自辰至酉案牘勞，剔蠹整紛一手耳。以儒爲吏標襟期，頻年下榻邀謙施。循良君媲西山化，惜別我爲南浦離。風雨重陽就菊後，匆匆滿酌旗亭酒。揭來重作京華游？薊樹閩雲一回首。男兒行止休踟躕，飄然分襼秋陰疎。別緒數杯官舍讌，天涯一紙使君書。使君從此頌聲作，循吏傳中争磊落。知君抛棄沈郎錢，未肯薄充劉寵槖。

黄香圃濟川丙丈、許瀔甫師、張蔭庭、陳鐵香、黄敬堂、黄益齋謙光邀餞清源山，作此留別

五字河梁別調高，深秋帳飲首頻搔。冷官廉操如蜩蛩，好友分飛況燕勞。家具紛於移宅運，行裝多爲載書豪。蜕巖巔處蒼蒼立，爛醉何妨泥緑醪。

酬李鳳儀雲誥見贈之作，即題其太華山人詩稾二首

思精律細筆花開，誰復平分十斗才？詩話樓前遺響歇，嗣音天遣替人來。

其　二

落落猶傳處士名，建灘日夜答詩聲。梅崖文共松寥咏，布武期君鼎峙成。

過白鶴嶺

輿轎登登踰嶺斜，危岑層巘怪杈枒。聲催觳觫牛蹄下，勢蓄蜿蜒鳥道叉。林竹未霜争護筍，山茶如雪卧開花。全家直踏寒煙裏，低指斜陽止宿家。

福寧山行

駕言遊京洛，慨託天涯想。勞勞似移家，未易歇塵鞅。日行嶔嶔間，俯視何

惝怳。輪廓露層層，山疑畫裏做。膠葛立四圍，草亦如人長。林楓葉落乾，萬竹遞清響。太姥與霍童，指顧神俱往。長嘯驚山靈，聊兹發慨慷。

早　發

破曉荒雞喚首塗，西風騰踔筍輿扶。煙中龍沫晨懸瀑，門外鵶羣飛哺雛。烏桕叢叢纔離殼，稺杉戢戢半成株。逢人欲借范寬筆，爲寫秋山行旅圖。

温州絶句七首

江楓落盡隔林丹，沙雁飛時夕照殘。酷愛永嘉好山水，推篷露頂不如寒。

其　二

擬作天涯汗漫遊，詅情先醉小杭州。河船隊裏忽忽泊，十日江湖稍滯留。

其　三

數遍橋闌槐未停，遠山近水不勝青。鹿城如畫開詩境，得句何人繼四靈？

其　四

滅項誅秦起海濱，越江霸氣未銷淪。東甌王廟靈旂裏，祠樹蒼蒼尚笑人。

其　五

華蓋山椒王謝祠，書名詩句到今思。墨池鵝去西堂閴，太守風流猶在兹。

其　六

隱淪久締子真緣，孤嶼題詩記浩然。忽憶吹簫臺下路，曾留詞客與神仙。

其　七

攀藤振袖步僧寮，眼底溪山破寂寥。指點江心寺雙塔，令人誤看小金焦。

東甌曉發，留呈孫琴西前輩衣言

永嘉好山水，迢遞積夙慕。一舸泝甌河，豁然愈沈痼。矧拜長者風，乍見翻如故。道徽扇中外，誘接傾談吐。區區獻淫哇，因之誦奇句。瓦缶宣微聲，遂得引韶濩。余呈詩草奉質，遂受讀遜學齋詩卷。憚寒天未雪，篙師呼早渡。相望各天末，挂席更北去。矯頸憶須眉,何時續良晤?

舟泊江心寺前,起覽謝公亭、孟樓諸勝

一葉破漣漪,孤纜中川繫。峽束潮爭趨,衆流匯奇勢。墖影涌層巒,眉間撲空翠。林樾正寒蒼,水波亦遥裔。弭棹登寺門,勝槩歸眼際。是時風色高,天氣復澂霽。江城畫裏環,孤嶼晴中媚。懷緬思陳迹,登臨振衣袂。襄陽句重留,康樂蹤曾憩。千古兩詩人,遥遥情如遞。城郭今依然,江山仍壯麗。對酒共題詩,風流疇能繼。平生覽勝心,當此興頗至。諏古躡清塵,超然尋吾契。

謁文信國公祠

絲鬢風霜後,飄零老戰塵。六陵無寸土,一旅有孤臣。南渡山河改,中川俎豆新。更留詩蹟在,生氣照江濱。

自温溪趁青田

灘響將愁遠,緣溪路未窮。地荒殘劫後,田閉廢城中。野霧爭山宿,羣流赴海雄。石門飛瀑處,指顧太匆匆。

過縉雲縣

全無譙堞借峰環,兵火焦餘拓數間。一片凍雲迷向背,停輿先辨栝蒼山。

永康道中

怕共遺民語,哀鴻淚欲枯。耕稀少禽犢,草長走鼪吾。頹敗棲無定,鷯難困未蘇。晚來求逆旅,慘淡一鐙孤。

行抵金華遇大雨雪

未曉疑已曉,誤起占行色。忽看萬瓦明,窗櫺遮不得。大地白將盡,積雪高

頃刻。城中新寒增，萬籟喧未息。披衣犯蕭晨，今朝阻登陟。鬱鬱棲舍静，荒凉依鬼國。居民雕劫餘，鴻雁無安宅。八詠失樓臺，百堵成荆棘。寂坐寡懽悰，感喟歌偪側。簷水不成流，陽烏猶黯匿。何當期霽成，籃輿前涂策。

自蘭溪至義橋，舟行得絶句八首

撲面霜花被酒時，片帆婀娜夕陽遲。來峰桐子山前出，去岸猶臨瀫水湄。

其　二

富春山色撲眉濃，曖曖浮煙積翠重。傍晚倒懸雙塔影，南高峰背北高峰。

其　三

醖香小試蘭江酒，細膾貪嘗胥口魚。醉指人家橋檻外，苕花柳影好移居。

其　四

四山苦竹亂黄昏，鸂鶒鴛鴦處處喧。卻趁西風過嚴瀨，漁船曬網雁投邨。

其　五

七里瀧前潮信來，一枝柔艣下江隈。自披裘帽匆匆過，雪虐風饕看釣臺。

其　六

水複山重暮靄兼，隔舟人語話桐嚴。相逢一笑青溪妹，背指篷窗不下簾。

其　七

百里桐江傍客星，榜人咿嗄競揚舲。桐君何處畫眉舞？寂寞仙扉天外扃。

其　八

拍波鳧雁欲驚雙，響逐胥濤入大江。唤渡鄰舟似駿斳，天明更買義橋艭。

經子陵釣臺口號

猛將雲臺杳，嚴灘臺尚撑。故人天子貴，終古客星明。大澤何年隱？垂綸不釣名。牛牢亦高卧，並世孰傳聲？

山陰道上

回風澮引畫橈停，應接真教塵夢醒。巨鎮雄陵諏禹穴，茂林脩竹望蘭亭。

舟移秀色城中緑,樹曳煙痕畫裏青。況是江湖劫灰後,猶堪乘興獨揚舲。

曹娥江曉渡

古渡蒼寒擁碧漪,霜嚴風急櫓摇時。隔江誰訪重華石?斷岸今荒孝女祠。礫礫禽聲流似笛,愔愔山色秀於詩。行人移棹平沙外,揩眼空尋黄絹碑。

夜泊餘姚

萬檣如薺夕濤生,單櫂飄然葉比輕。迫夜寒潮太摇盪,聽風聽水泊江城。

臘月到寧波,聞許潄甫師訃,哭挽四首

追從里巷坐春風,廿載交親轉瞬中。絳帳遥聞琴響闋,黄壚愁絶酒杯空。法言鄭重童烏寄,文筆岧嶤老鳳雄。卻望池西太蕭索,百城誰理蠹書蟲?師别拓三間於萬氏池西,曰"池西小築",藏書其中。

其　二

脩鱗忽報故鄉書,驚愕具成淚滿裾。師席談經尊叔重,茂陵病渴痛相如。蓉城拜詔仙才隱,燕市比鄰夙願虚。想見孤鐙寒雨夕,校讎無復竄蟲魚。

其　三

風流儒雅好追隨,對宇望衡日問奇。三世交游原不泛,一齋文字最堪悲。親逾骨肉忘師弟,痛檢緘封悵别離。里鄗知交半零落,又從天末哭皋比。年來黄嗜南、王道羲諸友俱相繼賓世。

其　四

尊酒文章孰共論?劇憐宋玉與招魂。半生知己思鮑叔,一代詩人失許渾。令我臨風空有淚,從今立雪竟無門。九原遺恨猶堪慰,收拾殘編付子孫。師於去年初舉一男。

甬東度歲,作寄鐵香

句章城東小住佳,興之所至游眼揩。四明之山兩湖水,依依風景殊不乖。

揭來頓轡逢殘臘？白日遁匿生陰霾。僵者寒如紇干雀，逋者避如井底蛙。況乃天公慳初破，一雨三日縣天街。棼絲不斷懸簷瀑，剥啄免防敲荆柴。頗思窪尊醉緑酒，時聞蠟屐代梭鞵。兀兀小樓擁重幕，涓涓流水鳴空階。羈心雖覺霮䨴困，聚首幸得家人偕。突黔不暇虚媚竈，綵衣試舞娱老懷。游情於此轉不淺，豪吟俯唱祛淫哇。雖然文字供棄擲，喜有篇什郵朋儕。詩成爆竹處處動，春聲次第聞天涯。

甬上雜詠七首　丁卯

峰如屏鏡水如油，最好湖山供勝遊。二月煙花駘蕩裏，酒痕先涴古明州。

其　二

四明山跨鄮鄞封，皮陸留題訪屭蹤。安得探奇窮制勝？遍搜二百八十峰。

其　三

城南日月秀開湖，裙屐翩翩入畫圖。斜照祕書祠畔路，風光能似鑑湖無？

其　四

良游相約訪天童，小白河干纜路通。更望普陀山影外，進香船隊水當中。

其　五

難尋汲古堂前庫，莫問樓三學士書。天一閣中更蕭瑟，鼠灰蠹蹟已無餘。

其　六

甬江樓外雨如絲，柳亭庵邊帆影遲。驀地香風送湖語，遊人解唱竹枝詞。

其　七

十分畫意寫沈酣，一片春波漲蔚藍。青鯽紅椳不孤負，江東風味勝江南。

重過曹娥江

舊遊如夢認煙波，吹面東風發棹歌。十里春船扶醉上，一燈細雨渡曹娥。

渡　江

十里西興渡，大江欲上潮。峭帆争潋泊，過雁避人遥。春色明如此，酒痕涴未消。征蓬渾不定,南望倍迢迢。

杭州舟次四首

湖榭橋闌眼底横,渡江十里客橈迎。千年霸氣杳何許?日暮潮頭怒弩聲。

其　二

故國猶憐天水碧,寒濤終古海門青。武林舊事繁華歇,風景凄涼不可聽。

其　三

入越如從鏡裹游,山陰閲遍又杭州。酒痕乍著青衫舊,水枕依稀有夢留。

其　四

官驛前頭露酒旗,煙痕拂晚柳絲絲。斜陽流水干何事?妙處都成畫裹詩。

石　門

戴勝鳴時水滿潭,薄寒風景過春三。桑陰緑遍石門路,知有人家忙績蠶。

吴江舟夜

半銜新月樹模糊,碧漲輕帆夜入吴。滿眼青山依夢近,三更紅燭向愁孤。垂虹亭畔聞長笛,寶帶橋頭望太湖。聽罷吴孃歌水調,倚歌端合賦吴趨。

姑蘇雜興二首

吴閶門外雨初晴,十里楓橋奈客行。殘月低迷楊柳岸,東風沈醉闔閭城。隄依酒肆船争長,春到山塘草怒生。桑海一番成浩劫,灰餘臺榭尚縱横。

其　二

棹歌處處暮蕭蕭,極目横塘欲上潮。鶴市笛稀春思歇,虎丘鐘寂夕陽遥。酒澆芳草誰家土,人過吴楓弟幾橋?苦憶芳時眠未得,鶯花夢裹暗魂銷。

初夏侍家大人登虎阜作二首

平地涌瑶華,峰阜現只尺。去城未十里,奇觀忽焉闢。清波演陂池,浮圖閲今昔。人煙出城中,海氣亦不隔。薄宦託遠遊,未能謝時役。登臨隨老親,顧睞思陳迹。猶想虎氣騰,劍光飲寒碧。美人緬黄土,芳蕤閟靈宅。寺廢鐘梵沈,苔深雨痕積。繁華猶眼前,殘陽空日夕。羈士對茫茫,感懷那能釋?褎回生公臺,搔頭問頑石。

其　二

昔聞山塘路,鐙舫争嬉娱。裙屐時流連,翩翩登畫圖。吴歌雖已歇,訪勝無時無。烽火明江南,千里無完膚。即今征戰罷,凋瘵尚難蘇。矧兹一撮土,風景尤懸殊。芳游足可惜,片壤失膏腴。劫灰久焦土,青嶂成荒蕪。殘僧垂垂去,結屋茅誰誅?塔鐙黯静夜,塔影天外孤。二仙空亭臺,鶴磵寒水枯。河山判興廢,遺蹟皆模餬。詎無煙霞戀?惜難襆被俱。趺坐千人坐,憑弔思名區。

五人墓二首

英靈聚語繞深叢,魂魄猶能作鬼雄。死近要離一抔土,青山相對白楊風。

其　二

忠介墳邊俠骨連,穠花野草夕陽天。貂璫祠宇知何在?零落蒼碑繡暮煙。

滸墅舟行二首

水花春夏開,遠樹浮青薺。山色撲人來,眉痕明似洗。

其　二

朝辭闔閭城,夕望慧山影。身在水雲間,飄飄不知冷。

無錫晚泊

輭翠茸茸落眼前,緑波芳草欲連天。桑陰四月迷重巷,柳色一隄移畫船。橋檻微聞吴舫曲,窪尊新試惠山泉。祇應酒望茶標地,擁鼻吟成時扣舷。

奔牛道中二首

暝色過岸來,平林煙似織。烏犍渡牧人,昏鴉斂歸翼。

其　二

昨酌第二泉，楊花飛酒肆。美酒又蘭陵，何當謀一醉？

晚過丹陽

向晚雲陽道，新晴煙影濛。金牛趨眼底，練水向愁中。廢冢荒大帝，吕城悲阿蒙。蘭陵遺鎮在，懷古慕雄風。

由京口渡揚子江

揚子津頭潮半落，瓜步眼前争晚泊。扁舟獨抗大江横，風利船飛殊不惡。我行喜狎波潺湲，推篷急看金焦山。山光相射浪花舞，快收雄覽來眉間。兩岸桅檣如插芥，蛟龍噴濤作澎湃。遠隨雁影江心過，卻趁斜陽蒲葉快。海門一綫雲邊紅，高歌擊楫情爲雄。一勺泉方嘗北固，片時帆已懸東風。東風送我殊飄忽，南北想望指一髮。來宵醉裏繫孤舟，三更笛響鑾江月。

瓜　洲

古戍樓荒暮色遥，大江東去激鳴飆。眉間影挾前隄樹，耳外聲添昨夜潮。絶岸沙明連鐵甕，兩峰峽束辨金焦。關河日落墨花舞，瓜步詩成酒未消。

揚州書感四首

篙痕簇簇刺波齊，五兩輕風送碧隄。笑指斜陽繫船處，緑楊城郭水東西。

其　二

聞道繁華全盛年，銀鐙官舫鬭腰纏。煙花荒遍邗溝路，贏得深宵客夢圓。

其　三

殘劫年來氛祲消，笙歌燈火尚蕭條。振衣獨步二分月，看冷濛濛廿四橋。

其　四

小紅橋外酒初醒，似聽隋家水調聲。六代江山春夢杳，可無賦筆寫蕪城？

過召伯湖

瞑色莽中流，四面蒼煙妥。逝鳥去無蹤，殘照西邊墮。水光平如硯，波紋偶瀹沱。嗚榔赴湖聲，款乃隨轉舵。岸影尚迢迢，頗怪舟子惰。漁艇爾何馳？輕如天上坐。羨彼飛駛者，我欲就小舸。

露筋祠

三十六陂外，畫橈成隊過。祠門倚山木，清影渺風荷。秋水淮南去，斜陽邗上多。靈旗若可遇，湖曲喚煙波。

高郵二首

風色蕭蕭檣影孤，懶雲濕霧壓孟湖。行人來往秦郵路，時有沙禽隔岸呼。

其二

淮海閒居久寂寞，漁洋墨瀋尚淋漓。相思未歇吟情動，三十六湖月上時。

五月初三日舟泊六安閘下，泰兒痘殤，詩以當哭

我未游京華，再索皆得女。歸來已經年，快見長兒舉。頎然今三齡，猶未離懷乳。讀書學成音，牙牙如鶯語。兩姊讓靈慧，一弟相爾汝。方及繡牀齊，便自越鄉土。隨宦重北遊，生趣慰羈旅。風塵念跋涉，關河憚深阻。扁舟泝江來，日落高郵浦。可憐優曇花，變幻不自主。疑信無蓍龜，庸醫縱斨斧。慧業竟生天，靈根易萎腐。三年了一生，慘結異殤侶。恐爾魂魄孤，欲歸竟無所。不忍放船去，難紓離別苦。撫茲兩尺棺，潸然淚如雨。

淮陰懷古

兒女烹功狗，四方猛士危。酬勳鐘室地，餘恨釣臺湄。三楚陣雲滅，千年淮水悲。英雄知己感，漂母尚荒祠。

重興集返棹回清江浦

遠道移家計頗違,警心風鶴趣人歸。縠紋水上帆如鳥,笑比天邊退鷁飛。

出門以來,已數易舟矣。至袁浦,又兩換河船,戲成絶句

煙波無定殢天涯,草草勞人計亦差。隄柳送迎應一笑,江湖泛宅尚移家。

清江浦泊舟月餘,與蜀中王秀峰文俊、周松仙雲章、熊松麓體泰、彭質夫慶文同泝運河。初阻捻氛於桃源道中,繼阻水漲於天妃閘下。松仙亟於就試,登車先行。留詩志别,依韻和之四首

天涯萬里孰知津?舟侶淹留遠渚濱。如此風波遲旅思,相逢萍水悟前因。題襟方慰論交願,判袂仍成惜别人。一種離悰難寫處,客中送客倍情親。

其　二

勞碌真成行路難,孤驂未掛又征鞍。鷁飛已向風前退,鶴唳猶聞天外寒。劇恨揚鑣歧大道,那堪指日較長安?聯裾尚喜多同調,楚越何曾異膽肝?

其　三

草中狐兔競縱横,齊魯餘氛尚弄兵。阻我離鄉成一載,惱人聽水易三更。本知好友難常聚,未免銷魂太有情。多事輪蹄頑鐵轡,宵來絡繹促長征。

其　四

行行端莫歎途窮,能著先鞭壯志雄。古驛詩敲蟬響裏,晚凉路入柳陰中。期君早鍊殿前賦,笑我須名河上公。豪氣干霄同奮迅,别言何必效文通?

水平溜减,得以移舟上牐。松仙復舍車登舟,同上通州。疊前韻詩見示,依均再答四首

已許漁郎再問津,鷗盟鳧侣締河濱。南船北馬原無據,萍合蓬飄總有因。愁逐瀾聲淘别浦,天教帆影聚詩人。團欒正喜承歡好,骨肉欣逢異姓親。

其　二

越水吴山登涉難，勞勞我亦怯塵鞍。詩成京口吟懷壯，夢過揚州月色寒。柔艣聲中棲眷屬，征鼙天外話平安。行人羈旅如中酒，芒角槎枒出肺肝。

其　三

鱗波策策數船横，瓜蔓陰邊語遠征。不料今番聽雨夕，仍聯萬里異鄉情。傳箋咫尺争吟幟，隔座酣呼敵酒兵。一字帆檣同繫纜，淮流轉處正傳更。

其　四

苦被湍流羈去住，能邀唱答亦豪雄。浮家詎效玄真子，題名須名亡是公。脱俗交遊渾主客，長途離聚小窮通。蓬山翹首無多路，定許文章入彀中。

重過桃源，道中遇雨

歷歷曾遊地，濛濛小漏天。虹橋明雨後，蟬響歇風前。野鳥窺人醜，垂楊護岸圓。平生湖海興，對此獨茫然。

宿　遷

夕影曖村落，長隄野色疏。新防圍幕壘，山左捻逆四竄，淮徐間防守戒嚴。遠岸接淮徐。極目縣城暮，重瞳霸氣虚。相看車馬客，笑我亦征裾。

二十五日舟行二首

柳陰漠漠夏如秋，新漲沄沄好放舟。露出遥天青一角，碧流轉處是邳州。

其　二

晚茄葉亂豆籬偏，臨岸人家屋數椽。六月雨餘瓜蔓水，蓼花門外泬寥天。

船中苦熱，蠅蚊又多，作詩排悶，即示松仙、質夫

夏雲隨意寫輪廓，潑墨成峰誰劚削？幻雨幻晴殊作惡，陰晴無定催歊蒸。扁舟偪仄窗難憑，揮汗不暇况驅蠅。隊隊蠅蝨争六月，日夜分馳窮出没，安得秋

風來飄忽?

邳州一帶河決有感二首

一雨助河響,驟聞湍溜驫。洪流争上柳,新漲欲成湖。小艇屋中出,遥郵眼底無。波濤來意外,舟子辨模糊。

其　二

萬井歎其魚,家家已廢鋤。上流匯沂泗,急策窨河渠。草秸危隄亂,潮聲野寺嘘。哀鴻音不斷,何計慰窮閭?

二十七日泊梁王城牐,望滕嶧河道,相距二十餘里,因河決風利,不能前行。悶坐無聊,仍疊二十五日舟行兩絶句均,答秀峰、質夫二首

吹來一雨欲成秋,飆漲争欺客子舟。應是風光難忍别,吟蹤五日滯徐州。

其　二

風色頻吹篷背偏,繫航起看屋連椽。那堪斗大孤船裏?日對人間小漏天。

舟中望徐州

煙中城郭辨模餬,泗上英雄憶壯圖。望氣曾成天子采,歌風許識酒人徒。雲歸芒碭山深淺,沙走黄河岸有無。落日荒波思不遠,扁舟葉葉自飛蒲。

滕嶧道上

蔚藍天影晚晴開,處處村墟隔水猜。滕縣井田迷漲外,嶧山篆籀指雲隈。羣鼃圍野有時響,小燕狎波無數來。一舸浮家隨岸轉,愁腸曲折亦千回。

泛湖晚眺

晨掛一幅蒲,蕩向湖光曙。風驅百餘里,迢遥競飛渡。落日已戎戎,嵐遠一

桁暮。荇絲引魚來,菱嶼截波去。荷葉大於人,荷花開無數。隱隱小艇間,依稀若有遇。山影滿衣衘,蘆隄繞圍護。水田千萬頃,玦環舟恐誤。對此好湖山,吸緑得秀句。珍重入畫圖,莫羨江南路。

絶　句

蟹簖魚罾半拂煙,菱租芡税不論錢。門前十頃陂塘水,時有人聲話采蓮。

仲家淺

朝塗吸湖光,夕渚泝荷芰。霞日争西馳,我舟快東至。暝色悦餘賞,丹赭競爲媚。嶧霧與凫雲,備極飛軒致。炊煙互一邨,萬柳緑無次。上有仲氏廟,下瞰釣磯翠。云是先賢者,生長此間寄。百代子姓依,聚族今不匱。古風踐東魯,清流接洙泗。薄宦走京華,高堂幸長侍。未覺負米勞,敢言謀食易。冠佩杳何許?雄風足翹企。大月照秋蘆,人影已在地。頗思農丈人,雞黍殷相食。

任城七夕

湖海一家浮,新涼動客愁。游心驚落葉,夢影又孤舟。細雨來鴻雁,他鄉話女牛。去情隨汶水,可奈苦淹留。

渡黄河後,由張秋復入運河,晚泊荆門牐

欲趁西風過,停橈古廟前。上有顔子廟。雁行疎似客,牛渡穩於船。破浪飛帆迅,沿流曬網懸。天開東魯鎮,秋色自年年。

東　昌二首

十里估帆城外收,無情泲水日悠悠。柴門枯樹羣鴉暮,濁酒寒燈一舸秋。終古山川雄海岱,祇今飛挽失中流。隔窗何處青蒼繞?齊魯雲連光岳樓。

其　二

人家煙火氣殷繁,鱗瓦参差雉堞盤。微子城邊沙勢合,魯連臺外夕陽寒。

羽書絡繹公無渡,行色倉黄路太難。聞道前頭戎馬警,遊轍遮莫戀河干。

武城聞警是詩東直梟匪出没齊魯孔道,行旅苦之。

昔爲絃歌地,今聞兵甲聲。艱難羣盜路,流水遶孤城。

夾馬營驛

童叟雞豚聚一邨,殘碑零落卧黄昏。蓑衣覆甕茅柴釀,傲倚寒杯欲掩門。

獨流口

秋色不可遏,因波生暮潭。獨流鳴漲後,垂柳似江南。淇水三關去,隄花八月含。津沽方到眼,醽醁正微酣。

宿張家灣

倦游影早歇鞭絲,荒店慳杯酒不辭。投暮雞争賓榻上,散墟人趁夕陽遲。驟驚疲馬呼芻豆,悄下霜禽享滯遺。卻憶當年苦吟路,墨花漫漶已多時。

到都追憶泰兒二首

攜汝同爲客,黄泉痛汝行。半途惜離别,瀕死念聰明。靈藥豨苓悮,孤墳鴉樹驚。驅車增躑躅,回首不勝情。

其二

怕灑老親淚,吞聲欲語誰? 笑啼猶在夢,痛定獨成詩。棖觸西風日,褰回南望時。秦郵來往路,衰草想離披。

消寒弟五集同陳莔塘廷棻、莒塘廷芸兩部郎飲黄佑堂儀部齋中,食臘八粥

昨夜雪未消,門前深幾許。且共歡此宵,清齋醉儕侶。合好話里鄰,酬對忘

爾汝。寒風敲窗槅，一燈同笑語。下酒厭肉食，鄉味少雞黍。臘鼓正催年，佛粥循例煮。疑開香積厨，分甘資嚼咀。即境不爲娱，歲華不我與。况此素心交，分曹情悰抒。喜無伧儗人，及兹觴詠舉。興會眷朋樽，家山念修阻。修阻亦勿懷，天地皆逆旅。

初春諸同人招集松筠庵燕話，走筆
賦此，即柬陸廣敷同年爾熙　戊辰

畏寒畏雨耽疏閒，客似頗當長閉關。十丈輭紅人海裏，雅集乃在幽棲間。文酒逢迎空餘子，結緣遣趣争折紙。觴詠風流前輩心，興來催我飄然起。諫草堂前風日佳，四筵語笑驚豪諧。答訓似已忘冠蓋，放浪不許拘形骸。鴻雪因緣净境地，飛觥雜遝莫嫌醉。此生未暮有千秋，一飲已成空萬事。主客圖向東風開，頫印今古浮金罍。能拉我輩飲文字，矧復選勝登亭臺。門前樹石相顧笑，此間運用多詩料。懷古可無峴山吟，逌音儘許孫登嘯。劍南詩人吾同好，冷淡生涯相慰勞。君才何可斗石量，我詞正如羣鴉噪。此會不可無此詩，濡染漫笑涂雅俚。吾徒例作詩酒役，卻令旁觀嘲狂癡。噫嘻，此意可爲知者道，尚幸與君唱酬早。努力各成一家言，莫使良辰過草草。

廣甫太史以詩見答，复索和作。再成長言
一首招之，兼簡夏路門同年子錫

長安貴人車摩肩，名士如蠅才論斗。曰余獨處拙談笑，戢影孤吟成株守。掩關卻掃謝車馬，矮屋打頭何所有？幸有素心一二人，落落嘯歌相求友。神訓興答意氣諧，膽照肝披傾嚮久。冷官淡交祇如此，勿向熱場争芻狗。狂吟相對未華顛，到處相逢信非偶。所恨揞匼無良術，騷壇尚愧牛馬走。撐腸恰少五千卷，此腹依然呼負負。每有製作佇興就，唐突常忘東鄰醜。吁嗟乎，小技祇安洴澼絖，百金誰買不龜手？下士小言亦詹詹，德功何者足不朽？呺然瓠落無所容，生天成佛落人後。雕蟲小技非壯夫，况乃凡響鳴瓦缶。酸寒結習總自憐，安望千秋呼某某？卻思狼烽亦未歇，畿輔煙塵劇昏黝。賊來頗訝秦關隘，浪惡如聞滹沱吼。夢中識路愁鼓鼙，紙上談兵不出口。君不見少游不敢據鞍馬，仲蔚時復安户牖。有詩可述無危機，勿恤羃缸與覆瓿。吟成正思罄清談，春明市上沽壺酒。明朝無事儻能來，定辦清蔬翦春韭。

送王九樓大令運昌之官江西

蹋翼雲霄迥，順風振羽毛。郵亭三月酒，舟楫九江濤。潘岳新移卉，王祥看佩刀。送君彭澤去，五斗莫辭勞。

春日侍家大人偕楊雪滄舍人、陳鐵
香義門兩孝廉游松筠庵，用雪滄韻

千秋毅魄照燕臺，枷鎖香吹遺宅開。碧血長留生氣壯，青詞可惜相公才。隔龕春供梨花在，面壁人尋諫草來。多少天涯懷古興，摳衣同酹夕陽杯。

散館蒙恩授職編修恭紀

殿前作賦愧塗鴉，黄紙傳宣寵錫加。舊業甫辭門弟職，湛恩早溢侍臣家。幸依楓陛隨簪筆，長傍柯亭許草麻。未有文章能報國，此心傾向比葵花。

由官菜園上街移居雙棠花館，雪滄丈以詩投贈。
用田山薑先生原韻走筆疊和

家具經營書數車，勞勞人海頻移家。移居圖裏何蕭散？村夫子相儕麋麚。薄俸冷官亦自喜，差免被裏呼放衙。檢點新儲驅脈望，牙籤甲乙紛横斜。老屋足避打頭耳，中庭喜有雙名花。新居筆硯未安頓，門前剥啄催塗鴉。巢痕振觸雨風後，得句欲摻漁陽撾。頗思買酒長安市，邀君一醉傲靈媧。

雪滄丈以詩見答，再疊前韻，仍用其意質之

冠蓋場中驅敝車，塵市宅卜讀書家。豈徒千萬買鄰好？驂靳之形同逐麚。

與林悦萱、王悦堂兩吉士同寓。烏几麝牀商位置,門前蛙鼓如打衙。正思敞門戢清影,蟠窗樹蔭窺人斜。詩來忽唤春明夢,令我卻憶刺桐花。世路淹遲魚上竹,名場馳逐尾銜鴉。知君於此畏留戀,贈策儘許歸鞭撾。遊子思還亦還耳,何須無匹愁匏媧?

陳研薌比部文田以生子詩索和,依韻奉酬

堪羨羲之又有之,墮鈴掌上獲佳兒。茁蘭偏愛晚晴後,君拓晚晴軒富藏祕笈。啖蔗欣嘗老境時。螽簡天教詒世守,鳳雛聲喜出高枝。充閭跨竈須臾事,能慧奚嫌得較遲?

王秀峰孝廉招飲龍爪槐寺。席散後,同吴少岷鎮、徐季和致祥兩前輩、彭賀夫副郎步游陶然亭二首

昨日過微雨,登臨恰此間。酒杯邀霽色,塵籟隔重關。萬葦蕩成海,夕陽明遠山。游驂相對繫,意外得蕭閒。

其　二

曲折蘆中去,三叉步屧忙。通幽卻車馬,繞徑出陂塘。伏蛤吠新麥,殘鴉喧暮楊。蒓鱸思未發,尚可戀江鄉。

奉謝麐伯前輩維藩　四首

詩人今橐筆,四十未爲衰。佳句如杜老,鄉音愛楚辭。秦關曾草檄,金殿要論思。相見休憎晚,猶堪杖屨隨。

其　二

諸公爭衮衮,夫子獨幽閒。相對各狂嘯,吟詩時往還。嶽雲近臣里,歸夢繞君山。君將請假還里。我亦鱸思動,因君憶故關。

其　三

聞道捷書上,西風鳴凱歌。諸君飲幕府,秋雨洗天戈。近日捻匪埽平,紅旗報

捷。災警洪流決，瘠痍疾苦多。近接南河黄水漫口之報。至尊宵旰慮，何以答恩波？

其　四

薄俸東方米，班行南郭竽。誰能免汩没，吾道亦拘迂。北闕情均戀，西山興不孤。曾約同遊西山。論交得同調，把臂醉蓬壺。

秋日同黄卣薌體立、漱蘭體芳昆仲，夏路門、陸廣甫、許仙屏振禕諸同年公餞孫琴西觀察於天寧寺，即呈琴西前輩二首

帳飲都門日易曛，蘭舟催發正秋分。西風槎影隨吟夢，南望鄉關雜雨雲。壇坫幾人同振轡，江湖滿地必離羣。軟紅十丈休留戀，多少蒼生待使君。

其　二

解甲論功凱奏頻，監門圖尚苦流民。一朝鯨浪消區宇，滿眼鴻嗷繞澤濱。共盼經綸扶世運，未須風月累詩人。模山範水尋常事，珍重中興輔弼身。

琴西前輩賦詩留别，即疊原韻寄和

銜杯得句氣爭豪，判襼何須感燕勞？勝地要留前輩蹟，詞場酣染侍臣毫。當筵觴詠情同嗜，名世文章老最高。卻望江天寄吟興，知公相向立平臯。

薇花吟館詩存卷四

章果堂觀察倬標延主清源書院，仲春講舍即事作二首　辛未

二十年前問字停，商量舊學半晨星。從遊昔日陪趨步，如昨春風溯典型。先大父主講是席時，士林翕然向風。歿後，有"春風如昨"額頌。溷迹鴻應留爪認，論文馬愧識途經。恍然辛苦兒時味，記對穅鐙入眼青。

其　二

故園桃李足滋培，入座居然絳帳開。筆墨縱因餬口計，梓桑深望後生才。山林歲月磨鐙火，池館風光落酒杯。老我低頭誤佔畢，宵深有夢到蓬萊。

題張小昉太守其曜畫四首

一幅剡溪溪畔水，煙波未秋秋在紙。結廬乃近會稽濱，雪水鏡湖來往裏。自攜釣餌依菰蘆，垂綸坐待細鱗鱸。君家舊業元真子，細雨斜風今釣徒。阿翁得魚苦無酒，欲與山妻謀一斗。鱖膾未斫竹移舟，攜稺歸來貫之柳。右漁

其　二

松雲蓊鬱空中補，寒色陰森喬木古。一客荷樵相與幽，鳥道無人聞樵斧。披榛闢翳煙霞通，倦揺葵扇撲花雨。静見頗疑是仙人，下山或時友漁父。觀棋未爛王質柯，斫桂許攀吴剛樹。君不見斸芝採藥鋤靈根，呼吸瓊漿資納吐。又不見搜巖採幹求輪囷，工師掄材心良苦。神仙宗匠兩何如，東澗北山日方午。我亦清源一老樵，披圖喜接君眉宇。何當入畫訊幽蹤？坐石高談共揮麈。右樵

其　三

野花滿地風吹裾，短籬三尺泥平渠。扶犂聊作隴畝侶，課耕莫與田園疏。

勸農曾遺麥岐澤,未歸先思松菊廬。置身欲入畫圖内,短衣草服躬荷鋤。居然桑麻自有樂,試學淵明賦田居。我聞有田而後歸,而我一頃慚無餘。投策暫欲出門去,老農何必吾不如?右耕

其　四

堂外渌陰堆幾許,堂裏微聞有人語。課書君正愛清泠,讀畫我疑迷處所。青鐙有味如兒時,琅琅況復環佳兒。竹聲書聲互詶答,燭影月影相迷離。開卷有益知者少,雪案咿唔地幽杳。卷簾静窺磵户深,委懷不許塵坌擾。酸寒我笑儒冠忙,從吾所好曾備嘗。看圖喜欲躡屐從,從之深柳讀書堂。右讀

題李焯如司馬煐乘槎攀月圖并以送别,時焯如將宰龍溪三首

查客何年泝斗牛,扁舟徑欲續前游。梯雲人向蘆中出,指點清虚最上頭。

其　二

攜得清風兩袖輕,丹霞八月正潮平。年來壯志干霄上,猶帶中流擊檝聲。君曾從戎。

其　三

漳南父老需君久,薊北風塵待我過。今日披圖兼話别,天涯各占月華多。余冬間亦將北上。

擬陶淵明歸園田居五首

弱齡厭塵事,琴書生清徽。一自羈樊籠,所期與心違。折腰非吾願,遠人胡不歸?游魚已脱餌,高鳥今倦飛。栖遲詎爲拙?藹軸知音希。寢迹衡門下,落日明柴扉。闢荒向南埜,露華侵我衣。田園雖就蕪,童稺相依依。生事良可勗,數畝不愁饑。養真歇塵鞅,今是昨何非?

其　二

結廬謝車馬,掩關屏華膴。自謂羲皇人,來作菊松主。被褐亦自舒,何必戀

圭組？吟嘯登東皋，鄰曲望衡宇。相見話桑麻，開軒面場圃。場圃遂所求，桑麻廣我土。日暮田間來，凉風生庭户。

其　三

暖風暧平疇，嘉穎拓繡壤。豆萁早恐落，良苗喜争長。負耒及兹辰，生意愜孤賞。晨興肆微勞，日午紛饁饟。敢辭闢薅艱，荷鋤勤來往。人生各有營，事畜求俯仰。散步動遠矚，郊原頻植杖。但祝滿篝車，給求遂所養。

其　四

駕言游山澤，且自巾柴車。野老久見招，披翳登荒墟。古原晞朝露，蒼莽無人居。蕭蕭白楊響，野風紛吹噓。感彼柏松下，觸睇生欷歔。薪者識我意，問我悵何如？勞勞空形役，勿負光陰虚。人生貴行樂，往者無復餘。

其　五

頹景倏造晚，倦游戀幽迹。歷落臨清流，徘徊勞杖策。歸犢眷墟煙，荒塗渺行客。崎嶇循路返，遥望南邨宅。澗水鳴涓涓，新泥滑幽屐。到門凉月上，山禽正拂席。即境不爲娱，白日馳駟隙。但期歲功茂，生機盈阡陌。春釀熟開甕，漉巾共浮白。偃息撫塵勞，酣歌興已適。

題林卓人同年豪誦清堂詩集壬申

君卧浯洲雲，我擷筍江秀。孤嶼隔中流，褰裳不相就。同在里門中，迢如馳鶩堠。一朝見顔色，握手欣如舊。君言少至壯，翩然不自囿。瀛海曾飢驅，淮徐亦警寇。挾策走長安，匆匆勞往復。生平少嗜癖，詩魔容昏晝。示我以吟篇，麟麟等身富。知交多唱詶，詩聲滿宇宙。春深風雨夜，一燈澹如豆。披卷漏正沈，光輝争列宿。此好頗從吾，而吾則弇陋。享帚徒自珍，虚名苦難副。刮眸諷君作，自拔風塵右。諸美靡不收，清芬果可漱。島噫有繼聲，喜我及時覯。方今息戰争，困獸雖莫鬭。民生凋疲深，瘡痍需拯救。君相正翹材，功名訪爾奏。兵農與河漕，事事資殫究。十年學何事？良時勿虚遘。毋徒昌其詩，擴此棄飣餖。振策望觚棱，我行亦難留。臨别此贈言，肆談知非謬。同心勵騰驤，豈直名山壽？

題洪麗笙前輩麟綬行看子四首

漢江鼓櫂

掛席漢皋月，煙波秋不分。目窮雲夢影，手摘芷蘭芬。湘水盪靈思，君山界夕曛。卻疑槎客路，星采動天文。

燕市驅車

蹀躞燕臺路，曾爲侍從臣。金門豪索米，綺陌輭吹塵。走馬官原冷，驅驄吏獨循。輪蹄鐵猶健，壯志未銷淪。

秦棧舁輿

嶽色河聲裏，登登輿轎行。關中風雨滿，之子正西征。周漢神同往，丹青稿不平。秦川回首望，未息鼓鼙聲。

太行策蹇

彳亍臨汾度，名山肆遠遊。雄區瞰齊晉，險勢指并幽。驢背人千里，羊腸徑一鉤。載將吟思穩，得得想冥搜。

題陳尺樓廣文疇雲山小草

塵俗苦醺醉，君方眼獨醒。幾生脩福慧，互答有娉婷。入世愁貧病，寫詩多性靈。平生愛幽侶，同調喜忘形。

出門二首

投策無端又浪游，十年三度盪離愁。躬耕負郭辜生計，索米長安笑遠謀。如此飢驅仍冷宦，許多客感況殘秋。輕抛骨肉因貧累，雨雪行裝一敝裘。

其二

離羣何事負香衾，豈果蒼生澤待霖？塞馬不妨憑得失，泥鴻到處足追尋。水渟未息奔波影，雲懶還萌出岫心。報答君親時易負，莫教歲月度駸駸。

别　言

相對各無言，忍愁不禁瘦。一晌背人時，淚痕滿羅袖。

題沈仲復方伯前輩秉成鰈硯廬圖

瑞石來文房，孕毓非草草。釀此比目祥，延爲翰墨寶。天教東溟鰈，託産硯池藻。合璧削雙鱗，雕刓匪意造。琢成儷瑜珥，肌質流瑩皓。鸜睛春不枯，鴛樣翻亦好。前輩足風流，儒雅藴沖抱。閨房書畫詩，三絶更傾倒。艷福敵神仙，䄂物肆探討。珍重此拳石，石交喜訂早。和鳴常聯肩，雙管時横埽。齊眉滌晴波，濡豪脱黔稾。拱璧共摩挲，名廬志偕老。昔讀鬵魚洗，吉羊詺曾考。天涯騁游蹤，剖素增懊惱。欣挹長者風，披卷撲塵燥。睎兹魚目輝，世守其永保。佳話出詞林，馨傳苕霅道。方伯，歸安人。

申江曉發

飽食松江鱸，片帆趨晨靄。冬威增寒潮，風景移吴會。柁尾判泖濱，客心動天外。相思水濛濛，多情無乃太。

由上海趨無錫六首

黄歇江頭爛漫遊，持螯顧曲醉清秋。秋風催我萍蹤動，小别吴淞萬斛舟。

其　二

浪迹江湖又一番，孤篷細雨夜開尊。酒闌夢醒知何處？記取江南黄葉村。

其　三

孤城無恙水彎環，雕劫餘生屋數間。悵望炊煙斜照裏，頹垣敗井認崑山。

其　四

漁火鐘聲到客船，白公隄上菊花天。煙波還證前游迹，不見吴楓已八年。

其　五

講臺孤對石頭荒，虎阜深秋剩夕陽。酒閣燈簾銷歇盡，看花尚自戀山塘。

其　六

朝别楓橋挂片帆，湖光緑上酒人衫。看山弟二泉分饢，便不登山也解饞。

山塘購菊花數十本，供置舟中偶成

載得西風影，移花相對幽。餐英或醫俗，眼福亦經脩。割愛偶簪妾，拚錢多買秋。櫓摇開正爛，背指傲鄰舟。

丹徒守風

已喜金焦到眼前，寒威獵獵苦留連。風波作態欺征客，短晝閒銷亦小年。依岸蒲帆棲似葉，隔江瓜步遠於天。愁心難遣猶堪遣，茗盌詩囊共一船。

渡江雜述五首

我行嗜山水，一一述所見。放棹入長江，如覿故人面。波紋互中流，回旋白澄練。高帆挾風色，我舟迅於電。際天遠岸失，刺浪輕篙濺。南北攬爲雄，山川情更眷。扣舷發微吟，鴻爪足留緬。

其　二

秀色鑄山緑，插脚俯江水。四面護晶璃，中央一螺耳。夙慕焦山勝，游懷鬱以企。爽若夢初醒，亟呼掉蹔弭。放眼天地青，煙蘿吹不起。寺環修竹間，畫幅懸尺咫。大江莽寒烽，鼓鼙聲未死。十年訪良游，强半無初址。兹山獨瓦全，蒼然空依倚。留此一卷石，歷劫何所恃？應是隱君仙，呵護翠微裏。吸江亭尤新，北固險斜峙。佳色餘六朝，元氣含萬里。山僧飽福多，山靈亦歡喜。惜我泊悤悤，留連偶移跬。何當十日游？襆被卧於此。

其　三

大江分兩界，英雄昔割據。京口亦壯哉，扼吭獨盤踞。北府與南徐，興亡閲匆遽。户口釀膏腴，笙歌争嬉豫。當關化豺狼，猶張恨事去。荆榛蕪孤城，居民半飄絮。即今罷征戰，疲傷少甦處。惟見島夷居，樓臺天外翥。

其　四

昔我過金山，海濤飛颯颯。焦土荒四圍，峙者惟危塔。來往失牧樵，瓦礫紛雜遝。今來重刮背，亭臺已四合。金碧現層層，紅牆環高閣。其下中泠泉，傍江露周匝。梵唄出重甍，天風吹鞺鞳。閒僧喜氣多，殷勤欲下榻。盛替良有時，感喟興頗雜。大笑發狂吟，山中若爲答。

其　五

城郭與山川，昔游都如夢。媚兹再來人，生面面面貢。敝裘雪已侵，極天雲澌凍。轉睇見瓜洲，遥城迷鐵甕。平生豁幽襟，對此更空洞。行蹤亦飄飄，好風勞相送。

瓜步晚泊

扁舟移客夢，載月過瓜洲。樹杳南朝寺，山横北固樓。荒城木葉落，野戍笛聲秋。醉起推篷看，江濤怒未休。

維揚舟次

舊遊城郭雪泥經，煙外征橈向晚停。明月似因愁客白，好山恨不過江青。邗溝水急時驚鷺，隋苑隄荒尚見螢。鐙火分明潮未落，不知塵夢幾時醒？

過淮安口占

瓜艇蘆謳夕照間，釣臺低瞰水彎環。煙波無恙征帆疾，又過淮南一桁山。

車　行

在家未識旅人苦，筋疲肉駑忘勞劬。出門思逞四方抱，風塵憔悴愁羈孤。恰憶里居習疏孅，坦腹飽飯朝復晡。日高高矣戀濃睡，櫛沐頗厭家人呼。西燕東勞忽離判，南船北馬忙奔趨。萬家篔簹尚酣卧，荒雞四起催首塗。瑟縮𡡉登車箱上，疲馬亦復戀殘芻。帶黑過城城呀豁，微明辨山山崎嶇。溪石槎枒水縈匯,野風尖利砭肌膚。車襜不卷如裹繭,簸揚殘夢危跏趺。睡聞人語知邨落,醒看深樾升陽烏。餱囊纍纍富旁列,飢腸恣取同行厨。餓來饘午飯後坐,除卻吟眺一事無。偶逢佳處亦失喜,如入秋山行旅圖。一峰忽昂一壑低,羊腸九折艱前途。乍疑翬嶺行已盡,轉山叱馭仍旋紆。坡陀脩曼態狀换,原峪高低趨向殊。夕陽乍墮歸翼昏,倉黄道左鞭疾驅。苦尋一椽嗒然宿,濁酒不敢思村沽。顛風射窗黯燈色,夢中轉轂驚模餬。吁嗟乎,僕僕千里齊魯間,生世勞薪何爲乎?曉發既懶宵止倦,我馬瘏瘏我僕痡。何時歸食故鄉鱸,閒作笥浯江邊一釣徒。

抵都後得陳鐵香孝廉郵寄洛陽話别詩五首,和韻遥答癸酉

西風撲征袖,振觸獨臨歧。十日故人酒,兩行秋鬢絲。徒因驅薄宦,何以答清時?别緒黯然繫,長橋方夕曦。

其　二

折柳情殊眷,誅茅願竟差。耕耘無負郭,容易又離家。隔眦燕臺月,傳悰驛使花。不堪勞夢轂,客思滿天涯。

其　三

慈母温言切,乘時待振珂。勉之經濟業,慰此别離歌。遊子衣堪戀,勞人墨屢磨。壯懷恐銷歇,老淚暗中多。

其　四

中興新氣象,蒞政坐明堂。海宇欣依日,潢池已解霜。即今圖報稱,莫盡恃文章。聯步需君起,相期登帝鄉。

其　五

吾黨論才子,如君復幾家?廿年資冶鑄,雙管鬬尖叉。臨世骨能樹,聯牀毫有花。離羣雖各處,翰札儻相加。

彭雪琴侍郎玉麟畫梅,爲謝廖伯前輩題

平生歲寒心,睨畫色然喜。喜於根節中,得此倔强技。老將出衡山,濟屯幽

蟄起。羣卉摧挫多,長江鼓鼙止。鐵幹獨夭矯,冬心抱冰蘗。撑骨繁霜天,掉頭江南水。十年箭留瘢,一枝春在紙。石腸媚荒崖,直幹放十指。知君廣平交,驛使贈如此。凍雲沍窮陰,棟梁雪前萎。坐令荆棘生,空山誰拊髀? 洞庭藴清波,西方盼彼美。勿效孤山孤,蒼生不問矣。

立秋漫興三首

動地西風歲又周,飄然人海任沈浮。寒蟬一夕生離思,落葉數聲生早秋。清俸頒來同豢鶴,凉懷静處問牽牛。蕭蕭莫感流光迅,飽飯黄粱百不憂。

其　二

槭槭微生研席凉,眼前爽氣變清商。一庭秋意雨三日,萬里故人書數行。笑比侏儒空飽粟,伴他傀儡共登場。人間恰有相如渴,起向明河乞玉漿。

其　三

宵來繁響戰栟櫚,起舞頻搔短鬢疏。眼底榮枯同嚼蠟,閒中事業是攤書。尋行數墨輸時輩,跂石眠雲夢故廬。百感茫茫無可説,江湖風雨悵離居。

送陳芑庭同年翼典試湖南,兼懷廖仲山學使壽恒　三首

五色麗簜函,一鞭驅駱馬。使星指雲夢,詔命銜日下。求賢國樞機,選音屏缶瓦。江漢况炳靈,荆璞藴大野。道脈延嶽麓,些只和匪寡。才氣溢湖湘,搴茘紉蘭者。彼其需良工,奚翅金待冶。朝廷資時髦,構材完廣厦。行矣勿復言,扶輪望大雅。

其　二

長安冠蓋區,闒貶盛投謁。世情逐雲浮,吾道懼汩没。曰余拙笑談,不才坐兀兀。執莛起尋聲,谷音幸未歇。資君共往來,相對各清越。有酒即薄飲,詩成興勃發。交勗慮涂窮,家山指一髮。胇附傾碩交,簡畧傲簪笏。往往燭跋闌,宵深忘落月。王程促君馳,離羣感倉猝。判襼即雲泥,駏虚亡蛩蟨。别情不足眷,瑟居恐疲翛。君槎轉湘帆,我亦理歸筏。

其　三

平生同年交,皆足瘉吾愚。鄺學奉有道,文酒相與娱。張蘅濤。夏路門。宏根氏,緒言堪舉隅。叔重氣魁壘,落落真吾徒。仙屏。時日消鄙悋,叔度時相呼。潄蘭。劍南獨摇落,感痛經酒壚。廣敷。十年開珊網,揚鑣分軺車。我生蹈牣材,冷宦仍故吾。臣朔頗苦飢,長安難久居。廖侯阻湖水,搜才貢天都。遠悰洞庭闊,簡隔疎音書。憑君爲問訊,尚念故人無?

汪子章憲哲、子介元昌昆仲同出都門,至德州分手,詩以贈别二首

不盡關山感,朋懽況别離。客中仍送客,歧路又成歧。濁酒分襟地,寒沙撲面時。得歸元自好,珍重各驅馳。

其　二

眉山好兄弟,夜夜此連牀。得意攀蟾窟,還家尚雁行。及時欣舞綵,歸去恰稱觴。子章北闈秋捷,歸徐州,將爲其尊人祝壽。悄悵汪倫意,别情誰短長?

出都車中雜詠,得絶句十二首

出國門時首屢回,雙輪獨漉過燕臺。桑乾橋下潺潺水,冷眼看人跋涉來。

其　二

楊柳黄時柿葉乾,緑波兩淀撲人寒。畫橋錯認江南路,立馬看他十二闌。由雄縣抵任丘,過十二連橋。

其　三

九十九灣互淀流,漲痕策策度扁舟。誰知眼底滄桑界?卻向湖光辨鄚州。年來水決趙北口,鄚州一帶俱舍車而舟,地有九十九淀。

其　四

繫馬蒲縈笑浪傳,東遊瀛海枉求仙。斑斑車入河間路,買醉誰抛姹女錢?過河間府。

其　五

悲歌燕趙壯詩腸,老驛荒城感夕陽。古蹟詠懷勞悵望,墓門殘碣拜賢王。

獻縣道中。

其　六

犖确臨崖一覽卑，安能絶頂訪殘碑？山靈應笑征人瘁，兩載重吟望嶽詩。

過泰安。

其　七

天然溪峪迓人來，秀絶眉端山色開。齊魯遥看青未了，先斟濁酒望徂徠。

崔家莊旅館題壁。

其　八

山驛蕭條柳不春，斜陽荒店歇征輪。深杯薄釀莫辭醉，痛飲應知不酖人。

宿羊流。

其　九

危岑怪磴閲敧嶇，險據征鞍我馬痡。人語雞聲村遠近，又扶殘夢過顓臾。

夜經蒙山。

其　十

出山清遜在山流，橋外鳴泉盪客愁。倦歷風塵投宿晚，一渠新月上沂州。

宿沂州。

其十一

陂陀盤亂畏征途，喜見江南入畫圖。記得去年衰柳路，蕭蕭風雨滯司吾。

峒峿晚宿。

其十二

眼前一派清淮水，惆悵依然送遠歸。北馬南船蓬屢轉，不堪敝盡舊征衣。

由袁浦達揚州四首

檣艫漸如薺，征車此脱驂。來船通去馬，畫裏入淮南。遠岸若相接，高吟誰與談？蒼茫感身世，甘隰不勝酣。

其　二

國士漁竿寂，猶撐舊釣臺。千金傳報德，一飯解憐才。欲下英雄淚，危臨淮水隈。孤城向落日，憑弔念飢來。

其　三

衰草秦郵路，煙波繫遠思。寒雲界首驛，細雨露筋祠。雁並歸舟迅，帆將遥堞移。湖光相對冷，三十六灣陂。

其　四

旅客茰灣岸，深秋瓜步濤。過江數名士，停檝首頻搔。曬網游魚上，脩翎宿鷺高。二分橋外月，隱約笑人勞。

江　行三首

掛席入蒼波，江南喜到目。渡江三百里，船與水争速。風力制其前，舵師頗慴伏。十里九停橈，蒲帆收幅幅。際天失金焦，帖岸聚艫舳。歸心苦淹濡，詩情偏往復。得句生微感，穩吟舟如屋。

其　二

倚閭添白髮，樹背明春暉。親老家亦貧，升斗難療飢。十年附清班，塵滿游子衣。那能脱韃鞅？及時娱庭闈。吾生矧惸孑，雁行天外稀。嚴親既見背，寒門尤薄微。我姊近喪逝，老淚增歔欷。骨肉遭乖異，北望更依依。朔風襲涼袖，英英南雲飛。臘酒正開甕，奉觴罏好圍。掉頭念家山，揚帆歌遄歸。

其　三

前輩亦有言，官冷如書賈。張船山集中句。詎意捆載歸，依然累檝艣。冷篋隨長征，壓裝共辛苦。識字非憂患，癥結笑酸腐。泛此書畫船，去作菊松主。萬卷傲百城，十襲富四部。珍庋未爲貧，莫讁北門窶。

江 陰 夜 泊

掛帆三百里，更盡忽停橈。山色濛難辨，因波泊畫橋。星吹鄰舫火，風定大江潮。歸夢今應醒，鄉園漸不遥。

由江陰趨無錫，河淺舟壅，日行三五里耳，作詩排悶

歸蹤十日滯江干，欲乞天河助激湍。躑躅移船争尺寸，蒼茫入夜盼波瀾。

乘潮喜趁雞聲發,閣淺旋愁藺足艱。不分盪舟同策蹇,兒童拍手笑蹣跚。

即　目

一縣環新漲,四山入酒尊。魚罾憑樹結,雁影近蘆繁。頗倦風塵路,忽逢水竹邨。維舟潮欲落,畫意愛黃昏。

有　感二首

客星乏術試偷桃,索米長安氣不豪。論相那堪無食肉?索瘢容易共吹毛。馬甘戀豆終非駿,鼠自搬薑敢憚勞。稍喜黑頭猶可恃,癡心或許補羊牢。

其　二

江南迢遞往來頻,鍊就天涯閱歷身。一著偶輸棋打劫,十年虚愧墨磨人。浮名嚇鼠知何補?家世埋蛇不諱貧。敝盡鷫鸘裘未煖,關河僕僕尚勞薪。

長至日二首

舂聲隔雲山,年年苦于役。歲晚人未歸,至日長爲客。

其　二

流光吹劍過,嚴陰景俄變。遊子眷衣痕,大野日移綫。

青陽舟次

邨市潮初落,寒煙隔樹暝。篷敲風觱栗,石觸水東丁。歸柵雞豚散,投罾蝦蟹腥。垂楊苦憔悴,無眼向人青。

楓橋夜雨

吹遍江楓老,蕭蕭尚遠征。那堪今夕雨,更作打篷聲。入夜認漁火,愁眠移短檠。寺鐘何處曉?徒倚感勞生。

崑山阻雨雪

歸颿去去滯孤城，逆旅殘冬雨易成。小雪壓篷無賴白，大波激石不平鳴。一山繞郭空依傍，滿地頹垣閱戰爭。水宿沙禽共愁絶，奮飛深盼隔宵晴。

到　　家

不寐坐待東方白，破曉催行到家夕。嚴城半閉俟征人，鄉樹欣然迓遊客。蓬門開時亟登堂，老母聞聲顔先適。見兒萬慮盡蠲除，子細爲兒辨肥瘠。遠遊兩載違慈顔，彈指光陰駟馳隙。關心默然看春暉，自愧勞生爲名役。山妻攜擁兒女來，小者投懷大拜逆。秦庭雖未十上書，歸來敝裘尚舊迹。問訊瑣瑣語不休，嘈雜寒暄紛笑劇。是時正届歲事闌，筍青橘紅臚前席。骨肉歡聚樂團圞，述到天涯尚脈脈。笑持詩卷付糊臺，萬里遊蹤如咫尺。

壽黄濟川太史母許太夫人七秩二首　乙亥

曲譜唐山播懿徽，瑤觴稱娖拜慈闈。曾勷節度專旌鉞，新纈宫袍暎綵衣。八座起居娱壽母，一門舄奕護春暉。躋堂喜對庭階秀，人自探花宴裏歸。

其　二

寶婺光騰閩海邊，高門棨戟望金仙。古稀曼衍新增算，老福婆娑話撤蓮。有子科名能不負，世家閥閲況相延。愧無彩筆揚鞶帨，鞠跽瞭眺對綺筵。

壽莊印潭前輩俊元七十

要共荷花醉一觴，玉堂不戀況黄堂。未凋緑髮抽身早，愛住青山引興長。人向蓬萊仰耆宿，天教桑梓耀靈光。祝公更有千秋壽，文苑儒林姓氏芳。

泊舟高郵，夏路門同年邀飲裕園，
並出所畫裕園圖索題，即席賦此

一舸泝寒漲，渺渺飛帆孤。艤舟登秦郵，憑眺卅六湖。淮左多風流，過江尋

吾徒。喜覿古人顔,呼酒不時需。故人闊高躅,結居盂城隅。二三素心人,命儔諧步趨。留連吐幽悰,挈我登畫圖。勝構依渌水,萬竹環蒼蕪。舊廕溯嘉植,鹿眼疎籬扶。左林與右亭,花柳百十株。犖确山石中,摳衣休嫌紆。祟睇勞應接,詩心與之俱。安得荆關筆?蘸墨爲染濡。詎意添豪手?一一窮追摹。甓社好光景,盡從眼底驅。我聞秦淮海,文遊留勝區。堂堂子瞻輩,曾此聯清娱。昔賢呼不起,我友方印須。國士今無雙,挾才遊天都。持節過蜀峽,振翰題蓬壺。歸來綈薖軸,古懽盟鷗鳧。能拉過客飲,文字相喁于。如此足高風,肯讓古人乎?我行苦迫促,悤悤歌驪駒。難罄十日歡,明朝又征途。留此鴻泥迹,慎勿嗤鴉塗。

元日述懷三首,柬陳鐵香比部己卯

腰風翔東誃,酥雨密如繡。曙色敵陰霾,溟濛疑楸霁。霽景倏播暄,氣象變良晝。争此新日甲,陰晴釀未就。衆鳥啼柯端,殷勤迭爲奏。蚤梅闊未花,廣庭潤於漱。覓吟圖麗矚,屠蘇斟自壽。三年不成詩,飯山生太瘦。試管媚陽春,獻歲指首僂。感至情亦歆,得句屏雕鏤。

其　二

坡老亦有言,著衣與噉飯。東坡云:"吾年過四十,但著衣噉飯。"我年近四十,事事難如願。挾策走京華,人海縦空溷。三春暉未報,萬言書莫獻。文章迷涘津,考核等稗販。俗累縻向禽,感遇惜子建。年華逾駸駸,駑駘仍頑鈍。繇弱不自振,努力負奬勸。

其　三

憂貧百事盭,涯生衆愁糾。本適爛漫天,何心自躪蹂?艱難吾道孤,出門事餬口。悠悠兩年來,抱痾況八九。搜方罄俞扁,乞藥珍葠枸。天留苦吟軀,宥此腐儒咎。儒冠雖誤身,珍重自享帚。災禍及棗梨,羃覆累缸瓿。香風幸有鄰,瘳瘳須我友。戀此崔鏕室,往復得所偶。諸公傾肺腑,賤子忘諆醜。惟愁養拙難,力田終吾負。英英出山雲,掉頭苦難守。貧賤眷衣食,飢驅藉奔走。行踏輭紅遊,觚棱垂翹首。

題俞復生元珍慈竹感秋圖

西風槭槭虚心顫,紵盡疎篁不成箭。煙塵萬里春暉睽,霜林一夜秋聲變。丈人峰邇親舍遥,漳江望雲雲迢迢。蓮幕孤栖愁離邊,閩山越水頭空翹。狼烽滿地涂荒梗,日祝平安報晝静。貞筠願壽筫簹園,金萱期駐桑榆景。掉頭疾向丹霞歸,歸來膝下思瞻依。詎意音容成永隔?家山無恙栝棬非。吁嗟乎,空碎媧媧五色石,恨補終天情莫白。惟將鵑血淚闌干,灑入湘枝點點赤。赤盡啼痕圖畫開,敲竿隕籜商音哀。鳳雛無賴烏私竭,迸向霜縑竹素來。我曾天涯作游子,風木酸心悲齧指。披圖頓觸愛日悰,淚痕濡上琅玕紙。

孫庚堂提帥開華屬題公署後假山石

隙地補邱壑,林巒勢已成。聽松風四座,譜荔月三更。署中有譜荔堂,舊爲泉州府署蔡忠惠著《荔譜》處。鈴閣閒揮麈,海天方洗兵。觸雲出霖雨,藉爾慰蒼生。

六月十二日壽外舅陳雨春先生七十

峩峩青城山,㓨㡼卑部婁。潭潭綰綽堂,金石貞不朽。温陵論門閥,首偪我外舅。三君追家風,保艾福爾後。諸郎天下才,白眉尤炙口。景風播温薰,星躔過鶉首。生日近荷花,瑞開十丈藕。躋屢祝四豆,黎收晉大斗。絣福不唐捐,如操券在手。繪圖臚耆年,香山弁其九。眷言陪羣仙,侍頌木公壽。

重九日,陳鐵香比部邀同王海門秋曹,朱海驪大令,陳義門孝廉、劒門大令、籲門茂才諸昆仲,蔣桝昭、陳少泉兩茂才,飲彌陀巖

三年潦倒病維摩,病起猶能挈榼過。瘦對西風醉秋色,叢樨香裏夕陽多。

偕陳鐵香内兄、義門、劒門、籲門諸内弟登蜕巖題壁

病軀猶耐勝遊勞,把襼登臨氣尚豪。濁酒有仙同醉醒,名山無地著牢騷。

昂頭天接三台近，短鬢風支九月高。曠士百憂誰可解？逌然吟嘯對林皋。

和鐵香蜕巖秋集韻二首

躡足純陽洞，兼尋蜕骨仙。危峰嶄有壁，秋水遠於天。未必龍山會，能勝此日賢。黄花遲插鬢，搔首忽茫然。

其　二

菴老殘僧定，憑闌野色生。大家開笑口，小住發幽情。多病不能酒，哦詩忽有聲。登高羡兄弟，清絶此遊行。

題莊石夫孝廉爲珙行看子四首

曰圃開時興不孤，幽人雅度劇清癯。更須添頰憑豪素，小著吟身入畫圖。

其　二

臨風一笑手拈芝，謖謖松陰撲頂時。石銚塼罏隨處著，滿身清影試槍旗。

其　三

跳珠瀉玉破苔青，竹徑淙淙鶴刷翎。大好洗將箏笛耳，兩行懸瀑倚柯聽。

其　四

抱琴理軫付奚童，坐覜生涼韻晚風。待把流泉石上調，愔愔譜入七絃中。

送趙樾薌觀察均移守臺灣庚辰

一琴一鶴一硯一爐香，君家清獻之澤猶煇爌。踵武乃能延芬芳，以兹美績傳循良。槃槃大才今棟梁，宦遊遍我閩南方。驄馬所莅稱龔黄，宣勤更足輝豸章。延建邵汀興泉漳，口碑道路争相望。客歲下車温陵鄉，慰我黎庶仁風彰。脩隄排水固城隍，保甲弭患籌海防。推陳出新常平倉，試士終日坐堂皇。愛民保赤尤慈祥，剔奸除莠登和康。清操自勵嚴冰霜，廉潔不選劉寵囊。君不見清源之山高以蒼，筍江之水清且浪。使君德惠敷梓桑，山儷其峻水比長。鯫生竊幸依末光，時聆緒論中心藏。慙非徐穉名南昌，下榻乃得容翱翔。鯉魚風起時重陽，君將剖符逡鯤洋。鬱林石壓輕舟裝，臺民盼君渡慈航。惜别獨乏臨歧觴，思君之愛同甘棠。愧無大筆爲揄揚，碑刊德政騰光芒，持此區區一詩銘不忘。

答朱月樓司馬林午見寄之作，即和元韻四首存二

白雲蒼狗幻紛拏，匏繫甘同不食瓜。浪博浮名銜腐鼠，敢誇膽氣壯青蛇。文章於世愁無補，詩卷求傳願尚差。且自咿唔憑雪案，敞門揩眼辨麻沙。

其　二

弋人無意慕冥鴻，總爲雕蟲技未工。祇自掃除安一室，詎將耿介傲三公？似棋世事虞多幻，如面人心况不同。忽幸詩筒來剥啄，論交妙契孟韓風。

正月二十四日陳鐵香内兄、義門、劍門、籲門、修門諸内弟邀餞賜恩巖二首　辛巳

鱗雜觥籌縱麈談，分襟送抱酒齊酣。尊前領取汪倫意，春滿桃花千尺潭。

其　二

十年屏迹名巖地，今日同岑醉一觴。鐘鼎林泉原異趣，山靈笑我出山忙。

舟泊杭州，黄幼丞太守、曾忠甫大令存恕、林榦庭别駕懿招遊西湖。周覽湖中諸勝，復舍舟登蔣公祠小飲

昔過虎林忙洄沿，之江兩度移畫船。草草勞人苦于役，孤負聖湖一面緣。三竺六橋交臂失，夢想之中猶惘然。耐冷一官牛馬走，歸滯蓬顆十五年。今年重作西泠遊，客輿頗豪東道賢。邀訂平原歡十日，探幽攬勝貪留連。落落儔儷豁爽抱，筍輿出郭欣聯肩。腐儒如木難割瘦，厭除冠蓋屏華筵。笑撐小舸出湖背，斷橋雙隄羅眼前。壋輪在右葛嶺左，緑差差影將浮天。其時荷花正生日，裏湖處處開紅蓮。采蓮苦無瓜皮艇，空對朱華别様妍。近水遠山如相迓，洗眼光中疑登仙。捨舟撰杖入蒼翳，緊鞵寬襪輕衫褰。放鶴亭空孤山静，梅荒楊瘦幽

可憐。平湖秋月三潭印,想見佳夕照不眠。其餘殘劫失初址,往往别構三兩椽。彭庵俞樓與薛廬,新拓乃因人流傳。花石淩雜忽迎面,選勝獨遵蔣祠邊。入饌喜饒鰕菜美,蓴絲筍箐不論錢。魚羹尚遺宋嫂名,登盤新得槎頭鯿。酒酣理榜出菰蘆,柔艣紆回凌晴煙。故鄉無此湖山好,何幸鎮日相周旋。熱痱全消忘六月,百端茫茫皆屏捐。卓午乘興暝忘歸,歸橈一路聞暮蟬。可無詩情寫勝趣,擁鼻吟成微扣舷。

越日,幼丞文忠甫榦庭邀爲靈隱之遊,由天竺趨靈隱寺,遇雨四首

竹輿出城來,曲盤入蒼靄。萬緑環湖光,取徑煙波外。沿隄披灌莽,細草浮醃䕶。歷落循三竺,地迥喧幽籟。白雲卧上方,飛泉激湍瀨。躡磴叩禪關,佛光洞四大。空色寓煙蘿,澄心祛埃壒。窈眇愜孤賞,風景歷可繪。

其　二

引人暫入勝,沿緣尋疏寮。崇睇勞應接,通幽何迢遥。連山生層陰,竹木鳴蕭蕭。梵唄聞隔樹,林葉走争樵。梯空健遊屐,逶迤攀煙條。入門催脱巾,拂鬢茶香饒。僧榻冷趺坐,轉厭冠蓋囂。花鳥向人静,清譚忘泬寥。净地足安禪,誅茅隱誰招?

其　三

言飽伊蒲饌,眷彼韜光頂。一僧導我行,迢遞指鷲嶺。層梯界碧天,香林勞矯頸。石潤雲逢逢,凉颸挾雨猛。作勢忽傾溜,鑿落簷聲併。叢樾濕空翠,昏黑變俄頃。攙和半晌寒,瞬如深秋景。豈惟祛歊蒸,轉怯羅袖冷。雨止松猶喧,羣響破虚静。勝地已悦襟,賞雨句逾警。

其　四

樹梢放夕照,一抹未西沈。頑雲濕不吹,遠巘猶蕭森。碧磴滑遊屐,破蘚蒼痕深。當頭飛來峰,雪霰綿重陰。石雷穿玲瓏,霧氣蒸懸岑。復延亭上眺,聊散風前襟。愛此柏檜古,不受劫火侵。冷泉流日夜,幻作笙匏音。妙悟證止水,明

漪洗道心。危坐瞑忘倦,格磔催水禽。

題謝子容榕德臨江遲妹圖

爻占歸妹悵何如,況是西興潮上初。待渡情遲斜日舫,贈言淚灑大雷書。題詩記鬬思芬管,惜別愁分昭固裾。珍重傳神好圖畫,離悰萬斛筆端攄。

重遊甬東感興,柬郭晚香孝廉傳璞　四首

已勸遊蹤又遠遊,泥鴻重印古明州。世情變幻驚蒼狗,心迹蕭閒證白鷗。屢乞葠藷期卻病,寓鄞數月,眷屬多病。正懷蒓菜況逢秋。乘查轉笑張騫俗,奉使勞勞泛斗牛。

其　二

歲月侵尋牝擲虛,姓名漸欲溷樵漁。臣之壯也難經世,人到中年思著書。大海迴瀾誰辟易,騷壇學步總趦趄。操觚擿槧談何易,結習酸寒笑未除。

其　三

三徑空貽松菊嘲,在山水笑出山淆。處愁巧婦炊無米,出比枝官贅繫匏。病拜岐黄師妙訣,客延子墨締貧交。四明秋色蒼然滿,且許鷦鷯偶借巢。

其　四

金峨山館涌文瀾,晚香别築金峨山館,著作甚富。藻繢乾坤莽筆端。望重林宗巾角折,調希賀若古音彈。唱詶地久傳皮陸,述耦天教訂孟韓。我苦瑟居太孤陋,下風何幸拜詞壇?

中秋前四日,晚香招飲金峨山館。余因事不至,晚香以詩疊和,再用前韻卻寄四首

大海征帆盡室遊,應官走馬指神州。人情任自争蠻觸,清侶今欣締鷺鷗。踳訂四羊商舊學,余來甬,以舊刻詩稿奉質。晚香慫恿重畀梓人,兼訂踳誤。杯傾三雅約新秋。玉山高會愁無分,笑我忙爲舐犢牛。是日承邀飲,因兒病待醫,不及赴約。

其　二

鵬翼圖南夙願虚，投竿懶奮釣臺漁。雞蟲得失都任運，蟫蠹生涯祇戀書。首鼠行蹤難自決，忘羊歧路恐成趄。六張五角愁身世，一種牢騷費鏟除。

其　三

不才莫解棗昏嘲，塵鞅名繮矧溷淆。旅篋蕭條惟筆硯，中年陶寫賴絲匏。宦場久恥爲前輩，濁世猶欣得素交。退鷁風前飛易倦，家山一髮眷歸巢。

其　四

評召名流助墨瀾，十分秋色上眉端。席多勝友偏難坿，琴遇知音敢閟彈。乘興偶然遲訪戴，傾心尚喜蚤瞻韓。木樨香裏幸良讌，他日重登李杜壇。

中秋陰晦，夜坐待月有感四首

客裏看明月，驚心四度圓。今宵望皓魄，韜曜失秋妍。解帶延孤賞，移檠照不眠。相期蓄光彩，涵影待晴天。

其　二

脈望餐奇字，腸鳴不療饑。林泉久成痼，塵海惜知希。歲月憑詩遣，風霜看鬢飛。浮雲翳霄漢，無計喚清暉。

其　三

欲染浯溪筆，淋漓頌中興。空懷六未解，終愧百無能。陋學慚袁豹，歸心決季鷹。扶摇誇九萬，斥鷃笑飛鵬。

其　四

海國深秋冷，庭陰獨夜長。愁無絲竹寫，禪悟木樨香。歸夢雲偏隔，高樓雨易涼。還山元自好，愧乏買山囊。

自編二十餘年所存詩題後二首

詩能傳世亦何榮？況復難争尺寸名。夙歲誤求諧俗眼，窮愁容易變秋聲。中年漸近吟偏孏，少作貪存悔轉生。勞我精神緣底事，寥寥一卷慰深情。

其　二

才可千秋有幾人，年年何苦累吟身？難除結習原多事，欲上騷壇隔幾塵。擁褐磨磚空日月，鉤章棘句總陳因。明知同在恒沙數，偏作區區享帚珍。

校點後記

龔顯曾（一八四一——一八八五），字毓沂，號咏樵，曾自號盌薇公子。清道光二十一年（一八四一）出生，祖籍晉江縣，世居泉州市三朝里（今古榕巷）。祖父龔維琳，號春溪，授翰林編修。後來龔顯曾中進士并欽點翰林，被泉州人譽爲"祖孫翰林"。

同治二年（一八六三），清穆宗開登極恩科，龔顯曾中二甲進士，與張之洞等人同榜，選庶吉士，授翰林編修。

龔顯曾是晚清時期泉州的著名詩人，擅長古近體詩和駢文。咸豐九年（一八五九），與許祖滂、陳棨仁、黄梧陽等人組織桐陰吟社，并刊印《桐陰吟社甲乙編詩集》。詩作中與内兄陳棨仁唱和甚多，被臺灣籍詩人林鶴年譽爲"風月婆娑兩翰林"。

龔顯曾重視對泉州地方文獻的搜集和整理，與陳棨仁合輯《温陵詩紀》，甄録了泉州一百一十七家詩作。龔顯曾一生收集的歷代泉州人著述很多，經他整理校訂后鈐上"晉江龔氏校藏本"、"咏樵經眼"等印鑒，均爲珍本。他還嗜好金石文字。

光緒九年（一八八三），法越戰事起，清廷派兵去安南拒抗法軍，龔顯曾時任詹事府贊善，團練大臣林壽圖奏請他爲襄辦。到任後，積勞成疾，於光緒十一年病逝，年僅四十五歲。

龔顯曾一生留下了許多著作，傳世的有《温陵遺書》、《薇花吟館詩存》、《龔顯曾叢抄》、《亦園脞牘》、《葴齋金石目》、《温陵詩紀》、《葴齋詩話》、《金史藝文志補録》等。

現點校的《薇花吟館詩存》共四卷，大致爲紀游、咏景、唱和三大類，而以紀游詩爲多。詩中蘊含着詩人對祖國山河的摯愛,對時世的憂憤,狀物抒懷,情真意切,是一部富有文學性的詩集。

編　者

二〇一八年六月

亦園脞牘

序

斯人不出，謝傅偶集碎金；好夢能靈，少瑜獨操鏤管。海不辭流，以成其大；天猶借石，以補其傾。稽古爲榮，不廢述作，得閒差樂，何憎文章。化嬉笑怒駡於胸中，具忠厚謹嚴於豪末。自今以往，可見十志之《夷堅》；於我何求，同證一圜之脈望。此亦園主人"脞牘"足傳於人，可稱於世也。夫《碧雲騢》之滓蔑賢流，《會真記》之雕摹才子。誨淫導慾，則有《雜事秘辛》；挾怨掠恩，則有《周秦行記》。慧光所及，擯斥相隨，次而心印涉于緇衣，口訣參於羽士。如終南進士之無稽，一車載鬼；如齊東野人之近鄙，疊鼓負翁。何補人心，終淪左道。兹所旁摭，矯其前非。衆郛能遵馬鄭，三徑不忘羊求。羅文獻於一朝，繪忠貞於千古。殘膏賸馥，窮檐之心血具存；樂石吉金，寰宇之精神如見；凡一事一物，非姑妄言；比九歎九思，殆有憂患。嗟哉窘鄉，傷此同病；蠹蟫競守，蛩蟨相依。捫腹無負乎攤書，用心猶賢於博弈。笑我漫膺將伯，相攻敢借他山；如公俯視稗官，此筆足參正史。

光緒戊寅七夕，姻世愚弟温陵楊浚謹序。

序

昔潘次耕嘗慨今世士夫，自其少時，鼓篋讀書，規模次第已盡失古人之意，名成年長，雖欲學而無由。誠哉其言之也。夫古者章句訓故，各有專家，經明行修，羔雁逮矣。今也不然，所習者講章之餘唾也，制藝之殘瀋也，齒危髮秀，傀焉不返，幸而偶弋一名，思文其陋，時過而學，精力已窮，求其才識兼人，獨拔擢於俗學之外者，蓋未數數然矣。妹夫龔詠樵太史，在總角日已都佳譽，弱冠而後擢高科，踐清閟，迴翔於承明著作之庭，老屋數椽，皮架三萬卷，異本鱗次，祁寒溽暑，沈浸其間。以善價收書，以虛心勵學，以雄才攻文，以完力纂古；目與書謀，手與目謀，紙而墨之，簡而策之，叢稿碎篇，堆案仍几，覈其撰著，不下十種，非夫名遂而年富，才裕而學勤，其著書能若是之早耶！邇因暇日，理其《脞牘》一書，墨諸子板，剗繁剔幅，薅恒臚新，無襲無謊，無徵奇，無語褻，紀事若《容齋》之筆，考典比《丹鉛》之録，蓋斐乎其可觀，綽乎其可傳也！異日者稽譔日富，卷帙日增，上足以備熙朝之掌故，闡名哲之言行，次亦可與考據諸君剖分一席。棨仁雖弁僿，猶將蘸墨研黄，躬赴校字之役，且因是而自督惰窳，修攬叢散，以就正於有道，而求免次畊氏之譏，是又昕昔所廞廞在抱，手是編以當鞭策者也。

時光緒著雍攝提格日，躔鶉尾之次，陳棨仁鐵香甫言。

自　　序

僕讀書涉獵，記性惝怳，辨譌則別風未析，識字則雌霓難諧。笑牒言鯖，即誇腹笥；範水模山，無裨心裁。十年以來，毫無長進。根氏之學，匆匆未遑嘗，即瀏覽所及，或聆師友緒論，掇日下之聞見，憶釣游之舊話，稗談塍説，隨得隨録，掎摭餘唾，沾丐殘膏，矛盾或自笑齟齬，蛙鼠則轉相販賣。自詡玲瓏无瓃，稍優碔砆，幾欲户牖壁牆，悉安筆研。客臘養疴謝客，卻埽閉關。竹屋紙窗，所須惟藥物耳；箴盲起癈，療我者筆公乎？當此惘然若醒，憪然若惕。雕劖宏憕，未甘枯槁；枝梧樛葛，不合時宜。迺甄總舊紀，搯扯咫聞，勒成甲編，墨諸子版。肉緩筋駑，墨痒紙劬。鯖五侯而饜口，琴百衲而爲材。復得稔契雅故，盍戠舊盟，忘其醜顛，加之評泊，登大雅之堂，邀首頷而已，足附雜家之派，竟手皸而不疲。知我者謂虞卿著書，聊以排悶；不知我者謂和凝刻集，將圖噉名。我之懷矣，又何瞢焉！惟是東塗西抹，久費穎素，記一忘十，藉警靈源。以無聊之昏旦，營詅癡之生涯，亦足刳鉥怠孏，消磨流光，雖自溺於蹄涔，知猶賢於博簺，質之吾友，當不河漢斯言。

光緒戊寅上巳清明日，晉江龔顯曾記於亦園。

目　録

亦園脞牘卷一

國子監禮器

乾隆三十年，欽頒禮器十事，皆周時法物：犧尊一、雷紋壺一、子爵一、内言卣一、康侯鼎一、明簋一、雷紋觚一、召仲簠一、素洗一、犧首罍一，命陳設國子監大成殿中。

丙子二月初五日，恭陪祀事，分獻禮成，偕吴望雲大司成仁傑、汪柳門少司成鳴鑾敬觀。古色斑斕，款識朗燦，列鼎彝而典重，配俎豆以馨香，詢之兩司成，非逢春秋釋奠，則十器什襲謹藏，未嘗羅陳殿上，不易瞻仰也。

合璧聯珠

咸豐十一年辛酉八月初一日丁巳卯正初刻五分，合朔日，月躔於張宿之次，會於鶉尾之宫，木火水土，同居於張，距日皆在四度，内惟金星居軫，距日三十度有奇，合璧聯珠，洵古今之上瑞也。請頒付史館及宣示中外，以光萬世云云。欽天監奏。遂奉有諭旨一道，合璧聯珠之事，世艷稱之，然史載無多，兼二者尤匙覯，我朝雍正三年、乾隆二十六年、道光元年，凡三見。穆宗毅皇帝甫踐阼，即徵此祥。是日綿州解圍，而石達之禽，已兆於此；安慶克復，而洪秀全之栽，已兆於此，信中興之瑞應矣。

試帖　命題

同治癸亥，朝考詩題《四時花競巧》，丙寅大考翰詹詩題《遒文六義陳》皆出一詩中句。唐玄宗《端午三殿宴羣臣》云：五月符天數，五音調夏鈞。舊來傳五日，無事不稱神。穴枕通靈氣，長絲續命人。四時花競巧，九子粽争新。方殿臨華節，圓宫宴雅臣。進對一言重，遒文六義陳。股肱良足詠，風化可還淳。

古碑重藉護持

古碑刻零落、斷剥不可枚舉，而亦有藉護持以永者。安溪李文貞公視學北直，時保定王生家廢苑東每夜發光，啓土數尺即蘇靈芝書《田仁琬德政碑》也。《大瓢偶筆》謂是文貞公巡撫北直時，屬易州牧搜尋久之，乃從菜圃中出。廉鍔丰神俱極古茂，公亟命舁至保定府學植之。郭蘭石大理視學西川時，過彌牟鎮，見王稚子石闕斷石在人家牆角，黝如鐵，餘"漢故兖州刺史"六字，側有宋人真書八字，又有片石色同，四圍無一字，亦命移置勿泐。又蘭石先生督蜀學日，搜得楊侍中石闕，漢安題字及顔魯國《離隼記》，拓之，見《芳堅館題跋》。

散館考試詩賦

同治乙丑，庶吉士散館，改詩賦爲策論，題爲《吕端論》。戊辰散館，仍用詩賦矣。是年三月十六日奉上諭：内閣奏庶吉士散館考試詩賦、策論，先期請旨一摺，此次著考試詩賦至策論兩次，該庶吉士等業經於殿試、朝考時分别考試，散館時自毋庸再行覆考，嗣後散館著仍考試詩賦，屆期不必奏請，以符舊制。

四庫全書總目提要

高宗純皇帝命儒臣編輯《四庫全書》，紀文達公奉命總纂，《總目提要》二百卷出公手者居多。論者謂文達才學絶倫，而著述無多，生平精力，蓋畢萃於此書，雖其間稍抑宋而揚漢，要其考據精碻，剪議詳贍，實爲歷代書目所未有。乃桐城姚姬傳先生《惜抱尺牘》中力詆之，謂其持論大不公平，且云"鼐在京時，尚未見紀曉嵐猖獗若此之甚，今觀此則略無忌憚矣，豈不爲世道憂邪？鼐老矣，望海内諸賢，尚能捄其敝也"云云。按：姬傳先生曾同修四庫館書，著有《題識》一册，以早退，當時修書者，不列入《提要》，又其生平恪崇宋賢，故其言如此，要亦非持平之論也。

廣　　韻

家藏明内府刊原本《廣韻》,又藏張氏澤存堂原刊初印本《重修廣韻》各一部,明刊《廣韻》視張本較略,然亦係原本。朱竹垞以爲中涓所删則非,《四庫提要》辨之詳矣。張本後出,從宋槧翻雕,註文特詳。《提要》譏潘次耕序,謂以註文繁複爲可貴,將以韻書爲類書。按:兩種均出宋本,不得謂簡者爲不完,而繁者爲可重。近張本盛行海内,一再翻雕,而明内府本傳者頗少,惟粵東近刻《古經解彙函》兩刊之,龐寶生師云澤存堂本,自是完書。但潘次耕刊誤而是者固十之六七,意改而非者,亦十之三四,即如《説文》霧雺,亡遇切。注:地氣發天不應。霧。莫弄切。注:天氣下地不應。《廣韻》"遇"部未收"雺"字,而"宋"部"雺"字注則曰:"地氣上,天不應。"次耕改爲"天氣下,地不應"。雖與東九韻一律,不如不改之尚兼兩義也。又"東"韻"韄"�具,潘改爲釵具。又《廣韻》末朱,之余切,朱赤也。張刻作生,并闕注。紬,直流切紬,布也,亦闕注。如此類,所以訂張本之譌者正不少。又顧氏《音論》引《篇韻》指南嬲字,向不知其何所本。今得見此,知即顧氏所見之本矣。按:顧氏所見即明内府刊本,見潘次耕張本序。

説文解字義證

本朝通經之儒多罕精許學而能校釋、考證《説文》之書,最著者十餘家,惟金壇段氏稱專業。曲阜桂未谷大令同時治是經,成《義證》五十卷,稽撰達旨,繁徵博引,視段注如驂之靳然。段書通行已久,海内學者幾於户置一編,而桂書于道光、咸豐間靈石楊氏始刊於袁浦,時許印林、張石州諸君爲之讎校。前有陳頌南師一序,甫墨版即入質庫,以故世僅有寫本。頌南師曾移謄一部以歸。迄同治九年,湖北崇文書局乃重雕之,補訂完具,而桂書乃與段書抗顔並行於世矣。或謂段氏勇於斷,其失在破字創義。桂氏不下己意,專臚古籍,其失在濫採繁搜,不知段書尚專碻,每字必溯其源,自得于心,求冥合於許君之恉。桂書尚閎通,每字兼達其委,廣爲敷佐,令學者引申無窮。二書實一時伯仲也。今武昌局本奪去陳序,或原刻本未及刊歟? 序見《籀經堂集》中。

桂未谷先生嘗建漢經師祠,又繪許祭酒以下及大小徐、張,有吾邱衍之屬爲《説文統系圖》,題其室曰十二篆師精舍,其言曰: 近日學者風尚六書,動成習氣,偶涉名物,自負倉雅,略講點畫,妄議斯冰,叩以經典大義,茫乎未之聞也。尤深中近今小學家之病云。

道園遺稿

李雨村觀察調元《詩話》云: 虞道園有遺稿十二卷,向無刊本,是以人不之見,余于京師買得朱竹垞曝書亭鈔本,七律尤工,容梓以傳。按: 此書余癸酉春在都門獲見于坊肆中,上有竹垞題跋,卷中多翁覃谿考校評點,愛不忍釋,因索直太昂,乃慫恿張香濤同年以十金購之。《道園遺稿》除元至正間槧本外,僅見此鈔本,恨雨村當時不付剞劂也!

王損仲宋史記

《宋史記》二百五十卷,明河南王維儉撰。維儉字損仲,祥符人,萬曆乙未進士。歷官工部左侍郎。書中首紀、次表、次傳、次志。本紀則更瀛國公爲帝顯,增端宗、帝昺二紀年表於宰輔前,增冠南唐諸國及遼、金二表,而各附以夏國按:《宋史》僅有宰輔、宗室兩表,而《宋史新編》又删去宗室表。宗室。傳於英宗皇考濮王、孝宗皇考秀王之後增理宗考榮王,希瓐。按: 此則從《宋史新編》。改南唐、北漢世家,依《漢書》,項羽、蕭、曹諸人,例總名列傳,抗諸傳之前。宰執中如亂法之王安石、悮國之耿南仲,皆特書示戒,其庸臣如李昌齡、姜遵之儔,倣《漢書》陶青、劉舍例,於他傳末略述姓名,年表中用具爵位而已。史彌遠、史嵩之一代窮奇,李知孝、梁成大相門鷹犬,舊史于二史虚事褒揚,梁、李徒有官簿,并從刊正。諸史止有儒林,《宋史》始列道學。道學名目,乃陳賈、胡紘諸奸創之,以攻紫陽。今删去道學,通爲儒林。按: 此最爲卓見,足破《宋史》之謬。《宋史·姦臣傳》倣《新唐書》爲之,史家據事直書,忠邪自見,不必目之爲奸,始昭炯戒也。且既列惇、布諸人,而史彌遠之易皇嗣,史嵩之之酖直臣,罪豈可逭? 總歸"列傳"中,而淑慝已不淆矣。其餘如薛昂、羅汝楫、陳自强、王次翁、胡紘輩,其黨和姦邪者皆附諸奸本傳之下。"志"則曆法、刪天文、五行二志。郡邑、禮、儀衛、輿服二志併入。樂、食貨、河渠、兵刑、百官、選舉凡十篇。藝文亦刪。至若遼、金二朝,置之外國,與《宋史新編》合,去姦臣、叛臣,仍入列傳,與《南宋書》合,其義例大略如此。書未經刊布,尟有傳本。《四庫總目》洎藏書家書目,俱未著録。錢受之云:損仲嘗苦《宋史》煩蕪,刪定成書,吴興潘昭度鈔得副本,損仲家圖籍盡沉于汴京之水,未知吴興鈔本若何。《居易録》云:石門吕葆中無黨遊太學,至京師,見其行笈有此書,蓋即潘本,塗乙宛然。《静志居詩話》云:損仲《宋史記》予從吴興潘氏鈔得之。則此書俱從潘本傳寫,流傳甚稀,良足珍庋。余從安溪榕郡李家購得,細爲翻閱,惜舊鈔多譌舛闕奪,無由假别本一勘耳。

仞

"充牣",可通"充仞"。仞亦通認,《説文》無"認"字,古皆作"仞"。按:《玉篇》有"認"字。《列子·周穆王》篇"妄認人鹿",唐盧重元注,及殷敬順釋文本皆作"仞"。《漢書·儒林·孟喜傳》"後賓死莫能持其説,喜因不肯仞"。《淮南·人間訓》"非其事者勿仞也",又"仞人之事者敗",皆借"仞"。然九仞則反,段作九刃,《考工記》、《士喪禮》疏引《禮緯》"天子之旗九刃",又《孟子》"仞"用作"軔","軔"乃礙車輪之木,與"仞"字蓋不同,亦假借耳。

敚　奪

"敚",《説文》"彊取也"。《吕刑》"敚攘矯虔",今本作"奪攘"。《南齊書·張敬兒傳》"百姓既相抄敚",《唐書·党項傳》"更相剽敚",《舊唐書·武后紀》"贊敚歡神器",今經典俱借"奪"字。不知古"奪"字乃脱失之正字,後人借作"攘奪"之義,而正義轉晦。《説文》:"奪,手持隹失之也。"《後漢書·李膺傳》:"豈可以漏奪名籍苟安而已?"此"奪"字正義。宋景文《筆記》謂儒者讀書,多隨俗呼，不從本音讀爛脱音奪作脱，其一也。蓋小宋猶識古音矣。

糺縵縵兮

曾在友人處見鄭海騶丈守孟書楹帖云："高山仰止，景行行止；卿雲爛兮，禮漫漫兮。"羨其集對工巧，而"糺"乃作"禮"。按：《丹鉛總録》云《太平御覽》引"糺縵縵兮""糺"，今諸書所引誤作"禮"。今考盧氏雅雨堂本《尚書大傳》作"禮縵縵兮"，其《考異》云"'禮'别本作'糺'"。陳恭甫先生重定《尚書大傳》視孫晴川、盧雅雨諸本獨詳確，其引"禮縵縵兮"句下云"'禮'當作'糺'"。然則作"禮"者蓋譌文也，當據楊氏《丹鉛總録》、陳氏《尚書大傳》訂其誤。雅雨堂本尚殽舛，殊不可從。

漢蕩陰令張遷碑

同治丁卯，得蕩陰令張遷碑善本于甬上張氏，爲金壽門舊藏，經翁覃谿學士勘定，旁標細注，及桂未谷、汪鐵樵諸家考證題跋。憶蘇齋有跋語云：直横庚庚有似鐫銅者，若以當時唐隸視之，豈非夏鼎商彝乎？戊辰在都，居既不易，遂以易米，計入吾手僅十數月耳，至今尚耿耿勿釋也。帖歸李若農前輩文田家。

趙補寰宇訪碑録

會稽趙撝叔之謙著《補寰宇訪碑録》，"凡例"云：福建金門島一古碑，在樹腹，字多不識，曾遍訪不得，恐是枯木庵樹腹碑之譌。然撝叔書中已别標録閩王作《菴池記》矣，按：即枯木庵樹腹碑。疑不能明。又云：泉州尚有蠣殼碑，今亦不見，殆即莆田陳巖山仙篆。據《通志》云"蠣殼滿布"，當沿此語而誤，亦未可知。又友人云：永福縣外常衮墓下有誌銘，唐刻也，上爲二松樹所壓，非斫樹不能出土。陳鋐香云：考道光中修衮墓，常恒昌有記，亦未言有誌銘，恐亦傳聞之誤。

北宋拓元祕塔銘

《唐釋端甫碑》，北宋拓，本郭蘭石大理舊藏，後歸先大父，合宋拓《皇甫誕碑》、《多寶塔碑》、《墨池堂帖》等册，以數百金購得之，尤以柳書此碑爲甲觀。大父歿後，諸帖星散流落幾三十年，余既殫力搜索，頗還舊觀，惟此帖落陳比部樹堂丈手，祕如拱璧，不肯輕易示人。余亦以雲煙過眼置之，然帖中諸公題跋，語尚記之，勿能諼也，亟附録於此：

唐釋端甫碑，郭尚先署，檢前横署書家骨濾，四大隸書、姚元之書，有宸翰澹遠堂印、查瑩之印，暎山鑒賞，項子京家珍藏，項元汴三印、子京之印，觀妙齋、依竹堂書畫二印，暎山查氏珍藏書畫帖印記、查氏映山珍藏圖籍印，莆田郭尚先觀印、先大父鑑賞印，又各題跋後俱有名印。碑有秀州曹仲經觀五，此册或裝潢時遺失之。元記計二行。柳公此碑書于武宗會昌元年。按：柳公生於代宗大曆八年，書此碑時年已六十有九，而風采秀潤，無一點老年態度；後十一年八十歲，猶作相國魏謩先廟碑。今碑字雖甚剥蝕，其所存者猶不減此碑風度，名手作書，固不以年歲易也。廿四日又書，計十一行。埶厔。趙子函評此碑，雖極勁健，而不免脱巾露肘之病，大都源出魯公而多疎，此碑是其尤甚者，其論一何可笑！廿七日。計六行。此碑爲裴休文休結銜，錢辛楣前輩以爲山南西道都團練觀察處置等使□筠軒州别駕。按：《唐書・方鎮表》，建中元年，升山南西道觀察使爲節度使，嗣後無降爲團練使事，疑史有脱誤，又以《金石萃編》，謂"南"上一字已泐，是"江"字下半，非"山"字。諦視之，良然，《方鎮表》貞元元年，廢江南西道節度使，復置都團練觀察使，此銜正與史合。今按此碑，"南"上一字雖缺上半，其下半顯係"江"字，點畫清朗，毋須諦視，蓋近今所傳之本，"江"字下截已漸模糊，余以明拓本較之，亦不能如此本之清朗，則此拓又不知前幾何年矣。舊物幸存，可不寶諸？丙戌四月廿四日，紅葉亭生姚元之記於小紅鵞館。計十三行。或疑董逌《廣川書跋》尚論各家不及柳帖，惟於論薛純陀《砥柱銘》中有"其後柳公權書刻招提，今已譌缺，不可讀"一語，又於辯法□碑謂誠懸愛純陀書，此外於柳書無聞焉。蓋《書跋》十卷，皆爲僅存煨燼之餘者，其孤輯編時特無柳公帖耳。論觀其論純陀書，謂當時如虞伯施、褚登善，號能書者,皆避而讓之,惟誠懸恐失其次序,别出於右等語,則其推重柳公,蓋亦至矣。廿五日又書。計十三行。廿六日清晨,余以所藏明拓不全本細對,内“供奉”之“奉”字,下截雖缺,而上截獨完好,明拓本三横之下已模糊;“上座”之“上”字,其竪畫左旁連横畫處,明拓本有缺損,此本猶全;“傾都畢會”之“會”字,田有連竪畫處,微有剥殘,此本完好;“歲時錫施”“時”字上截缺而所存筆復有磨泐,此本上截猶清;“恩禮特隆”“特”字左旁竪畫漸泐,此本仍好;“憲宗皇帝”“帝”字右旁鉤處已泐,此本完好;“不可殫書”之“殫”字,右旁日近横畫處已相通連,此本猶完好;而“和尚即衆生”之“衆”,末筆起處已闕,此本完好;“既燼而靈骨珠圓”“燼”字火旁弟三筆已泐,此本猶明;“分作人師”“人”字左旁之外石有剥痕,連及人字之撇,此本微有痕而已;“出家之雄乎”“出家”右旁之上筆畫磨泐不分,此本猶露;“如從親聞”之“聞”字,左旁上截有泐處,此本猶無;“逢時感召”之“感”,末筆已連横畫,此本不連;“水月鏡像”“像”字下截三撇已泐,此本完好;“十二月廿八日建”“建”字弟一筆已與次畫連混,此本猶分明無剥意。道光丙戌四月廿三日,桐城姚元之書。計小字十七行,大字二行。米元章評柳公書,如深山得道士,脩養已成,神清氣健,無一塵俗。武平郭嗣伯以爲此評無異囈語。郭則謂柳書如趙王好劍士,冠曼胡之纓,短後之衣,嗔目而語。柳書以温厚閒雅爲主,嗣伯此評,無迺不類,而乃謂元章紕漏顛倒,一似無目者,未免過矣。廿六日又書。計六行。尖如錐,捺如鑿,不得出,只得卻。覩此佳拓,始會斯語。道光四年重陽,莆田郭尚先觀誠懸一帖云:近蒙寄筆,深慰遠情,但出鋒太短,傷於勁硬,所要優柔,出鋒須長,擇豪須細,管不在大,副切須齊,則波掣有憑。管小則運動省力,毫細則點畫無失,鋒長則洪潤自由。近山舟先生謂柳用羊毫之説本此。郭尚先楷書計三行。柳書以温厚不露筋骨爲上乘,余曾見賈秋壑所藏《神策軍紀聖德碑》,蓋碑之精粹而僅有者。《元祕塔碑》流傳爲尚多,亦大遠晉法,然誠懸力變右軍,獨闢門户,不得概以晉法繩之。如此本紙墨俱舊,鑱刻中仍饒風韻,爲項墨林故物,與習見之本迥殊，洵佳拓也。中唐推顔、柳二家爲沈雄古勁，皆從篆隸得來。昔人評中郎書云："啓戟彎弧，峻極層巘，斯碑近之。"乙酉冬，李宗瀚識。計七行。柳從歐出，當溯源於定武真刻，則誠懸之變，自有其所由變者。在孫退谷，謂其大鬬境界尚可，不得謂其大遠晉法也。退谷稱要《神策軍》，亦以唐時刻在禁中，世人難得耳。不知柳書名重當時，刻石無敢或苟，如現存之苻璘、馮宿兩碑，皆虚和朗暢，一息相通。即如此北宋拓《元祕塔銘》尤未可以劍拔弩張，求之形似也。春溪學使能書能鑑，敢以質之。道光乙未立冬後七日，南海吴榮光書并記。計九行。

沈　沈

黄扶孟《義府》云：《史記·陳涉世家》"夥頤涉之爲王沈沈者"，"沈"讀爲"潭"，尊嚴之意。"夥頤"，甚辭也，意謂涉與我故等夷爾，今其爲王，何太尊嚴之甚！按，應劭曰：沈沈，宫室深邃之貌，長含反，當呼爲"潭潭"。韓退之"潭潭府中居"正用此語。

折　枝

宋陸筠《翼孟音解》云：《孟子》爲"長者折枝"，謂磬折腰肢也。考"枝"、"肢"古字通用。劉孝標《廣絶交論》"匍匐逶迤，折枝舐痔"説與筠合。案，趙岐注：折枝，按摩手節解罷枝也。《孟子音義》引陸善經云：折枝，折草樹枝也。朱子《集注》本此。三説各持一義，皆自有見。

活　字　板

《夢溪筆談》云：慶曆中，有布衣畢昇，爲活版用膠泥刻字，每字爲一印，薄如錢唇，火燒令堅，先設一鐵版，其上以松脂蠟和紙灰之類冒之，欲印則以一鐵範置版上，布字印滿鐵範爲一版，待就火燒之藥稍鎔，則以一平板按其面印之。陸深《金臺紀聞》則云：毘陵人初用鉛字，視版印尤巧，然埏泥鎔鉛不如鋟木之工也。明人用木活字版刷書,風乃大盛。以余在京師所見,如蘭雪堂雙行本爲致佳,所刷如《春秋緐露》、《蔡中郎文集》、《白香山集》之類,不下十種。又會通館活字本《宋諸臣奏議》、五雲溪活字本板心有"五雲溪活字"兩行。《襄陽耆舊傳》,又如《曹子建集》、《鮑照集》、《儲光羲集》、《劉隨州集》、《錢考功集》、《李端集》之類,皆明活字本也。國朝康熙中,武英殿活字版范銅爲之,所印者有《古今圖書集成》,乾隆中易以木,名聚珍版,印書至百數十種,可謂極藝苑之大成矣。都中琉璃廠有擺字板,如《明季稗史彙編》等書,皆排字而成。嘉慶間有四川龍萬育敷文閣版,所印有《郡國利病書》、《讀史方輿紀要》等書。道光中有古微堂板,所印有《海國圖志》等書。又臺灣鎮武隆阿刻有銅活字,嘗見其《聖諭廣訓注》印本,字畫精緻,然俱未及張氏愛日精廬所印之李燾《續資治通鑑長編》,卷袟浩繁而能字體覵一,所以爲佳。吾閩聞汀州官廨中有此板,曾見印《錢神志》一書,製不甚工。吾郡柯淳菴先生畧有一部,輒印其所著諸種書。咸豐癸丑,仁和胡心耘珽編《琳琅祕室叢書》計四集,書二十九種,亦以子版印行,字勻正,無排比痕迹,曾假陳研薌比部所藏本,諦觀數日,愛不釋手。同治中金陵書局排字版,余僅藏《兩漢刊誤補遺》一書耳。都門新製鉛活字板刷欽定《平定粵匪方略》、《平定捻匪方略》及《樞垣紀略》,煌煌大觀,至西人鉛活字有大有小,其刷印不以手而以機器,不以墨而以藥水,字畫雖方整,而觸手頗乏墨香矣。甲戌與同年黄佑堂儀部約,各刊子版刷《温陵先正遺書》,余所製亦未能勻整也。

鳥獸牄牄

《月齋雜記》云《虞書》"笙鏞以間,鳥獸牄牄",《説文》"牄,鳥獸來食聲也"。《釋文》引之,"來"作"求",當係字譌。依《説文》義"牄牄"兩字繪形繪聲,神妙已極,作"求"則索然矣。今書作"蹌蹌",訓爲相率而舞蹌蹌然,此因下百獸率舞起義耳,然意複辭鈍,不見古人文字如化工肖物之妙。馬融以鳥獸爲筍簴,此用《考工》梓人之義也。然則鳳凰來儀,爲象簫之形也,義亦通,然不若因文立詁，足見盛世之休嘉也。按：此説雖亦可據，惟“蹌牄”字雖通用，考諸家所解俱訓爲舞者多，今本《尚書》作“蹌蹌”。《説苑·辨物》篇引作“鶬鶬”，孔傳云“鳥獸化德，相率而舞蹌蹌”，然鄭注亦云，謂飛鳥走獸牄牄然而舞也。史遷説“蹌蹌”爲翔舞。江叔澐、段若膺皆言《説文》乃解“牄”字本義，若注經則鄭説爲安，孫淵如《書今古文注疏》則云：鳥獸，今文以爲感樂而舞，古文以爲象樂形聲爲樂聲，如鳥獸之來食穀，不以爲真鳥獸也。《尚書大傳》“奏鍾石，論人聲，及鳥獸咸舞于前”，則皆以“蹌蹌”爲舞矣。

隋　　隨

唐釋湛然《輔行記》云：“隋”字，《玉篇》加“土”者，待過反，字本無“走”。唐祚既興，謂隋已走，是故加之。《説文繫傳》、《廣韻》、《佩觿》諸書，均謂隋文始去“辵”作“隋”，據此則“隋”既去“走”爲“隋”，唐乃加走爲“隨”説均泥矣。《説文》：“隋，裂肉也，徒果反。”是字當讀上聲。然《儀禮》注：古音讀如“妥”，又音如綏。《玉篇》、《廣韻》又以爲“墮”之重文，墮，旬規反。則古音固同一聲也。《説文》“隨”字从“辵”，“隋”聲若不讀平，不應爲“隨”之聲矣。又《水經注》“溳水東南逕隋縣西”，“隨”作“隋”。《莊子·讓王》篇“卞隨”，《荀子·成相》篇作“卞隋”，是二字本可通用。唐時石刻若《九成宫記》云：“此則隨之仁壽宫也。”乃亦从“走”。

泉州所藏鐘鼎

吾郡三代鐘鼎，余所曰擊者凡三器：一商辛父丁尊，藏陳鐵香内兄家，高一尺七寸二分、重十兩二錢，銘三字在腹，文曰“辛父丁”，侈口平足，頸纏龘紋，内外均作瓜皮色，紫緑斑駁，制作渾樸。一周孟姜敦，亦藏陳氏家，銘在腹，文曰“叔父作孟姜尊敦，綰綽眉壽，永命生，萬年無疆，子二孫永寶用亯”。陳頌南師考釋云：弟二字據《博古圖》、《鐘鼎款識》二書篆文皆異，就此器細眎，上从盧、下从糸，定爲“纑”字。按：《博古圖》及薛氏《款識》皆釋爲“孫”字。“永命”下兩

字，阮釋爲"便生"，《博古圖》作"彌生"。案："彌"字不遺"生"即"性"之媘，"彌生"當爲"彌性"也。一周南宫中尊，文五行三十六字，藏晉江黄茂才玉光家，即《博古圖》所録之召公尊也。器底已壞，惟蓋銘存，文曰"王大相公族于庚辰旅王錫中、馬自貫侯四駃南宫□，王曰用先中藝，王休用作父乙寶尊"。彝執處鑄成五指痕，與《博古圖》無異，真三代古器也，惜僅存其蓋耳！

西漢公孫宏鏡

鏡背右側銘曰"大漢平津侯"，左側銘曰"元朔五年造"。文雜篆、隸體，古氣盤礴。平津侯爲公孫氏封爵，元朔爲漢武帝年號。西漢書傳世者尠，惟《五鳳石刻》爲最遠，此鏡則較之尤古。歐陽文忠《集古録》未見西漢人書，宣和《博古圖》載漢鏡，又皆無年代可稽。翁覃溪學士《兩漢金石記》所載漢鑑亦未之及此。鏡當爲漢刻之甲，舊藏同安孝廉吕西村丈世宜家，曾拓銘作《西漢古竟記》徵詩，四方吟墨，猶留瀋也。先生殁後墮落幾三十年，近龍溪友人楊君紫庭乃以白金百鉼得之，重刊鏡圖，附以《古鏡記》而自述其獲鏡之由，二千年吉金不淪，仍歸積古家之手，爲之喜慰。

枯木庵樹腹碑

文曰：維唐天祐乙丑歲造菴子及作水池，約五阡餘功于時，廉主王大王文。左行。在侯官縣雪峰寺，寺池前有大木，外嵌中枵，皮盡剥落，作斷紋，色如黄金，字刻于樹腹。王大王謂審知天祐乙丑昭宣帝二年也。趙撝叔補《寰宇訪碑録》標題曰：閩王作《菴池記》。按，《法苑珠林》云：造書凡三人，長曰梵，其書右行；次曰佉盧，其書左行；少曰倉頡，其書下行。今國書則下行而兼左旋，石刻字如顏魯國《中興頌》、九日山蔡襄題名等石木刻字如此碑，俱以左行傳。

泉州唐大中八年陁羅尼經幢

明郭秉詹《貞隱園帖》謂吾泉山中遺刻無唐人一筆，近乃得唐大中八年尊勝陁羅尼經幢於郭西門外，乃在漳州咸通經幢之先，雖存字僅及半，然於雨淋日炙俗目不擊之區，獲訪此石，零璣碎璧，亦足以豪矣。幢凡八面，每面九行，行六十二字，末面題名行楷書，字存者五面，餘三面皆剥蝕。唐大中甲戌五月八日建，鄉貢進士歐陽偃、沙門文中共書，一石而出兩人合書，頗爲創見。

烏石山周明辨題字

楊雪滄丈貽我周明辨題字一通，指爲唐刻，乃陳恭甫先生家舊藏。拓本石在般若臺，左篆文七字云"周明辨辛酉□修"，恭甫先生所録烏石山石刻繫此於李陽冰篆之旁。

安平橋石刻

丁丑，由安平趍漳郡，道出西橋，見篆書豐碑屹立橋上，乃摩挲其旁，辨其題識以歸。碑題"安平橋"篆書三字，字徑二尺，配搭匀整，氣象崚嶒，旁款一行正書云"左迪功郎南安縣尉陳大方立"，刊者劉師岳。大方紹興末任南安縣尉。

國朝閩人得謚

本朝二百餘年來，吾閩文臣得謚者凡九人：南安洪文襄公承疇，安溪李文貞公光地，漳浦蔡文勤公世遠及其從子文恭公新，一作謚"文端"，誤。福州陳忠毅公丹赤、林文忠公則徐、王壯愍公有齡、王文勤公慶雲、廖文恪公鴻荃。武臣得謚較多，有一家五得謚者，如平和海澄公黄忠恪公婿及子忠勇公芳度、從子忠襄公芳世、襄愍公芳泰、一作襄愍。孫温簡公應纘；此外，如晉江靖海侯施襄壯公琅及子提督勇果公世驃，提督漳州藍襄毅公廷珍及族子襄毅公元枚，總兵朱忠壯公天貴，又同安黄恪慎公有才、林温僖公君陞、胡勤愍公貴、李忠毅公長庚、邱剛勇公良功、武烈公聯恩、王果毅公得禄、胡武壯公振聲，松江提督陳忠愍公化成、陳剛勇公勝元，惠安劉果烈公開泰，福州饒莊勇公廷選，臺灣林剛愍公文察。

泉州先正易名考

吾郡先正易名，考宋臣則曾宣靖公亮、蘇忠勇緘、蘇正簡頌、曾威愍孝序、按：《朝野雜記》云："京東帥曾孝序之死難也，博士錢棐謚曰剛愍，執事嫌之，乃改曰威。"留忠宣正、梁文靖克家、傅忠簡伯成、一作忠肅。洪文毅天錫，明臣則蔡文莊清、張襄惠岳、黃恭肅光昇、俞武襄大猷、王恭質用汲、黃文簡鳳翔、李文節廷機、周忠愍天佐、史文簡繼偕、楊文恪道賓、郭恭定維賢、蔡清憲復一、黃襄惠克纘、林文穆釬、張襄靖廷拱、陳襄毅用賓、黃武烈守魁、蘇武愍夢儀、蔡忠烈道憲、何烈愍燮、蔡烈愍肱明、蘇節愍茂杓、趙節愍元有、吴烈愍兆燫、范節愍方、郭節愍寅日、周節愍斌、汪節愍宗明、郭節愍符甲、郭節愍承汾、葉烈愍翼雲、洪忠節育鼇、蔣節愍乾昌。國朝二百餘年來，文臣得謚者僅洪文襄承疇、李文貞光地，相傳公初擬謚文正，後以學政任內奪情事改謚文貞。武臣則施襄壯琅、施勇果世驃、黃恪慎有才、林温僖君陞、吴恪勤陞、胡勤慤貴、李忠毅長庚、邱剛勇良功、王果毅得禄、胡武壯振聲、陳忠愍化成、陳剛勇勝元、邱武烈聯恩、劉果烈開泰。自宋迄今，凡五十有六人。蔡確之謚忠懷，不足道也。宋常山《退朝録》備載宋諸謚王，明清《揮麈後録》續載之，其中泉人如宰相謚則有曾宣靖、蔡忠懷、梁文靖，文臣謚則有曾剛愍，武臣謚則有蘇忠勇，惟執政謚載吕惠卿、李邴兩文敏。按：李漢老則曾移居泉州，吕吉甫似未聞有文敏之謚也。

泉南佛國

王忠文書"泉南佛國"四大字在晉江安海石佛巖，楊賓大瓢《偶筆》云：王龜齡絶無書名，而"泉南佛國"四字大幾方丈，開朗遒勁，與小字無異。生平所見榜書，以此爲最。近得楊雪滄丈來書，謂葆芝岑中丞摹此四字，顛倒其文爲"南國佛泉"，將鑱於鼓山喝水巖國師巖上。

蘇才翁書

周櫟園云：宋蘇才翁書法妙一時，而真蹟罕見。才翁曾宦閩鼓山，勒"才翁”二字八分書，徑二尺，羅源縣白塔道旁石上勒“才翁所賞樹石”六字，徑尺餘。按：吾郡九日山有才翁篆書“高士峰”三字，徑一尺二寸，隸書“才翁”二字，徑八寸。高士峰者，唐秦系隱居處也。後人爲築“秦君亭”，至才翁復以三字表山。才翁名舜元，蘇子美之兄，草聖藉甚一時。山谷跋蔡忠惠公書，謂其獨得才翁屋漏法，《宣和書譜》稱其善篆、隸。《畫墁録》云：本朝草聖少，得人知名者蘇舜元。舜元之書不迨舜欽，筆簡而意足。其子澥元，元豐中爲江東提舉，上殿，神宗問：“頗收卿父書否?”對曰：“臣私家有之。”上曰：“可進來。”澥元退，向親知裒得數帖，上一閲，命内侍輩取之，乃舜元書也。上鑒之精妙如此。然宋程儒臣嗣真嘗評近代能書者曰：蘇才翁書筆勢遲怯，吴越人無識，頗學之。自余爲辨之後，此間人亦知非也。竊意當時才翁，禁中海内俱知名，度必鉤書高雅，結體有法，乃觀高士峯題石，用筆枯槁，精神索然，始知程儒臣所謂遲怯者，尚非苛論。

王鐵夫書佛經

家藏王惕甫先生手書佛經并偈計六種：一《佛説無垢賢女經》，一《大乘離文字普光明藏經》，一《文殊説般若經》，一《方等大集經》，一《寶積經》末附《無量壽經》，《優波提舍願生偈》。分三册，每册後俱署“乾隆甲辰夏五月日從二林居士借鈔”，又題“長洲男子王芑孫莊寫于織簾居中”，前後各鈐鐵夫小印，即儷以墨琴小印，鈐王芑孫印，即儷以貞秀印，書法逼真晉人，入手古香可挹，良足珤玩。按：芑孫字念豐，號惕甫，又號鐵夫，長洲人。乾隆五十三年召試舉人，詩、古文皆著名，有《淵雅堂集》。工書，規模鍾、王，時以劉文清擬之。夫人曹氏貞秀，亦工翰墨，其假自二林居士者，居士名紹升，字允初，號尺木，亦長洲人，乾隆丁丑進士，尚書芝庭先生啓豐弟四子文敬公從祖也。既釋褐家居，不赴選，廣行善事，仿范文正義莊法作潤族田以贍宗族，晚究心佛乘，居文星閣，公卿造廬者不拒，亦不答。著有《測海集》、《一行居集》、《居士傳》等書。余在京師時，曾出以示鄭仲廉丈守廉，仲濂假觀數日，爲題詞兩闋於後，其《菩薩蠻》云：“鋏夫精氣今何往？鐵夫風概猶堪想。辦得一心堅，生天任丈前。手封長儷閣，命惜淵如薄。虧汝上乘流，雙雙福慧脩。"《憶秦娥》云："紅綽約，誰鈐小字烏絲角？烏絲角，天花並蒂，不愁先落。來因去果參今昨，維摩法喜輸君樂。輸君樂，才女收場，文人退著。"

寄園詩稿

楊石松大令元華，厦門人，癸亥謁銓來都，同寓春明，見其手製渾天球一具，黄道、赤道、衆星躔度，部位分明。時值卯辰，則紅日東昇，昏移酉戌，則月輪東上，球面一一符合，如自鳴鐘中機關運轉，不必置身天外，但衡視球中而已，歷落不爽。其餘所造機器，亦卓卓有巧思。性尤好吟咏，嘗取所存《寄園詩稿》質余，中有可採者，《南澳紀事》云："播遷悲宋室，帝后此沈浮。荒寢久云廢，危樓今尚留。人瞻丞相墓，地誤侍郎州。往事不堪問，寒潮咽恨流。""到此經三月，風光取次游。市喧知水漲，山静見雲留。海熟魚爲飯，更闌鷲唱籌。閑來聊涉筆，高詠海天秋。"又《新晴》句云："帆隨飛鳥没，浪拍遠山浮。""雨止竹猶醉，春濃花欲然。"《待客》云："可人期不來，落花滿幽徑。"《風雨》云："風聲狂似浪，雨點勁於沙。濕火摇高戍，寒林亂暮鴉。"《遊虎谿》云："不惜頹然拚一醉，欲教清夢到梅花。"《萬石巖》云："石潤寒泉過，簷虚老木侵。"《久雨》云："一雨忽成秋，經旬未肯休。千峯沈遠翠，萬壑壯奔流。"

李石渠先生濟治格言

"要濟事，勿喜事；要近情，勿徇情；要惜名，勿沽名；要任怨，勿斂怨。"數語真可見諸施行，足爲治世者之龜鑑也。石渠先生名殿圖，近黄濟川太史曾印其《治閩政略》一卷行世。

亦園脞牘卷二

書目列舉業門

唐諸科試進士用詩賦，唐人皆以入集。宏詞用書判，則張鷟《龍筋鳳髓判》及元、白集中皆載之。若直言極諫、材兼文武等科用試策，《唐・藝文志》所收《策苑》、《策林》是也。惟明經試帖，經義則似今之經解不入集耳。宋人經義發題亦收集中，皆一時應制之作，但非今之制義耳。明以制義取士，而《明史・藝文志》不列名家時藝稿，惟明簿録家若葉盛《菉竹堂書目》、晁瑮《寶文堂分類書目》始立舉業門類，國朝黄虞稷《千頃堂書目》同之，以外無立此類者。《四庫書目》削去此門，惟收欽定四書文於總集類耳。

異　時

"異時"有作前之時解者，《史記・秦始皇本紀》"異時諸侯並争厚招游學"是也；有作後之時解者，《蘇秦列傳・贊》"異時事有類之者，皆附之蘇秦"是也。

下官卑職

改稱臣爲下官者，見於梁武帝。"翰林自稱卑職者"，見於元袁桷，桷上柏柱修《遼金宋史事狀》，自稱"卑職"，時袁官翰林侍講學士，乃爲此稱。

狗而冠

《史記・項羽本紀》："人言楚人沐猴而冠耳。"沐猴，獮猴也。《前漢書・寧成傳》曰："虎而冠。"漢時亦有云狗而冠者。《續漢志》：靈帝寵用便嬖，子弟轉相汲引，賣關内侯，直五百萬。令長强者貪如豺狼，弱者畧不類物，實狗而冠也。

昌邑王見狗冠方山冠，龔遂曰："王之左右，皆狗而冠。"

五 角 六 張

《曆書》"五日遇角宿，六日遇張宿，此兩日作事多不成"，故劉朝霞《駕幸温泉賦》有"只是千年一遇，而莫五角六張"之句。今詩家多用之，如朱竹垞《閑情》詩句云"五角六張看過了，何愁作事兩難諧"是也。《嬾真子》云：世言五角六張，此古語也，嘗記開元中，有人獻俳文於明皇，其略云：説甚三皇五帝，不如來告三郎。三郎謂明皇也。既是千年一遇，且莫五角六張。一年之中，不過三四日，紹興癸丑歲，只三日，四月五日角，七月二十六日張，十月二十五日角，多不過四日。他皆倣此。

行 師 遇 雨

《説苑》：武王伐紂，風霽而乘以大雨，散宜生諫曰："此非妖與？"王曰："非也，天洗兵也。"均之行師遇雨也，武王伐紂則謂之洗兵，王莽遣王匡、廉丹禦赤眉則長老謂之泣軍。

南斗注生北斗注死

今俗云"南斗注生，北斗注死"，孕者必祈南斗，病者必禱北斗，蓋有所本。干寶《搜神記》云："南斗注生，北斗注死，凡人受胎，皆從南斗過，至北斗有所祈求，皆向北斗。"又《度人經》云："東斗主算，西斗記名，北斗落死，南斗上生，中斗大魁，總監衆靈。"

月 食 瘡

俗謂小兒指月，恐月割耳成瘡，或誤指而生耳瘡者，必向月再拜乃愈，亦有所本。凡小兒不用令指月，兩耳後生瘡，名曰"月食瘡"，見《雲笈七籤・養生延命録》。又小兒生月食瘡，須向月下拜一百又八而愈，見《道書・續龍虎先鞭》。

陳頌南師

林惠常徵君《射鷹樓詩話》云："陳頌南給諫慶鏞家晉江城西門外七里，傍山爲屋，門前有綠水環之。嘗述其十二歲時，一日天大雨，其家下紫雨，凡十三簷，他簷無之。至道光壬寅，給諫由部曹補御史，是歲其家又下紫雨十三簷，給諫嘗有詩以記之，余撰句贈之云：'胸貫赤文四萬卷，家飛紫雨十三簷。'所以紀其實也。給諫批鱗敢諫，直聲振天下，紫雨之奇始如韓魏公五色雲之兆云。"

世人貢諛成風，誰復以道義相規直言不阿者。嘗見張石洲先生穆致陳頌南師書，真不愧諍友也。其書云："先生以直諫聞天下，天下仰望風采，以一瞻顏色爲幸，即如敝鄉人士素木強，不工酬應，今且籲爲先容通刺相謁，盛名難副，詎可不力自振刷，慰天下仰望之心乎？竊見先生年來，日以招呼名士爲事，苟有聞於世，必宛轉引爲同類，從無閉户自精，讀書味道之時。穆蒙不牽，不四五日，輒示過，乃不聞以新知相貺，所談者皆泛泛不關痛癢之言，何以自了？深爲先生懼之。當今天下多故，農桑鹽鐵、河工海防、民風士習，何一事不當講求？先生富有藏書，經學既日荒廢，治術又不練習，一旦畀以斧柯，亦不過如俗吏之爲而已。古今必無徼倖之名臣循吏也，願稍歛徵逐之迹，發架上書，擇其切於實用者一二端，窮原竟委，殫心研貫，一事畢更治一事，然後於朋友中明白事理，如印林伯厚比者，相與討論之。如此，則取友自然不濫，他日出而宰世，亦不至貿貿而行，令人有言行不相顧之疑也。度今天下更無以直言貢執事者，過承厚愛，故敢竭其狂瞽云。"按，壽陽祁相國序《月齋集》云："陳頌南給事直聲震天下，獨俯首石州曰：'令斯人著獬豸冠，樹立過吾輩遠甚。'則頌南師平生之折服月齋，亦可謂至矣。"

《金壺浪墨》云："林文忠公遣戍，御史陳慶鏞抗疏力争，請上收回成命，直聲震天下云云。"按：洋人構難林公以梗和獲罪去，諸要人既顛倒其局，天下莫敢言，陳公在諫垣，一疏劾三貴臣，請上收回成命。

宣廟有抗直敢言之褒，以此得直聲，無争林文忠公遣戍疏也，黃天河偶誤記耳。

少時常見陳頌南師春帖云："六經宗孔鄭，百行學程朱。"足窺公擘精漢學，服膺宋儒之素。按，此二語見顧亭林先生集中，云："通經宗孔鄭，制行學程朱。"

嚴光爲梅福女婿

《梅磵詩話》云：永嘉徐照《題子陵釣臺》詩曰："梅福神仙者，新知是婦翁。"王實齋詩曰："梅公先□嚴公婿，出處同時道不同。吴市尚猶輕一尉，羊裘何必羡三公。"子陵爲梅公婿，傳記所不載，意二詩必有所本。按，《嚴光碣略》云："光本姓莊，字子陵，本新野人，其妻梅福季女也，少與光武同學，及長避亂會稽。"見楊升菴《譚苑醍醐》。

張瑞圖殿試卷

吾郡張瑞圖，明萬曆三十五年一甲第三名，殿試卷今尚存張氏。後列讀卷官太子太保、禮部尚書兼文淵閣大學士朱賡，户部尚書趙世卿，吏部署部事左侍郎楊時喬，禮部右侍郎兼翰林院侍讀學士掌院事楊道賓，禮部右侍郎兼翰林院侍讀學士、協理詹事府事黄汝良，刑部署部事右侍郎沈應文，工部署部事右侍郎劉元霖，詹事府詹事兼翰林院侍讀學士蕭雲舉，大理寺卿鄭繼之，詹事府少詹事兼翰林院侍讀學士吴道南，詹事府少詹事兼翰林院侍讀學士莊天合，凡十有一人，皆朱字鈐印。卷中應三擡頭，如"太祖"等字樣俱不出格。讀卷官於文之佳者，以紅圈斷句。卷中譌字帖體層見疊出，字迹潦草，與今式不同。按：是科知貢舉李廷機，主考楊道賓、黄汝良，同考黄國鼎俱晉江人。

張二水先生書

《明史・董其昌傳》云：同時以善書名者，臨邑邢侗、順天米萬鍾、晉江張瑞圖，時人謂"邢張米董"。

郭蘭石大理卿云：張二水書恣睢取勢，在書中爲下劣阿脩羅，余雅不喜之，非第薄其人也。此論頗當。

紙織畫幛

明嘉靖中，嚴分宜籍没家貲，有刻絲衲紗、紙織等畫，見者以爲異物，今織工之刻絲衲紗，吾閩永春之紙織畫不足珍矣。紙織畫山水、花卉、翎毛，設色佳緻，每幅不值百錢，物之貴賤有時哉！陳鐵香内兄《紙織白鶴幛歌》云：虚堂颯颯清風生，古壁忽地霜禽鳴。仙人鞭策不敢控，遁入圖畫驕春鶯。老苔散緑斑斑平，石骨攫地蛟螭青。一雙側立馴不驚，其一鶣舞梳修翎。素衣丹頂好骨相，生氣暗合浮丘經。是真非真畫非畫，經緯隱見紛縱横。我聞桃源場中客，在永春。妙技別出關徐荊。雲藍花牋三十尺，泚筆一掃神英英。并刀剪作萬萬縷，緯以紙素痕分明。織錦機中好娉婷，巧慧豪奪天孫星。春葱擲梭穩不停，豪髪位置勞經營。烟雲斯須出素手，筆墨化盡恒畦町。國初已來頗增重，絶藝見寶王新城。邇時家雞不知愛，價賤無復兼瑶瓊。即兹此圖寫仙客，蜩螗兩陌求已贏。籐華吟院宵寒輕，欲雪不雪天冥冥，披圖坐對臞且清。睡中恍惚鳴臯聲，披衣起繞新梅行。

鄢懋卿

秦大士初號劍泉，人告以鄢懋卿之字，乃改鑑泉。今士夫中亦有號劍泉者。

家藏《文文山先生集》，乃出鄢懋卿編次，殊覺不倫。

海忠介爲淳安縣令時，鄢懋卿由中臺出理鹽政，勢張甚，將往徽州，取道淳安。忠介言"邑小不足奉迎，請取他道往"。藩臬、郡守聞之股慄曰："令何戇，幾累吾輩。"懋卿竟罷行。

柯亭劉井

翰林院中柯亭，乃明學士莆田柯竹巖先生潛所建，劉井乃明劉文定公定所鑿。亭在公署後堂之右，井在其左，前後二間凡八楹，後堂有二栢，亦柯公所植，稱柯學士柏云。

萬安橋記集字

《萬安橋記》字幾盈尺，氣壓中興摩崖，集字摹作楹帖，最足壯觀。吾鄉莊印潭前輩集字云：善紀陽秋，行成金錫。義爲淵海，道作舟梁。行之以忠，樂成繇於圖始；因其所利，長人莫如安民。許澂甫師集字云：水落石易數，秋空月長行。金石所紀成數萬，道義之徒有兩三。月行釃飲成嘉讌，水落扶欄數去舟。長空萬丈月未落，浮梁百道水始波。秋月於人不落莫，浮欄因水作之而。既成四海不易事，合作千秋有數人。翼爲道合蒙三錫，樂利功成造萬民。其人不出如安石，以飲爲事是淵明。絫石行泉爲兩道，長飲有月成三人。樂事圖功，因民之利，守道行義，爲人所宗。作千秋事，不出道義；行三百善，如造浮圖。黄濟川丈集字云：石梁千尺水浮落，秋月一欄人去還。一飲既成空萬事，十年不出有千秋。千秋作者求其是，數善行之樂所安。人於水石長行樂，道是淵源不易求。長空未落三秋月，危石還支百尺橋。金石紀作人所許，秋月讌飲舟未空。張蔭庭太史集字云：不如太守樂其樂，爲數淵明還未還。靡萬錢徒有一飲，行數善如絫千金。浮空橋落三千尺，渡月舟支四五人。

三　　澣

漢制中朝官，五日一下里舍休沐，三署諸郎亦然，其義取《内則》三日具沐之意，但改作五日耳。唐制十日一休沐，故韋應物詩云："九日驅馳一日閒。"白居易詩云："公假月三旬。"今人稱上旬、中旬、下旬爲上澣、中澣、下澣，蓋本此。

對　　食

《漢書·趙皇后傳》：宫婢道旁一作房，與中官吏曹官對食。應劭注曰：宫人自相與爲夫婦，名對食，甚相妬忌也。此風相沿，曾不改革。《魏志》：曹叡太和三年，夏六月戊申，追尊高祖大長秋曰高皇帝，夫人吴氏曰高皇后，是當時中官娶婦矣。大長秋,曹騰也。阿瞞父嵩,爲騰養子。騰父節,字元偉,素稱仁厚,閹其子爲黄門從官,言鯖云。唐之宦官,有權位者則得娶婦,即漢宫"對食"之遺也。高力士娶吕元晤女,李輔國娶元擢女。《漢書・劉喻傳》:常侍黄門,亦廣妻妾。《周舉傳》:豎宦之人,亦復虚以形勢,威侮良家,娶女閉之,至于白首,歿無配偶。《單超傳》曰:四侯輔横,多娶良人美女以爲姬妾。又《酌中志略》載:明熹宗時,乳媪客氏,初與宦者魏朝有私,後復惡朝而喜魏忠賢。然有明末造,中官皆娶婦,又不獨魏璫也。

"對食"之習,明有厲禁,然終不能革其始,亦有媒妁撮合,議成之後,則女之服用男任之,男之縫澣女任之,起居一如夫婦,若别有所遇,則互相讎怨,《野獲編曾》詳言之。

前定數

内閣大庫中存子平若干箱曰前定數,典籍廳司其庫鑰。葉潤臣先生曾見之,謂紙墨乃明人所爲,篇頁已零亂不完矣。又聞山右藩庫舊藏蠢子數一千巨册,書缺八十本。人之死生,富貴壽夭,均已排定。少時曾見有推前定數者,名爲鐵板數,又自述曰邵子數,其推算父母兄弟妻子皆合,大都已往驗而未來之事多不足憑。昔程子謂堯夫之數,止是加一倍法。余謂若依其法,占之當有驗。

於陵子

道光間,吾郡陳氏重刻《於陵子》,陳頌南師爲之序,雖疑爲後世好名者假託,然尚以爲出周秦人手。按,漁洋《居易録》云:萬曆間學士多撰僞書以欺世,如《天禄閣外史》之類,人多知之。今類書所刻韓鄂《歲華紀麗》,乃海鹽胡震亨孝轅所造,《於陵子》其友姚士粦叔祥作也。按:所指類書此二種乃《祕册彙函》中所刻。四庫附存目深辨其僞,又見姚首源《古今僞書考》,余友陳鐵香手跋其後云:於陵子之爲二人也,孟子駁之於前,荀子闢之於後,見《不苟》篇及《非十二子》篇。威后有無用之僇,見《戰國策》。屈穀有堅瓠之嘲,見《韓子・外儲説》。即使其書尚存,亦不過與鴟鴞之聲互相應和耳，而况其爲僞乎！叔祥此編略採一二事跡，文以己意，如《大盗》篇即反荀子盗名不如盗貨之説，《朱信》篇即《列女傳》、《高士傳》却楚聘與妻俱逃之説。而裝嵌字眼以爲奇，拗折句讀以爲古，非李非柰，殊乏元致。昔孟子以蚓譬於陵，若此書者，其蚓之應聲蟲歟？如此詆駁，方痛快詳明。

漳州咸通四年尊勝陁羅尼經幢

閩中少唐石，李少温般若臺外，當推咸通經幢。幢造者爲王剬，書者爲劉鏞，郭氏《金石史》稱其結體似虞，運筆似褚，而江南碑賈遂易以褚登善之款僞眩好古家，梁山舟學士《頻羅庵集》所跋者是也。漳州《開元寺志》稱，當時埳半侵蝕，福建左轄郭子章披尋得之，遂移文摹搨，盛行於世。郡乘謂鄭輅思懷魁披尋得之，則亦數經劫灰之餘矣。舊在漳州龍溪縣開元寺。甲子、乙丑之間，粤匪盤踞，漳城寺廢，幢幸無恙，然已摧折於殘瓴叢礫之中。邑人林健和孝廉廣邁乃掇拾石片，移置其家，纍築以成原幢，頓還舊觀，惟稍增斷裂紋耳。余至漳主講，親至林氏家中，摩挲其旁，頓廣眼界，並慰積思。

朱竹垞《曝書亭集》中有石幢跋云：右唐咸通四年，漳州押衙兼南界游弈將王剬所造陁羅尼石幢，宣義郎前建州司户參軍劉鏞序並書，經後題朝議郎使持節漳州諸軍事守漳州刺史柱國崔衮名，又分書建立歲月及鐫字人于後。按：游弈將五代十國多有之，獨不見於《唐會要》、新舊書，惟《六典》載，騎曹掌外府兵馬簿帳牧畜之事，凡諸衛馬承直配于金吾巡檢，遊弈者季請其料給之，殆職巡邏也。此幢曾載入孫氏《寰宇訪碑録》，近會稽趙之謙《補寰宇訪碑録》重登之，系以咸通三年九月，并注云，原書僅載四年八月一種。按：咸通幢只有四年八月一種，安有三年九月者？趙蓋誤也。

漳州芝山麓朱文公祠柱聯

朱國祚《湧幢小品》云：太守陳洪謨見開元寺後有朱文公祠已敝壞，祠後有峰，僧廬其下仍舊，額扁爲"芝山書院"，以祀文公，陳北溪、黄勉齋、蔡九峰爲配，又遴選庠生數十人讀書其中，士習丕變。郡父老相傳，文公嘗遺一聯云："十二峯送青排闥自天寶以飛來；五百年逃墨歸儒跨開元之頂上。"蓋若有待云。然考漳郡《開元寺志》云：朱文公祠前聯句，人皆指爲晦翁親筆讖語，非也，乃知府陳洪謨之父所作也。父司鐸漳南時偶作此聯而未及題，及洪謨登第赴漳州守，乃囑懸此聯。初書木板中，後蔡鶴峯乃書字勒石。此語出於施艮菴。施乃鶴峰門人，書聯之時，彼猶及門，故知之詳。丙寅，軍門南公居益，偶入祠中，郡紳咸指曰："此文公讖語也。"南公登堂便問："十二峯何處？"衆曰："在後。"南公嗤曰："此三家村學究語耳，非文公也。夫'排闥'乃直入也，豈有十二峰在後而稱'送青排闥'耶？"此説頗近理。則此柱聯未必出於朱子所題矣。今楹石尚移植芝山書院門外柱上。粵匪之變，開元寺已成焦土。左湘陰相國平寇於此，改其地爲試院。同治五年，左公題一聯懸於試院堂上云："經始問何年，果然洮墨歸儒，天使梵王納土；籌邊曾此地，大好修文偃武，我從瘴海班師。"題跋云：開元寺建自唐時，佛事之盛，志諜詳之，朱子嘗講學寺后，北溪勉齋諸先生從之游，後人即其地立祠，並建芝山書院。而址小於寺，諸生出入必由寺門，儒者病之。當時北溪先生曾有開元寺改建試院之議，然有其舉之莫敢廢也。咸豐三年，寺毁於寇而棟宇尚有存者。迨同治三年，粵寇陷城，寺宇盡付一炬，僧徒逃散殆盡，昔之連屋絫棟并遺址不可復識矣。余督師過此，結營寺後山頂，適漳人議脩復試院，因令即寺故址爲之，且示之北溪舊議曰：陳先生命我矣。五年春，余自梅州班師，過漳試院，工已逾半。觀察夏君、太守劉君乞余題柱，因遂書此。芝山書院舊有石刻一聯云："五百年逃墨歸儒跨開元之頂上；十二峰送青排闥自天寶以飛來。"相傳爲朱子遺蹟，此固無可考，然不啻爲今日言之也。

宋建隆四年鐘

丁丑，承乏漳郡丹霞講席，課藝暇晷，每搜訪金石於叢榛殘甓之間，得見宋建隆鐘於育嬰堂東厢，曾手拓十數通以詒同志。鐘款字在舞間十一行，陽文正書，其款識云：弟子前清源軍節度副使、南州團練使、前南州刺史、金紫光禄大夫、檢校太傅、會稽縣開國伯、食邑七百户留從願伏爲亡室隴西縣君李十二娘，捨銅壹阡伍百斤，入闕六字。按：此原置寺名，移徙時鏟去。鑄造鴻鐘壹口，庶薦幽魂早生天界。時建隆四年歲癸亥閏十二月十二日題。别署“匠高相”三字于旁。屬鐵香比部爲之考云：留從願，永春人，從効之兄，閩亡，南唐主李景以董思安爲漳州刺史，思安辭以父名章，乃改漳州曰南州，以思安領州事，從願副之。漢乾祐二年，從願酖殺思安，據南州，自稱刺史。建隆三年，從効卒，陳洪進廢其子紹鎡以張漢思掌留務，乾德元年四月復錮漢思而代之。此鐘款結銜兩有“前”字，當是洪進廢紹鎡後從願亦爲易置閒住者也。款題建隆四年，考《宋史》乾德元年十一月甲子郊天改元，蓋乾德元年即建隆四年，其時改元之詔未及於閩，故仍以建隆紀年也。

膽大如斗

姜維膽大如斗，宋張世傑亦膽大如斗。《三國志·姜維傳》：魏將士殺鍾會及維，維死時見剖膽如斗大。元楊元城《山居新話》載：陸樞密君實挽張郢州世傑詩云：“曾聞海上鐵斗膽，猶見雲中金甲神。”張擁兵海上，一夕大風雨，張舟覆。翌早獲屍，棺殮焚化，膽大如斗不能焚。諸軍感慟，忽雲中見金甲神云：今天亡我，關繫匪輕，後身出當恢復矣。公此詩全篇不傳，二語傳忠烈尤耿耿也。又《三國志》云“趙子龍一身都是膽”，《北史》周文帝云“王雅舉身悉是膽”，亦俱以膽大同稱。

水厄水淫

《世説》：王濛好茶，人至輒飲之。士大夫甚以爲苦，每欲候濛，必曰“今日有水厄”。近人苦熱句云：“水厄不辭茶七椀，火攻愁對燭三條。”《南史》：何佫之性好潔，一日之中，洗滌者十餘過，人稱爲水淫。

北枝南枝

西湖岳王墓，樹枝皆北向。陝西韓城縣西北五里蘇山，有蘇子卿墓，柏數百株，咸南向，明崇禎間，左忠貞公懋第宰是邑，拜於墓下而新其祠垣。北向南向，並著靈異。

露筋祠

高郵露筋祠，祠奉女象，額署"敕賜貞烈祠"，明蒲阪楊瞻叔題碑云"露筋烈女死節故處"，祠中有宋紹聖間米芾露筋之碑，據碑文當是唐、宋間人，蓋清潔自守，被蚊齧露筋而死者。説本王象之《輿地紀勝》，云："舊傳有女子夜過此，天陰蚊盛，有畊夫田舍在焉，其嫂止宿，姑曰：'吾寧死不肯失節。'遂以蚊死，其筋見焉。"趙雲松詩，極褒貞女而痛貶失節之婦，即持此説。陶雲汀先生以御史巡漕，禱冰於此，翌日冰泮，北風大作，空運船全數出江，始奏請錫封，賜名"貞應"，自是靈異益著。然衆説紛騰不一，段成式《酉陽雜俎》云：江淮間有驛路呼"露筋"，嘗有人醉止其處，一夕白鳥蛄嘬，血滴露筋而死。江德藻《聘北道記》云：自邵伯埭三十六里，至鹿筋梁，先有邏，此處足白鳥，故老云：有鹿過此，一夕爲蚊所食，至曉見筋，因以爲名。故查慎行句云："舊是鹿筋梁，何年祀女郎？"據此説也。或云："路金"者，人名，五代時將軍，死於此，故名。或云：有遠商二人分金於此，一人忿争不已，一人悉以贈之，其人大慙，置金路上去，後人義之，以其金爲之立祠，故名"路金"，訛爲"露涇"。宋人《是齋日記》云："露筋"乃"爐金"之訛，昔有朋友二人，于此開爐冶金，分財甚均，後人義而祀之。按：羣説俱渺茫難稽，未可徵信也。

"翠羽明璫尚儼然，湖雲祠樹碧於煙。行人繫纜月初墮，門外野風開白蓮。"王阮亭題祠詩也。自述云：擬陸魯望《白蓮》詩意，移用不得，隨園亦稱其高雅。按：祠左偏有方池，池中蓮花盛開，聞道光庚子辛丑間，過其地者，猶及見之，今則杳不復覩。阮亭所謂白蓮者，殆即此歟？然陸敬安《冷廬雜識》則謂米襄陽祠碑云：神姓蕭，字荷花，詩不即不離，天然入妙，故後來作者皆莫之及。蓋後人多據米碑，以荷花爲露筋娘娘小字也。薩檀河《高郵絶句》注云，米碑無"露筋"姓氏，徐文長《蕭荷花祠》詩，謂即露筋娘娘。施愚山云，相傳爲鄭、蕭二姓,更未知何據也。

祠中聯額甚多,聞黄霽川丈言,舊有楹帖云:“聽一百八記曉鐘,催破往來遊子夢;望三十六湖秋水,洗完清白女兒身。”余三過其地,弭棹徧覽,不見此聯。今所存有一聯云:“冷月照寒塘,十里殘荷香未歇;夕陽沈古渡,一湖秋水影長清。”又吴江郭麐集句云:“江淮君子水,山木女郎祠。”吴興沈惇彝集漁洋句云:“水邊孤寺半烟篠,門外野風開白蓮。”皆可吟誦。

義井磚題記

楊雪滄觀察詒我《義井磚題記》拓本一。通井在閩縣東關外易俗里,記題閩主昶通文三年,道光間,居人龔雙穀等重濬獲之。雪滄丈謂家藹人前輩于此磚出井之後函置烏石山麓雙驂圖。

餞別詩

同治戊辰夏,孫琴西前輩謁選來都。秋七月,將南歸,瀕行,余偕謝夢漁前輩增、許仙屏振禕、夏路門子錫、陸廣萼爾熙、黄卣薌體立、潄蘭體芳諸同年,公餞于天寧寺。先生賦詩留别,同人皆有和贈,亦一時雅集也。留别詩云:“國門帳飲數賢豪,酒後翻牽客思勞。豈有櫟樗還致用?卻慙珠玉各揮毫。山河幾閱金仙古,日月長臨漢殿高。曠士百憂無可説,獨搔短鬢向林皋。”廣萼和作云:“有道先生墊角巾,軒眉一笑亦精神。重來蓬島非前日,别將詩壇孰舊人?並世夔龍宜侍從,九秋雕鶚竟風塵。開樽無限雲天想,獨倚狂歌夜嚮晨。”“閒庭不翦舊蓬蒿,取次離筵送客勞。來日長安難索米,深更左手且持螯。從公麈尾成高會,愛士龍門勖我曹。此去湖山暫依戀,故鄉好節暢題糕。”夢漁前輩送行集杜七律云:“歎惜人間萬事非,故鄉猶恐未同歸。細推物理須行樂,回首風塵甘息機。三峽樓臺淹日月,五陵車馬自輕肥。憑君先到江頭看,天上浮雲似白衣。”仙屏送行詩云:“燕臺美前游,離合垂二紀。未暇愴蹤迹,時序乃如此。嗟吾少師承,中道奉君子。平生文字性,不自文字始。緒言粗有承,涉險偶足恃。

中間飽兵塵，相對如夢裏。我生蹈不才，木雁徒自喜。公胡志六合，輒又閒騄駬。近聞下詔書，東南待君理。去去勿復言，蒼生望久矣。人生如風萍，飄轉無定所。那能謝時役？共作一廛處。惟念當分離，益以戀儔侶。始公來王畿，羣喜置酒湑。便愁歡會促，留待消炎暑。炎暑倏已更，秋風奈何許？君行不可留，吾屬誰共語？轉悲居人戚，未敢問羈旅。書生乏經綸，薄宦猶忝竊。漸恐山中人，不我挂牙舌。平生忘年交，永嘉有諸傑。廣文林丈太沖。昔同舟，懲俗憤所切。學士令弟蕖田前輩。再登朝，獨挺歲寒節。彼其目時髦，奚啻吹一吷？衹恨挽不前，疇計剛應折。至今忠愛腸，海内思英哲。我懷賢在野，亦恐構厦缺。因君問消息，爲我致愁絶。昔在弱冠年，從公狎江海。我時黄犢健，公亦氣魁壘。得酒張吾軍，微吟或蒙採。今來野塘水，先照顔鬢改。鳳皇常苦饑，而況駕駑駘。縱令續清游，意氣迥不逮。世宙策勛名，俠烈崇嬴亥。百年衹電速，章句欲安待。何年公拂衣？我亦行自劾。我前違帥庭，君就帥庭居。帥庭俄復合，悲樂兩有餘。且置十年事，文酒相與娱。日聞相公言，稱子多好譽。假節鎮淮南，謂當得所於。君獨顧之惕，攬轡重踟躕。寇藪盛荆棘，千里無完膚。哀哀孤寡場，不繫長官且。下車惻疾苦，血淚無時無。欲一拯救之，銜恤空自吁。至今征戰罷，凋瘵尚難蘇。此行過江南，舊民當攀車。獨恨相公北，不待行良圖。欲言公治行，非職知何如？拙宦寡所營，頗挾域外興。矧當送將離，臨眺敢不竟。秋從太行來，風景日夕盛。聯我二三子，出郊訪幽敻。有寺閲金元，花竹野而静。登樓俯碣石，風起足豪横。可憐塵中客，此樂誰與競。吾儕坐迂闊，政得全天性。不爾逐聲華，幽事疇復併。所以欲從公，丘壑資爲命。告歸無乃遽，後會恐難定。應知渡江湖，夜夜看斗柄。”余亦有和詩贈詩，俱見稿中，兹不登録。

泉郡新出土古磚

近修晉江城隍廟，於廟後鏟地獲眢井，中多古殘磚，時或有字。陳鐵香得其二，手拓兩紙，見貽其一，爲子城磚文曰上闕。“子城磚使内”，一爲譙樓磚，文曰“元貞元年譙樓”下闕。磚質粗拙而文亦不完，然皆古物也。考泉州子城，即今行春肅清麗，正泉山四鼓樓界，其城築於王審知，但彼時不曰子城，迨保大中留從効築羅城，於是有子城之稱。宣和中，郡守陸藻增築，外磚内石；紹興中，葉廷珪陶土爲磚以修城，此皆見於志書者。是磚則不知其爲留氏之遺，抑陸、葉所造矣。元貞爲元成宗紀年，譙樓即今提督署前威遠樓。按：元吴鑒《譙樓記》謂至正九年，郡守偰玉立所修。明史繼偕《重修記》則云：爲閩王審知所築，歷宋、元屢圮屢葺，至正年間乃大新之，而舊志莫考。按：陶人款識末"至正元年"字則建於是年無疑，而府志謂其説與吴鑒記不合，當由陶器年久，"元"字或"九"字之漫。今是磚筆畫分明，實係元貞元年，其先於至正元年蓋四十六年，先至正九年則五十五年，其非一時之事明甚，蓋元貞元年已曾修之，迨至元間復重修耳。圖經失書，則此磚可以補其缺矣。

菊花魚羹

司馬温公有《晚食菊羹》詩曰："采擷授厨人，烹瀹調甘酸。毋令薑桂多，失彼真味完。"古今餐菊者，不聞爲羹，惟劉禹錫曾作菊苗虀耳。近年京師以及江浙，俱食菊花魚羹，製法斫鮮魚片作湯，用火鍋盛之，湯沸時，投以鮮白菊花瓣，和以椒粉、豆麵、香菜等料下之，即便下箸，亦佳品也。又有湯煮鴿卵，名荷包鴿旦，可與菊花魚羹作對語。

荷葉粥

京師夏日，以蓮葉下粥中同煮，熟後粥皆作豆緑色，食之有凉思，名"荷葉粥"，亦新。

舊拓九成宫醴泉銘

吾郡《九成宫醴泉銘》善本，余所見者有三：一陳對初先生所藏，今陳氏子孫尚寶守之；次則黄銓士方伯舊物，今歸同安蘇仙根部郎家；次則同安蘇氏原藏本也。陳氏本神采奕奕，骨肉匀停，生平所見，信本《醴泉銘》當以此爲甲。王筱猗同年崧辰《泉南絶句》所云"蘭亭塼塩華山碑,孤本平生得見之。猶有醴泉珍宋榻,未酬眼福費相思",即此本也。《大瓢偶筆》亟稱之,而尚謂入閩中見三本,此本爲殿,且云:往在京師,陳對初孝廉家示我王司空《醴泉銘》所謂一室俱香者,余見而疑之。今見繆文子本,勝對初本遠甚。則楊氏於此本尚非饜意之觀,然在今日,則已珍如星鳳矣。帖後有康熙丁酉何焯書跋云:鄉先正虞勝伯,嘗記元後至元末杜伯原在吴門,示以歐書《醴泉銘》刻,丹丘柯玉文持錢五千緡求易,杜弗與,而竟將之武夷,玉文歿,有遺憾。蓋天水南渡,榷場所市率非真本,至南北同軌,猶艱得之故爾。順治初元,南北庫帖散出,士大夫遂家有宋東都及金元二朝拓本。對初三兄所藏,出泰興季氏,乃金源時物,用墨得燥濕之中。昔伯原視十五城如蘇凷者,殆其亞匹矣,雖有好事如玉文之徒,安敢萌豪奪想耶? 黄氏舊藏本今歸蘇氏,遜陳本矣。而陳恭甫先生亦許之,謂可並驅。今録其跋語云:《醴泉銘》刻爲石工剜傷久矣,此本舊拓,紙墨未致精,然闕字未損,十得七八,後半神氣尤完,當是數百年以前物。晉江黄銓士方伯所藏,今歸王秀才瓊玖生,其寶之勿失也。嘉慶壬申四月,福州陳壽祺識於清源講院。又云:跋此册後數月,得觀陳對初詹事藏本,後有何義門跋,言其出泰興季氏,乃金源時物。初以校此本,肥瘦互有短長,則拓手及裝潢微異,實不可軒輊也。七月廿七日,壽祺又識。又云:此本自以甲申四月朔以下幅半字體微肥,然如序長廊四起四字銘中,持滿戒溢,"溢"字又爲陳詹事本所闕。同安蘇氏舊藏本,據蘭石先生亦定爲宋拓本,其跋云:中令之奇變顯而易見,以求率更頗難,試合温大臨皇甫誕碑參之,當有會古人書,下筆輒各成體,兩不相入,未有一字萬同如嚴家之餓隸者也。又云:廿載京師,得宋拓《醴泉銘》三,以此爲冠,高華渾樸,法方筆圓,此漢之分隸,魏、晉之真楷合並醖釀而成者,伯施之外,誰可抗衡? 誠懸學之,加以開張,見爲有餘,實乃不足,蓋羽扇綸巾與縵胡短後,相去難以數計,墨守定法如脱塹者,更不足言。

香　塚鄭仲濂云:香塚乃勒少仲方伯所寵伎葬處。或曰□也,其銘即方伯所作。

都門南下窪有香塚,上銘云:"浩浩愁,茫茫劫,短歌終,明月缺。鬱鬱佳城,中有碧血。碧亦有時盡,血亦有時滅。一縷烟痕,終不斷絶。是耶非耶? 化爲蝴蝶。”後有七言絶句云:“飄零風雨可憐生,香夢迷離緑滿汀。落盡夭桃又穠李,不堪重讀瘞花銘。”銘詩旖旎悱惻,哀艷動人。

點　心

今人小喫曰“點心”,亦有所本。《野客叢書》云: 吴曾《漫録》謂世俗例以早晨小食爲點心,自唐已有此語。鄭傪爲江淮留後,夫人曰: 爾且可點心。按: 此語見《唐書》。或謂小食,亦罕知出處。僕謂見《昭明太子傳》曰: 京師穀貴,改常饌爲小食。小食之名本此。又《宋稗類鈔》: 趙温叔丞相阜陵素喜之,且聞其善啗數倍常人。會史忠惠進玉海,容酒三升,一日問曰: 朕作點心相請。命中貴捧玉海賜酒至六七,繼以金柈捧籠炊百枚,遂食盡。上爲之大笑。《南宋雜事詩》沈嘉轍句云:“紫衣中貴宣丞相,玉海金柈請點心。”即指此也。近趙甌北亦有句云:“這箇麻姑好指爪,不搔人背點人心。”

文字奇創

文字之變,無奇不有,如《穆天子傳》末卷,紀盛姬之喪,凡用“哭”字三十五字;昌黎《送孟東野序》,用“鳴”字三十餘字是也。又《詩・北山之什》“或燕燕居息”而下用二十二“或”字。退之《南山》詩本之。《易・雜》卦、《爾雅・釋詁》、《釋言》等篇,每句用“也”字。昌黎《祭潮州大湖神文》、永叔《醉翁亭記》本之。古人所創見者,後人沿其體而效之,皆可自成撰製。

古人名氏

古人名氏有歧出者,如散氏宜生名,《集注》本據僞孫疏“散姓,宜生名”之語,易“姓”字爲“氏”字,與《書》孔傳合。《大戴禮・帝系》篇:“堯娶于散宜氏之女,謂之女皇。”《漢書・古人表》亦云:“女皇堯妃,散宜氏女。”是“散宜”複姓,“生”名也。九方皐,説者謂“九方氏,皐名”,而趙叔向《肯綮録》云:《列子》

“九方皋善相馬”，九姓，方皋名。段干木，《風俗通·姓氏》注云：姓段，名干木。而《史記·老子列傳》“老子之子名宗，爲魏將，封於段干”，裴注：“段干”應是魏邑名。又《魏世家》有“段干子”，《田完世家》有“段干明”，是因邑爲氏，非姓段矣。

褚少孫，蓋名大，少孫其字也。《龜策列傳》後題“大論”二字，即自題其名。《史記·儒林列傳》仲舒弟子通者，蘭陵褚大即其人也。

帝堯二女，長娥皇，次女英，見《列女傳》。《母儀傳》云：有虞二妃者，堯帝之二女也，長娥皇，次女英。然《漢書·古今人表》“女英”作“女罃”。《大戴禮記·帝繫》篇云：舜娶於帝堯之子，謂之女匽。《金樓子》則作“娥皇”、“女瑩”。又《尸子》云：堯聞舜賢，徵之草茅之中，與之語“禮樂而不逆”，與之語“政簡而易行”，與之語“道廣大而不窮”。於是妻之以媓，媵之以娥。則所傳各異矣。

齊孫臏以刑爲名，漢黥布以刑爲姓。

《説文》“舜女弟名敤首”，段茂堂云：首、手古同，音通用。《漢書·古今人表》作“敤手”，顔師古注：流俗本作“擊”者，合“敤手”二字譌爲一字也。若《列女傳》謂舜之女弟繫，則又譌“擊”爲“繫”矣。

《左傳·宣二年》“提彌明”，《史記》作“示眯明”，《索隱》作“祈彌明”，音俱同也。又《左傳·僖二十五年》“寺人勃鞮”注“即寺人披”，“披”蓋“勃鞮”二合音分緩急呼之，音亦俱同也，均非別名。

汲長孺與司馬子長之“長”字，俱上聲，顧長康字亦上聲。陸務觀、秦觀之“觀”字，俱去聲。王景文詩：“直翁自了平生事，不了山陰陸務觀。”放翁見之笑曰：“我字務觀乃去聲，如何把做平聲押了？”朱竹坨詩：“石湖居士范成大，鑑曲詩人陸務觀。”亦作平押，蓋陸詩已云錯被人呼作“務觀”，故意讀平，朱用之耳。考《漢書·高帝紀》“縱觀秦皇帝”，師古曰“觀，工喚切”，蓋“游觀”之“觀”，去聲，故秦觀字少游，陸游字務觀，皆去聲也。

“万俟”音“莫其”，人咸知宋奸佞之万俟卨，而不知北齊已有特進万俟普矣。人但知“万俟”之爲複姓，而不知西魏有“柱國万”、“紐于謹”是三字姓矣。

按:《魏書·官氏志》代北複姓三字者,尚有丘穆陵等三十二氏,不但勿細于氏也。

《敬齋古今黈》以兄戴蓋,禄萬鍾,謂“蓋”爲車蓋,此名而不以爲名;鄭氏解“吾黨有直躬”,謂姓直名躬,此非名而以爲名,均奇。按:“吾黨直躬”姓石名奢,見《韓詩外傳》。

商山四皓:東園公姓唐,一作姓園。名秉,字宣明,明,一作朝。陳留襄邑人。綺里季,姓吴,名寳,一作實。字子景。一作朱暉,字文季。夏黄公,姓崔,名廣,一作廓,字少通,齊人。甪里先生,姓周,名術,字元道。

《路史》毁即墨譽阿大夫,其人名周破胡。

吴匏菴詩云:“西飛孤鶴詎何詳?有客吹簫楊世昌。當日賦成誰與註?數行石刻舊曾藏。”或謂楊世昌者,綿竹道士,與東坡遊赤壁,所謂“客有吹洞簫”者,即其人也。

管　筦

《月齋雜記》云:余將之江陰,汪孟慈農部託致書於其甥管某,函面題曰“筦甥啓”,余詫曰:“今世有此氏乎?”孟慈曰:“管、筦古字通,君何不達耶?”余曰:名從主人,《公羊》自有正例,况末代氏族殽亂,謹從其朔,尚或懵焉,乃更從而亂其例耶?若曰“管”、“筦”字古通,改“管”作“筦”,則《墨子·耕柱》篇:“昔者周公非關叔,辭三公。”“關叔”即“管叔”也,亦可改作“關”乎?《漢書·食貨志》浮食奇民欲擅斡山海之貨,師古曰“斡”讀與“管”同,亦可改作“斡”乎?昔人有講小學而謂退之之名當作“瘉”不當作“愈”者,有識譏之,先生又何淺邪?按:汪孟慈書“管”作“筦”,祇是好古之過,古人通用之字,固不可用之姓氏,然如“管子”之“管”,《淮南子》、《説苑》、《漢書·食貨志》、《藝文志》均作“筦”。又《漢書·顔安樂傳》疏廣授瑯琊筦路,師古曰:“筦”亦“管”字也。《風俗通·姓氏》篇則又分“筦”、“管”爲二姓,引《吕氏春秋》楚大夫筦蘇爲證,則古人固已用之矣。若“許”作“鄦、鄦”、“沈”作“邥”、“裴”作“蜚”等字,稍知《小學》者,即能識之,不足怪也。

亦園脞牘卷三

芳堅館題跋

郭蘭石先生《芳堅館題跋》,經其嗣君子壽太守、其子壻許比部澂甫師輯編,余更用子版印行,且爲裒輯十數條矣。近復見友人家藏《岳麓寺碑》,後有郭跋云:李北海《岳麓寺碑》,雖宋拓,亦漫漶無鋒,惟碑末有江夏黄仙鶴刻字耳。此本是前百餘年所拓,猶可想像北海手意,比來石爲庸人磨治,無復舊觀矣。

印　章

馮硯祥有不全宋槧本《金石録》,刻圖記曰:《金石録》十卷。仁和吴明經騫得宋本《咸淳臨安志》,又得乾道、淳祐二志,刻一印曰《臨安志百卷》。

唐杜暹藏書跋尾云:"清俸買來手自校,子孫讀之知聖教,鬻及借人爲不孝。"錢罄室叔寶刻一木記云:"百計尋書志亦迂,愛護不異隨侯珠。有假不還遭神誅,子孫不寶何其愚。"王述庵司寇亦刻一印云:"二萬卷,書可貴;一千通,金石備。購且藏,劇勞勩。願後人,勤講肄。敷文章,明理義。習典故,兼游藝。時整齊,勿廢墜。如不材,敢賣棄,是非人,犬豖類。屏出族,加鞭箠。"二家所藏書,每部首葉俱鈐此印,余于故書中時見之。

楊鐵崖印曰"湖山風月福人之印",唐六如印曰"江南第一風流才子",魏叔子印曰"乾坤一布衣",皆自命不凡者也。袁簡齋之"三十七歲致仕",鄭板橋之"康熙秀才、雍正舉人、乾隆進士",又"七品官耳",衍聖公孔慶鎔之"九歲朝天子",則自述其遭遇也。歸安孫太史辰東之"其于人也,爲寡髪,爲廣顙,爲多白眼",則自道其形狀也。林文忠公之"客行萬里半天下",楊雪滄丈之"九邊歷三，五嶽覽四”，則自敘其行蹤也。楊孟載基，洪武間詩人，與高啓、張羽、徐賁齊名，謂之吴中四傑。楊鐵崖游吴，重其才，曰：“又［得一］鐵矣。”陳鐵香婦兄鐫一小印曰“又得一鐵”。

李潤堂襲伯廷鈺鐫一私印曰“笨伯”。按：《晉書》“豫章太守史疇肥大，時人目爲笨伯”，李蓋本於此。

“江東獨步惟君在，天遣飄零郭十三。”此金纖纖題袁湘湄詩册句，儞伽感其意，作一小印曰“天遣飄零”。

《張船山集》中如“官冷如書賈”，“詩被人知已近名”，“此生原爲讀書來”等句，皆爲人鑴作小印。

筆　　記

班固有言：小説者流，街談巷議，道德塗説者之所造。以有用之日月而耗費于此，甚無謂也。雖然，小説九百本自虞初，古者主之以稗官，掌之以祕書，誠以芻蕘可助一得耳。與其飽食枯坐，消耗光陰，寧登筆記。

八　　米

朱翌《猗覺寮雜記》：魯直與高子勉云：“尊前八米句，窗下十年書。”徐師川與潘邠老云：“字直千金師智永，句稱八米繼盧郎。”齊文宣崩，文士各作挽詩十首，擇其善者用之，每人不過一二首，惟盧師道獨得八首，時人稱爲“八采盧郎”。“米”字蓋“采”字之誤。詩人不考，相襲以爲“八米”，蓋言精鑿，失之甚矣。元酬白云：“八采詩成未伏盧。”可證“采”字爲是。”案：高澹人《天禄識餘》亦襲此説，杭大宗駁之云“八米盧郎”既見之齊、隋兩書，姚寬《叢語》云：蓋關中語，歲以六米、七米、八米，分上、中、下，言在穀取八米，取數之多也。黄山谷、徐師川何嘗誤用，乃用元微之“八采詩成未伏盧”爲證耶？

書　　名

《反離騷》後有《反反離騷》，《非國語》後有《非非國語》，《廣文選》後有《廣廣文選》。《廣文選》,明劉節編。《廣廣文選》,明周應治編。

梁武帝撰《金海》,王應麟撰《玉海》,周興嗣撰《千字文》,隋潘徽撰《萬字文》,絶妙對,名書則或傳或不傳。

書名有改減其字者,相沿已久,如《周易》稱《易經》,《尚書》稱《書經》,《五代史記》去"記"字,《白虎通義》、《風俗通義》皆去"義"字,《説文解字》衹稱《説文》,《世説新語》衹稱《世説》,《孔子家語》衹稱《家語》,此類甚多。

六朝四家集刻

國朝張潮、卓爾堪、張師孔,編刻《三家詩》、《曹子建集》二卷、《陶淵明集》四卷、《謝康樂集》二卷。近日永康胡鳳丹刻《六朝四家全集》,則摘取張溥《百三家集》中陶、謝、庾、鮑四種合槧,殊非善本。

明廠板書

明廠板書皆綿繭厚紙大字本,余家藏繙經廠書尚有二十餘種。按:當時刻有經廠書目,列書一百四十部,《神童詩》、《百家姓》皆載其中。經廠即内繙經廠,明世以宦官主之,書籍刊板皆藏於此。

顧亭林

顧亭林因人問近《日知録》更增幾條,便嗤其謬,蓋筆記亦便是著書,不可謂易事也。

顧野王讀書處名"顧亭林",在華亭,故寧人先生以爲號。

亭林先生貌寢而怪,性復嚴峻,明鼎革後獨身北走,凡所至之區,輒買媵婢,置莊産,不一二年即棄去,終已不顧,而善於治財,故一生羈旅,曾無困乏,友人有所假貸,雖累數十百金,亦不責償也。

京師亭林先生祠在慈仁寺。祠初成於道光癸卯甲辰間。逢先生生辰,集諸名士祭焉,每祭必出先生畫像卷題諸與祭名。三十年來,日下敦槃之盛,莫過於此。近新闢别院，祀閻百詩先生。兩君皆國初耆儒，開考據之學者也。

蒺藜代茶飲，長服能益智長精神，顧亭林嘗餌沙苑蒺藜而甘之，曰“啖此久不肉不茗者也”。

何 義 門

何義門先生曾箋疏《困學紀聞》，又著《道古録》若干卷，亦如厚齋《困學紀聞》之類，爲其門人竊去，遂乾没焉，今傳者惟《義門讀書記》耳。道光間，英公煦齋得蘇齋輯本《義門小集》，皆先生雜著，零珠碎錦，未能成書也。先生爲吾鄉李文貞公所薦，遊安溪之門，同至安溪家中。故里門存先生手蹟不少，予家亦有先生所手書疏稿尺札，異時裒而録之，附益于小集之後，亦一快事也。

義門云：朱竹垞所輯《明詩綜》，費日力於此，殊不可曉。詩之去取，幾於無目，高季迪名價，却要松江幾社諸妄語論定，即此已笑破人口；其《詩話》并有即將《列朝小傳》中語，增損改换，居爲己有者。甚矣，其寡識而多事也！二十年來所敬愛之人，一見此書，不覺興盡。

又云：學不欲陋，亦不欲雜，注疏則其來也遠，亦間有七十子後人緒論存其中，宋儒則後來未有能到其地者。守此二者而精熟貫通，已成名儒。近來人搬演猥僻書目以相夸，如汪鈍翁、朱竹垞輩，皆所謂耳學也。

又云：墨池堂帖章家刻手笨甚，又存李衛公《告西岳文》，尤爲無識，然比諸快雪居然尚勝，貪得幾個字樣也。

何義門初字潤千，一號無勇，因哭母更字屺瞻，而印章則作岅瞻，爲人短小麻胡，綽號袖珍曹操。又有髯字紅文圓印，晚年又號茶仙。其先世元元統間以義行旌門，先生取其事名書塾，學者因稱義門先生。

姚 姬 傳

姚姬傳先生《惜抱軒集》十卷。前三卷亦多考訂家言，其爲文簡澹精深，翛然有得于性情之際，紆徐往復，細誦之，味美于回，自是古文正宗。歸田以後，屢主安徽敬敷、江寧鍾山、揚州安定三書院，以讀書學道教多士，蓋先生既深有志於古人之不朽，尤汲汲有冀於斯道之傳人也。其言曰：唐時凡入史館，必令作名臣傳，所以覘史才，今史館大臣傳率抄録上諭吏牘，謂以避黨仇譽毁之嫌，而名臣行績遂於傳中不可得見。蓋深有感而言也。

姬傳先生所編《古文辭類纂》，次秦、漢以來迄于方望溪、劉海峰之作，類而論之，洵足軌範文章，沾丐來者。余尤喜閲先生尺牘，其所論學與爲文之旨，已足嘗鼎一臠矣。先生嘗語：學者爲文，不可有注疏語録及尺牘氣。乃其自爲尺牘，則雖率意而言，涉筆而書，其理皆與所學相表裏，無稍有齟齬於其間也。

温州江心寺

丙寅北上京師，冬十一月，道趨永嘉，遊江心寺。寺在中川島上，即謝康樂詩之孤嶼也。雙墖遥峙，江城環列，風景絶勝金焦。孟浩然衆山對酒，孤嶼題詩，非身置其間者不覺也。弭棹門前，起尋諸勝，過龍翔祠、興慶寺、陸公祠，觀謝公亭，亭鐫康樂像于壁；謁卓忠貞祠，有聯云："祠即謝亭，亦有文章驚海甸；忠符信國，並懸肝膽照江心。"復謁文信國祠，祠中立石，鐫信國公《宿中川寺》詩云："萬里風霜鬢已絲，飄零回首壯心悲。羅浮山下雪來未，揚子江心月照誰？祇爲虎頭非貴相，不圖羝乳有歸期。乘潮一到中川寺，暗度中興第二碑。"後人和者甚衆，阮元、謝啓昆俱有步韻。秦小峴瀛。詩云："飄零丞相歷艱辛，絲鬢風霜老戰塵。南渡山川餘一旅，中原天地識三仁。誓登祖逖江邊楫，憤激田横島上人。却望西臺更蕭索，杜鵑啼罷六陵春。"又有題柱云："孤嶼有鄰，喜得卓公稱後死；嚴陵在望，直呼皋羽哭先生。"蓋祠左即卓忠毅敬祠，而像旁兼祀皋羽先生也。又有一聯云："久要不忘平生之言，古誼若龜鑑，忠肝若鐵石；敢問何謂浩然之氣，鎮地爲河嶽，麗天爲日星。"蓋信國公大魁日，出王伯厚先生之門，古誼二句，即其卷中批語也。

《温州志》、《永嘉縣志》稱，德祐元年，文信國與陸秀夫、張世傑，在江心寺同立益王，非也。《宋史》：益王昰、信王昺，以德祐三年春，同走温州，陸秀夫追及於道，張世傑自定海至，奉益王爲天下兵馬都元帥，㬎副之，是此時公無在温，無同立益王之事。迨益王入閩，公始自高郵，泛海來温，上表益王勸進。乍至福州，拜右丞相，改封信王爲衛王，皆德祐二年事。

孫琴西前輩題葉縵生所藏信國公《宿中川寺》詩墨蹟云："錢王還汝十四州，一舸海上貽孫謀。真州訛言驚丞相，麻鞋甌駱來相求。""高皇日角照江嶼，百載孤臣泣杜宇。天意卻反厓山風，但有丹心在萬古。""天生宋瑞本奇才，中興碣石奈蒿萊。銅駝南國空流涕，白雁西風亦可哀。"

孤嶼諸勝，惟孟樓風景絶佳。樓舊名"浩然樓"，或以爲孟襄陽曾駐此故名，或云取文信國浩然正氣之義。秦小峴易其名曰"孟樓"，衆流爭匯，城堞在目，真括盡東甌勝概。朱滄湄文翰。題聯云："長與流芳，一片當年乾净土；宛然浮玉，千秋此處妙高臺。"昆明趙蓉舫光。題云："建炎駐蹕，信國輸忠，看城郭依然，須識海門資保障；康樂清游，襄陽高詠，傍江山好處，且收風景入詩篇。"又有題云："青山横郭，白水繞城，孤嶼大江雙塔院；初日芙蓉，晚風楊柳，一樓千古兩詩人。"

王子安滕王閣序

宋王觀國《學林》云，歐陽文忠公《集古録·跋德州長壽寺舍利碑》曰："余屢歎文章至陳、隋不勝其弊，而唐家致治之盛，不能遽革其弊，及讀斯碑，有云：'浮雲共嶺松張蓋，明月與巖桂分叢。'乃知王勃云'落霞與孤鶩齊飛，秋水共長天一色'，當時士無賢愚，以爲警絶，豈非其餘習乎？"按：庾子山《馬射賦》曰"落花與芝蓋齊飛，野水共春旗一色"，案：庾集作"楊柳"。"野水"二字未詳何據。王勃正仿此聯，非摹長壽寺碑；長壽寺碑，亦仿《馬射賦》而句格較弱者也。顯曾按：《滕王閣序》中以此二句爲致警，而已本之前人，即篇中襲舊，正不獨此兩句也。《文選》王簡栖《頭陀寺碑文》有云："層軒延袤，上出雲霓，飛閣逶迤，下臨無地。"而序中亦云："層巒聳翠，上出重霄，飛閣流丹，下臨無地。"即通篇步驟句法，俱襲其舊。又王子安《采蓮賦》云："非登高可以賦者，惟採蓮而已矣。"仿江文通《别賦》起句，調雖相似，而情韻則更不及矣，孰謂古人無敚胎之弊耶？

或云：落霞，飛蛾也；鶩，野鴨也。野鴨逐蛾而食，故齊飛。語既有本意，亦清新，然太穿鑿支離，不如常説爲安。

《蔬園小牘》云：此序頗傷辭費，所慨歎惟名位卑蹇，少年如此仕宦情熱，其胸中滓穢，殺風景而玷嘉會，何取焉？

龔

“龔”，《説文》“給也”。《蜀志·先主傳》及梁元帝《告四方檄》俱云“龔行天罰”，蓋古皆作“恭”、“共”字用，亦通“供”字。又《説文義證》，“龏”字注亦借“恭”、“龔”二字。宋末吴門人名“范良龔”，乃以“龔”字命名。

嬲

“嬲”音擾，《世説》“和嶠踢嬲不得休”，《方言》云“妯擾也”，《一切經音義》引《三蒼》云“弄也，惱也”。《補白猿傳·夜就諸牀嬲戲韓駒》詩：“弟妹乘羊車，堂中走相嬲。”皆作“弄”解。嵇康《絶交書》“嬲之不置”注：“擿嬈也。”《義府》謂“踢嬲即妯擾，即擿嬈”。又，王半山詩“嬲汝以一句，西歸瘦如臘”，又“細浪嬲雪于娉婷”。

魏

天啓朝，魏璫生祠遍天下。山東巡按李精白祝祠云：堯天巍蕩，帝德難名。“巍”字“山”移下書，懼壓上公之首。諂媚至此，嘔罄心血矣！然“巍”、“魏”均可作“巍”，非始於明人之媚璫乃移山於下也。考《説文》，有“巍”無“魏”，徐鼎臣云：今人去山爲魏國之魏，古“巍”、“魏”止一字。《孟子》“晉義魏魏”丁音“巍”。按：今本作“巍”。《莊子》“魏魏乎，魏然而已”，亦皆訓爲“巍”。《古今韻會舉要》“巍”通作“魏”。張有爲林攄母魏國夫人書墓道碑，“魏”字從山，攄非之有曰：“世俗以從山者爲巍，不從山者爲魏，非也，其實二字皆當從山，蓋一字而二音爾。《説文》所無,手可斷,字不可易也。”楊升庵云:後漢人好作隱語,魏伯陽《參同契後序》云“委時去害,依託丘山,循游寥廓,與鬼爲鄰”。《易運期讖》説“魏”字云“鬼在山,禾女連”,皆“魏”從“巍”之證也。至周伯琦《六書正譌》書“巍”作“魏”,注云:作“巍”者,俗漢《百石卒史碑》、孟郁修堯廟碑,“巍巍”作“魏魏”,《魏上尊號碑》、《受禪表》,“魏”字數見,皆作“魏”,以“山”字冠頂者,反少見矣。

詩見抱負

莊容可先生朝考詩,《詠春蠶作繭》云:“經綸猶有待,吐屬已非凡。”雅有抱負,至今傳誦。同治壬戌朝考,詩題《蠶眠桑葉稀》,徐誦閣殿撰郙有句云“經綸原待展,芘蔭此猶堪”,按題警切,襟抱不凡,亦爲時所稱。

先督學公遺事

先大父少受業於先曾伯祖敬亭公。曾伯祖精研性理,躬行實踐,一時品學爲里鄗後進凱式,培大父根柢之學皆有本源。洎恭甫陳先生主講温陵,又得講授切劘,討論經義,于是經學、理學各得指歸。在詞館日以詩賦名,爲同輩所推重,撰擬進奉文字,曹文正公見之輒稱曰:“是臺閣中另闢一境也!”蓋大父所撰賦及四六文,皆圭臬宋人,薈煉成語,如同己出云。壬辰典試中州,悉心評閲,闈墨一出,爲時傳誦,海内有喆匠之目。視學楚南,釐剔弊端務嚴肅,中蜚語解組歸里。去楚之日,楚人士以“蘭芷凝香”、“清鑒湘流”八字,建文旌二軸,冒雨隨行,登舟持贈詩章二百餘首。歸後多士復豎匾額於試院,題曰“春留南浦”。既旋里,主清源講席,擁皐比指授講解,誘接不勌,未三月而家簀遽易。士林之悼之也,如頹泰山,復豎額“春風如昨”於講堂。詩文不多作,所作亦皆殘佚,顯曾謹編《芳草堂遺稿》二册,藏於家。

張亨甫先生際亮,道光間詩人也。大父輒與賡答,文酒過從,迄無虛晷。其贈大父典試河南云:“鄉人四持節,自注:林可舟太史,貴州。龔霞城太史,江南。郭蘭石廷尉,山東。夫子我心儀。好學澤於古,憐才意不私。白雲望嶽色,明月渡河時。地入中原大,應看得士奇。""閩學傳濂洛,程朱道所宗。後來溯清恪,遺澤在鼇峰。士豈文章貴?材應今古同。垂簾對玉尺,想見昔賢風。"

《桐西舊話》云:先生督學楚南,胡文忠林翼、江忠烈忠源皆出其門下。試未竣,爲飛語所中,挂吏議落職,扁舟渡湘,士夫送者千百輩,贈行詩歌捆束兩牛腰,非罪去位,士論惜之。生平工制舉業,詞賦韻語,清麗雅俊,爲詞林作手,每一篇斷筆,同輩率斂穎遜謝,歎爲弗如。握節至楚,其地席靈均之艷,些只誶亂,爲賦家桴鼓,自趙宋而還,功令不以是取士,風稍替矣。先生星軺所涖,輒進其秀文者,爲指發圭的,口畫筆授,江漢麗藻彬彬矣。搴薜紉蘭之士,頌哲匠之澤,勿衰於今。

端午日生

弇陽老人云:俗以五月爲惡月,故五月五日生忌之,然未可一概論也。因引田文五月五日生,後封孟嘗君。王鎮惡亦以五日生,家人欲棄之,其祖猛曰:"昔孟嘗君以此日生,卒相齊,此兒必興吾家。"以"鎮惡"名之。《南史》王鳳亦以是日生。《世説》載:胡廣本姓黄,因五日生,父母惡之,藏之葫蘆,棄之河流岸側,居人收養,及長有盛名,乃託葫蘆爲生,姓胡名廣,後登三司,有中庸之號。唐崔信明,五月五日正中時生,有異雀五色,集樹而鳴,太史令占曰:五月爲火,火爲離,爲文采,日正中,文之盛也。及長,博文强記,下筆成章。宋徽宗亦以五月五日生,以俗忌,改作十月十日爲天寧節。《五雜組》云:五月五日子,唐以前忌之,今不爾也。考之載籍,齊則田文,漢則王鳳、胡廣,晉則紀邁、王鎮惡,北齊則高緯,唐則崔信明、張嘉,宋則道君皇帝,金則田特秀,至覆宗敗國者,高緯、道君二人耳。然一以不軌服天刑,一以盤荒取喪亂,即不五日生能免乎?按:余以端午日生,二十初度,作歌末段云:"若問五日死,靈均亦已久。若問五日生,田文今安有?今日何日兮?或進角黍盤,或斟菖蒲酒。試思一年三百五十九,誰似今日人人爲我壽?"楊雪滄丈云:有此二語,可以不朽,亦詞林佳話也。

《歲時記》：五月一日至五日，皆可稱端，宋文信國公生於五月二日，其生朝詩云："客中端二日，風雨送牢愁。昨歲猶潘母，今年更楚囚。田園荒吉水，妻子老幽州。莫作長生祝，吾心在首丘。"見《指南别録》。又朱氏載《颺霏屑集》鴻臚高少卿，五月初四日生，其子折簡招友，箋尾署端四日云。

人知五月初五日爲端午，不知八月初五日亦可稱端午。唐玄宗於八月初五日生，宋璟《千秋節表》云："月維仲秋，日在端午。"張説《上大衍曆》："謹以開元十六年八月端午。"

邸　　報

"邸報"二字，見於史者，《宋史·曹輔傳》："政和後帝多微行，民間未及知，蔡京謝表有'輕車小輦，七賜臨幸'語，自是邸報聞四方。"汪應辰《文定集》與李運使《書墾田》之議，頃於邸報中見之。《潛邱劄記》云："邸報"二字，見唐人詩話韓翃除駕部郎中事，蘇東坡句"坐觀邸報談迂叟"，亦以之入詩。又有所謂雜報、朝𡊮者，亦當時之邸報也。孫可之集《雜著》有《讀開元雜報》一篇。《朝野類要》云：朝報日出事宜也，每日門下後省編定，請給事判報，方行下都進奏院報行天下。其有所謂内探、省探、衙探之類，皆衷私小報，率有漏泄之禁，故隱而號之曰新聞。

新　聞　紙

邇來粵東、上海，俱刻有新聞紙，前摘列邸報中之上諭劄疏日出事宜，後雜羅華夷新事及諧謔詩文，貨色市價，以洋人鉛活字版刷之，日售萬紙，傳播四方。方子箴都轉濬頤。嶺南，樂府中有《新聞紙》一首云："新聞紙，聞所聞，孰是孰非，人云亦云。上而王言下私議，旁搜博採刊唐文。晶瑩兩面白於雪，細字蠅頭密羅列。可以驅睡魔，可以助談屑。歐羅巴人一片紙，紛然傳播中原裏。誰其印者孖剌番人名。館，雞林之賈難專美。君不見宣武門内天主堂，雕闌畫棟重輝光。"

嚴子陵釣臺詩

世傳《過嚴陵釣臺》詩"君爲名利隱,我爲名利來。羞見先生面,黄昏過釣臺",爲范文正公詩。按:此詩見《元詩選》癸集,爲趙蒙齋所作。趙名璧,字聖和。《元詩選》亦止存此二十字,惟"名利"二字作"卿相"耳。

明中有御史登釣臺,正欲弔古留題,見輿夫沉吟,問之曰:"小人有詩:'好箇嚴子陵,可惜漢光武。子陵有釣臺,光武無寸土。'"御史驚異,擲筆去。

鴛　鴦

《草木子》曰:物之牝牡,一生不再交者,虎也,玳瑁也,鴛鴦也。《本草集解》云:"鴛鴦其交不再。"按:鴛鴦古今多取其雌雄相守,此理殊盭,正不可解。或云:凡物皆雄求雌,獨鴛鴦則雌求雄,故雌雄交頸相親者,必取此云。

蹻　跖

盜跖,周時人,後人多與惡類合用,如桀跖、蹻蹠是也。《易林》:"桀跖並處,人民愁苦。"又云:"三姦相擾,桀跖爲友。"《淮南子·五術訓》:"明分而示之,則蹻蹠之姦北矣。"注:蹻,莊蹻,楚威王之將軍,能爲大盜也。又《宋書·顧愷之傳》:"蹻跖橫行,曾原窘步。"王安石詩:"惡人沮服善者起,昔時蹻跖今騫回。"唐人詩又有合善人用入詩句,如夷跖、堯跖、顔跖之類不少。

詠月詩詞

方子雲《詠新月》云:"雲際纖纖月一鉤,清光永夜掛南樓。宛如待字閨中女,知有團圓在後頭。"趙秋舲《對月曲内江兒水》云:"自古歡須盡,從來美必收。我初三瞧你眉兒鬬,我十三窺你妝兒就,我廿三覷你龐兒瘦,都在今宵前後。何況人生,怎不西風敗柳。"二作詞意,俱未經人道。

題 畫 詩

家藏温陵郭漢緣士曇。所畫工緻人物二幅,一紅拂歸衛公,一文姬歸漢也。爲題吴穀人先生舊詩于文姬畫上云:"曰歸曰歸那可説?欲别未别淚先咽。牽衣難慰兒女情,慘淡黄沙腸斷絶。邊風蕭蕭蘆葉鳴,滿天吹作胡笳聲。空勞羌月一輪滿,窺人脈脈愁平生。平生窈窕珠無價,塞外何圖飄泊乍?氊帳終悲都尉降,紫臺翻羡明妃嫁。"又題張船山先生詞於紅拂畫上云:"俠客掀髯火赤,美人執佛嫣紅,李郎猶在布衣中。三兄真嫵媚,一妹好英雄。斂局乍驚州將,踞牀何物司空,扶餘一去海濛濛。太平新僕射,雙拜賀成功。"

臺灣新建延平王祠

近年沈幼丹前輩請建明賜姓鄭成功祠於臺郡,並請易名,得旨如所請,建立專祠,並追謚忠節。其疏云:"福州將軍臣文煜,閩浙總督臣李鴻年,福建巡撫臣王凱泰,辦理臺灣等處海防兼理各國事務臣沈葆楨跪奏,爲明季遺臣台陽初祖,生而忠正,殁而英靈,懇予賜謚建祠,以順輿情,以明大義事。本年十一月二十五日,據臺灣府進士楊士芳等稟稱,竊維有功德於民則祀,能正直而壹者神。明末賜姓延平郡王鄭成功者,福建泉州府南安縣人。少服儒冠,長遭國恤,感時仗節,移孝作忠,顧寰宇難容洛邑之頑民,而滄溟獨闢田横之别島,奉故主正朔,墾荒裔山川,傳至子孫,納土内屬。維我國家宥過録忠,載在史宬,厥後陰陽水旱之沴,時聞吁嗟祈禱之聲,肸蠁所通,神應如答,民間私祭,僅附叢祠,身後易名,未邀盛典,望古遥集,衆心缺然。可否據情奏請,將明故藩鄭成功,准予追謚建祠,列之祀典等因,並據臺灣道夏獻綸、臺灣府知府周懋琦等,議詳前來。臣等伏思鄭成功,丁無可如何之厄運,抱得未曾有之孤忠,雖煩盛世之斧戕,足砭千秋之頑懦。伏讀康熙三十九年聖祖仁皇帝詔曰:朱成功係明室遺臣,非朕之亂臣賊子,敕遣官護送成功及子經兩柩歸葬南安,置守塚建祠祀之。聖人有言,久垂定論,惟祠在南安,而臺郡未蒙敕建,遺靈莫妥,民望徒殷。至於賜謚褒忠,我朝恢廓之規，遠軼隆古，如瞿式耜、張同敞等，俱以殉明捐軀，謚之忠宣、忠烈。成功所處，尤爲其難，較之瞿、張，奚啻伯仲。合無仰懇天恩，准予追謚，並於臺郡敕建專祠，俾臺民知忠義之大可爲，雖勝國亦華袞之所必及，於勵風俗、正人心之道，或有裨于萬一。臣等愚昧之見，是否有當？理合恭摺具奏，伏乞聖鑒敕部核覆施行。再此摺係臣葆楨主稿，合併聲明，謹奏。”光緒元年正月初十日，内閣奉上諭：“沈葆楨等奏請將明室遺臣賜謚建祠一摺，前已故藩朱成功，曾于康熙年間奉旨准在南安地方建祠，兹據奏稱，該故藩仗節守義，忠烈昭然，遇有水旱，祈禱輒應，尤屬有功臺郡，著照所請，准于臺灣府城建立專祠，並予追謚，以順輿情，欽此。”祠仍舊址重修，時地中掘出老梅一株，枝榦已枯，未幾復蘖，亦一奇也。幼丹中丞作祠楹云：“開萬古得未曾有之奇，洪荒留此山川，作遺民世界；極一生無可如何之遇，缺憾還諸天地，是創格完人。”祠後一楹，祀寧靖郡王與五妃，聯云：“鳳陽一葉盡；魚貫五星明。”又延平王之母翁太妃聯云：“石井滿腔血；瀛臺寸草春。”又監國王孫克壓及監國夫人陳氏，附祀聯云：“夫死婦必死；君亡明乃亡。”皆幼丹先生作也。

家藏宋金元人詞

南昌彭氏《知聖道齋讀書跋尾》，中有宋未刻詞跋云：於謙牧堂藏書中，得宋、元人詞二十二帙，題曰《汲古閣未刻詞》，行款字數與已刻六十家詞同，每帙鈐毛子晉諸印，皆精好。余舊藏李西涯輯南詞一部，又宋、元人小詞一部，合此三書於六十家外又可得六十二種，安得好事者續鐫爲後集？案：余癸酉秋在都門，得汲古閣未刻詞十七家，每袟俱有汲古主人毛晉等印，行款字數與已刻六十家詞同。又得謙牧堂舊藏鈔本二家，得漢南葉氏鈔本十六家，裒而成之，共成三十五家詞，皆可於六十家外自成一隊，雖不逮彭氏所蓄之富，然視康熙間錫山侯文燦所編十名家詞，殆有過之。侯氏自序云“古詞專集，自汲古閣六十家宋詞外，見者絶少，又偁孫星遠有唐、宋以來百家詞鈔本，訪之僅存數種，合之笥中所藏，共得四十餘家，兹先集十家付之梓人”云云。今余所藏合爲一編，儘可重墨諸版。惜吾郡刻工麤拙，子版更甚，未敢率爾授梓，先標詞集目録，坿以題語，異時儻酬斯願，亦墨林中一快事也。

《陽春集》一卷，南唐馮延巳撰，嘉祐戊戌陳世修序，焦氏《經籍志》、《天一閣書目》、《愛日精廬藏書志》皆著録，侯氏《名家詞集》亦刊之，《直齋書録解題》作《陽春録》，云：有高郵崔元度題後。此本不載，而與張金吾《藏書志》獨合。

《東山詞》一卷，宋山陰賀鑄方回著，譙郡張耒序。《直齋書録解題》云：東山樂府，張文潛序之。即此本也，惟佚去《青玉案》詞獨不可解耳。張金吾《藏書志》有宋刊本，其原題曰上下二卷，今存卷上一卷。伏讀欽定《四庫全書總目》云：鑄以填詞名家，世傳有《青玉案》詞"梅子黄時雨"句，有"賀梅子"之稱。此詞今載集中，餘亦音節鏗鏘，可歌可誦，誠有如張耒序所云"不待思慮而工，不待雕琢而麗"者。是書六十家詞未刊，蓋以得書稍遲，故未梓入耳。

《樵歌詞拾遺》一卷，宋朱敦儒希真撰。此詞《直齋書録解題》亦著録，惟《愛日精廬》從照曠閣傳抄本及阮文達《進書提要》所録從汲古閣鈔本傳寫，俱作《樵歌》三卷，此獨有《拾遺》一卷，二十八闋耳。阮氏《進書提要》曰：希真，洛陽人，紹興乙卯以薦起賜進士出身，爲祕書省正字兼兵部郎官，遷兩浙東路提點刑獄，上疏乞歸，居嘉禾。此本依《汲古閣舊鈔》過録云。

《竹洲詞》一卷，宋吴儆益恭著。

《信齋詞》一卷，宋葛郯謙問著。

《虚齋樂府》一卷，宋趙以夫用甫著，淳祐己酉芝山老人自序。

《松雪齋詞》一卷，元趙孟頫子昂著。

《雁門集詞》一卷，元薩都拉天錫著。

《古山樂府》一卷，元張埜埜夫著，至治初元臨川李長翁序。已上八家，錫山侯氏《十名家詞》俱編入。

《晦庵詞》一卷，宋朱子元晦著。

《文山樂府》一卷，宋文天祥著。

《梅屋詩餘》一卷，宋許棐忱父著。

《梅詞》一卷，宋朱雍著。

《斷腸詞》一卷，宋朱淑貞著。此書《四庫書目》已著録，《汲古閣》刊入《詩詞雜俎》，家藏凡三部。

《雲林詞》一卷，元倪瓚著。

《樵庵詞》一卷，元劉因静修著。因字夢吉，號静修，官集賢學士，著有《静修文集》三十卷。

《雪樓樂府》一卷，元程文海著。已上《汲古閣》未刻詞。

《筠谿詞》一卷，宋李彌遜似之撰，《四庫書目》已著録。

《貞居詞》一卷，元勾曲張天雨伯雨甫撰，是書鮑氏曾刻入《知不足齋叢書》中。已上《謙牧堂鈔本》，每本有謙牧堂藏書印。

《筠谿詞》一卷，見上。

《省齋詩餘》一卷，宋衡陽廖行之天民撰。《直齋書録解題》、《愛日精廬藏書志》皆著録，丁雨生中丞《持静垒書目》有毛扆手校舊鈔本。

《燕喜詞》一卷，宋雙溪居士曹冠宗臣撰，長樂陳鬚序，淳熙丁未釣臺詹傚之序，《直齋書録解題》著録。

《袁宣卿詞》一卷，宋豫章袁去華宣卿著，《直齋書録解題》著録。

《王周士詞》一卷，宋長沙王以寧撰。《阮氏進書提要》曰：以寧字周士，湘潭人，由太學生仕鼎澧帥幕，靖康初徵天下兵，以寧走鼎州，乞師解太原圍。建炎中，以宣撫司參謀制置襄鄧。是編依毛晉《汲古閣舊鈔》過録，凡三十二首。以寧詞句精壯，如《和虞彦恭寄錢遜叔蓊山溪》一闋、《重午登霞樓滿庭芳》一闋、《艤舟洪江步下浣溪紗》一闋，絶無南宋浮豔虚薄之習，其他作亦多類是也。

《笑笑詞》一卷，宋臨江郭應祥承禧撰，會稽詹傳序。嘉定庚午。《笑笑先生傳贊》，宋人滕仲因後序，嘉定元年。應祥號遯齋先生。《天一閣書目》著録。

《風雅遺音》二卷，宋林正大撰，易嘉猷元升序，開禧乙丑。自序，嘉泰壬戌。徐釚後跋。《四庫全書》附存目云："正大字敬之，號隨庵。據卷首易嘉猷序，蓋開禧中爲嚴州學官，其里籍則不可考。是編皆取前人詩文，檃括其意，製爲雜曲。每首之前，仍全載本文，蓋仿蘇軾隱括《歸去來詞》之例。然語意蹇拙，殊無可採。卷末有徐釚跋云：《風雅遺音》上下卷，南宋刊本，泰興季滄葦家藏書，靈壽傅使君於都門珠市口購得，遂付小史鈔録。林序闕前七行，卷末《清平調》逸其半，舊時脱落，今亦仍之。此本字畫譌闕，蓋又從鈔本傳寫云。”

《龜峰詞》一卷，宋陳維國撰，所齋陳容公儲父題後，陳合維善題詞，禹金題後。

《雙溪詞》一卷，雙溪擬巢翁延平馮取洽熙之撰。

《拙庵詞》一卷，東平趙磻老渭師撰。

《碎錦詞》一卷，宋鄉貢免解進士李好古撰。

《簫臺公餘詞》一卷，宋錢唐姚述堯撰。丁氏《持静齋書目》中有此種，乃傳望樓刊本。

《蓬萊鼓吹詞》一卷，雲峯散人斗城夏元鼎宗禹撰。中有《和吕洞賓張虚靖》諸作，皆談道術玄理，其《西江月》十首序題所云，已成金丹大道矣。

《章華詞》一卷，未詳撰者名氏。

《遺山先生新樂府》五卷，又坿《遺山樂府》一卷、《拾遺》一卷，金元好問撰。後附一卷，則明錢唐凌雲翰彦翀編輯，五卷後有盧文弨後序，《拾遺》後有萬曆辛亥凌雲翰自跋。按：是書據《愛日精廬藏書志》亦係五卷，云：“《文淵閣書目》著録，前後無序跋，未知何人所編。”又云：“明凌雲翰有《遺山樂府》選本，朱竹垞據以録入《詞綜》，雖間有出此本外者，然究不及此本之備也。”阮氏《進書提要》亦係五卷，其解題云“伏讀御定《歷代詩餘》載詞人姓氏云：‘《遺山樂府》，錢唐凌雲翰編輯。’是編從舊鈔本依樣過録，無雲翰姓氏”云云，是阮元、張金吾所見之五卷本，即前五卷本，而未及見凌雲翰所編本。朱竹垞據録《詞綜》，係後凌氏輯本，而未及見五卷本，此則盧抱經先得五卷本，出於何義門，繼又從友人鮑氏所借得明初凌雲翰編選之本，不分卷數，爲裘杼樓桐鄉汪氏寫本，裒而併之，《遺山樂府》大備於是矣。《知聖道齋讀書跋尾》題此書，乃極詆之，謂“此公於此全無解處，弟五卷全是壽詞，逾形塵坌，固宜集中不入此體也”。

《遯庵樂府》一卷，金段克己復之撰，《天一閣書目》著録。

《菊軒樂府》一卷，金段成己誠之撰，後跋云有《遯庵》、《菊軒樂府》各一卷，乃河東二段先生所著，蓋伯仲也，伯氏在金以進士貢，國亡餘二十年而卒，終身不仕；仲氏在金登進士第，主宜陽簿，年過八衮，至元間乃卒。二公之詩總曰《二妙集》，臨清吴澂幼清爲之序，草廬先生也。已上漢南葉氏傳鈔本。

故友詩

曩者故人不擯余爲門外漢,輒以吟咏相投,詩筒所郵,迄無虚晷。二十年來,已多物故,搜哀遺稿而不可得,乃就所可憶者,掇録數家,蓋不能無感舊之惆云。

同治丙寅,鄭海驪丈守孟,來主清源講席,濱行,贈余别言云:“中年得友如得師,東海喜見珊瑚枝。自從識君逾八載,幾度惜别長相思。君身早已具仙骨,羽翰高高翔天墀。鷙鳥累百不如鶚,餘者鵝鴨空鄰比。况君祖硯有述作,不比老嫗寧馨兒。天才子建得八斗,蓬萊文章望已久。如我愧非靈運身,生天成佛落人後。昔聞洛陽花滿城,督郵束帶判相迎。此事乃爲兒輩覺,只合校尉還步兵。醉時欲覓車茵吐,安得佳文愈頭痛?徒令佔畢誤儒冠,我亦掉頭不肯住。西風獵獵催秋分,離愁將酒俱盈樽。男兒意氣無所惜,黯然何用徒銷魂?會須讀君題名處,一一知君從此去。燕臺不少少年交,道我此詩手自署。”

同年周伯蓀太史,蘭。工填詞,精于鐵筆,尤喜作隸書,曾以近作《紅心草廬詞稿》質余,中多憤悱之什。壯歲家陷于賊,託身蓮幕,潦倒詩酒間,四十餘年,始得一第,旋以編修督陝甘學政,歸來復鬱鬱不得意。歿時兒女呱呱,身後事猶賴知交爲之摒擋。傷己詩不多見,記其《梁城雜興》絶句云:“兩行官柳冷毶毶,船泊沙堤水滿潭。轉眼緣陰三月暮,小橋流水畫江南。”移厲蘆臺,偶作絶句云:“朝夕春潮兩度流,有槎難向淛江遊。眼前便是還鄉水,孤負吴淞萬斛舟。”《由寧河至蘇州,舟行雜述》絶句云:“推篷看水夜深時,豹脚如雷攪睡遲。不及漁洋詩境好,白蓮花繞露筋祠。”跌宕處不減漁洋也。

鄭仲濂丈守濂,工填詞詩,亦迥殊凡響,記其《龍樹寺》云:“來挹西山爽,斜陽獨倚樓。年華擲虚牝,身世負扁舟。疏柳猶青眼,枯蘆也白頭。自知牢落甚,老不任悲秋。”又《有約》云:“迹以微官滯,愁緣病酒深。西風更蕭瑟,槭槭振空林。窗曉燈猶炧,樓昏月更陰。非君覓談笑,誰遣此時心。”

梁禮堂觀察鳴謙,閩縣人,以名進士觀政部曹。退歸鄉園,初以授讀爲業,後參畫船政局務,乃留情於匡時之略,前二年病卒。其爲詩風格遒勁,無一懦響,曾録其《題友人集》詩見示云:"不盡關河感,蒼茫一卷收。艱難益文字,兵火釀窮愁。隴月近尤苦,巫江況已秋。得歸原自好,尊酒且銷憂。""此才竟不遇,真宰獨何心?海闊重雲幻,天寒百慮侵。疏花憐土瘠,人事逐年深。薦禰少良策,空爲鸚鵡吟。"又《殘燈》云:"且喜流光在,沈沈下晝簾。煙迷孤月縮,風曳一星尖。漸覺分明少,誰憐寂寞添。落花已無力,舊夢不堪拈。"《詠屐》云:"一笑問高足,平生幾兩耶?江山遊子夢,風雨故人家。頑石登登響,春泥冉冉遮。不妨雙齒折,莫再損飛花。"《歌風臺》云:"父老焚香六馭來,大風長劍獨登臺。始終嗜酒真無賴,慷慨能詩亦霸才。置厠詎知人彘苦?入關空爲祖龍哀。韓彭功狗猶難免,安得英雄出草萊?"

戊辰春,諸同人讌集松筠庵,余首唱七言長句,同人皆有和作。記同年陸廣敷太史爾熙。一首云:"昔歲昭陽赤奮若,我初瞻拜來公祠。蒼松翠石動摩撫,問天呵壁無人知。曷來浮沉逾一紀?中更荊棘途險巇。讀公兩疏覺神王,一腔熱血同淋漓。閉門卻埽謝塵跡,邂逅忽復登階墀。霓裳衆仙不辭醉,屏除冠蓋肩相隨。青春年少兩非舊,痛飲何必非吾師?却思烟塵未衰歇,芳甸比者多驅飢。滹沱流水亦嗚咽,茱萸灣口幸孑遺。玆堂凜冽有生氣,大書諫草龍蛇姿。我知毅魄若後死,千鈞一髮堪扶持。深杯輟飲悄回首,太陽葵藿有所思。吾曹會合信非偶,佳日可惜征駒馳。歸來策蹇黯無語,旁人怪我顔如癡。薇花詩人有詩癖,凌晨咳唾生珠璣。吟成萬事不挂眼,獨尋同調相解頤。鸞吟鳳嘯薄雲漢,唾壺擊碎嗟何爲?前塵影事偶尋捉,索逋責諾聊縫彌。騷壇他日執牛耳,退辟何止三舍移?但傾肝膽共君語,或者動聽神無疲。"

自里閈諸同志相約,聯吟刺桐城西,詩聲相接,而過從無虚,吟興勃發,尤推黄喈南孝廉梧陽,孝廉家故貧,嗜好雅與俗殊,喜爲韻事,陶然有以自愉,與余及許澂甫師、陳鐵香太史昆仲善,往來不輟,剥啄頻聞,故所刊《桐陰唫社甲乙兩編》詩,惟君詩最多。今喈南已歸道山,每當燭痕缽韻之間,尤懷念勿能置也。平生詩稿,寥寥無幾,曾録於《温陵詩紀》中,今更約舉其近體詩句於此。如《雜詠》云:"湖目有心生更苦,都梁爲佩死猶香。"《鐘聲》云:"破龕香畔僧初定,獨夢船中客易醒。"《秋海棠》云:"夜雨似添將盡淚,秋風先長有情根。"《同遊賜恩巖》云:"草色嫩於初嫁女,山容癯似苦吟身。"風趣清雅,猶可略存其概云。

莊少潭觀察,爲瑶。印潭前輩冢嗣,性精明,有幹濟才,讀書尤劬瘁,詩不多作,異時與余輩聯詩課於里西,每鬮題後,即面壁如達摩狀,袖手苦思,一篇既出,豪警逼人,工於七言斷句。嘗録其《西湖八景》絶句云:"十里横塘足勝遊,花村紅土亦生幽。悮他蘇小墳邊水,也似鍾情日夜流。""畫楫湘簾八角亭,衣香人影落莎汀。渠儂别有傷心淚,暮雨孤山奠小青。""楊陰深處踏青苔,屐齒裙腰一道開。攜得檀烟盈兩袖,新從二定聽經來。""石逕迴環出洞天,嵐光如水草如烟。疏鐘斷磬雲林寺,風雨聲中訪冷泉。""松柏南枝結凍雲,石門煙雨迫宵分。西風吹散寒鴉影,盡着悲聲過岳墳。""水思雲情極望遥,荻花洲畔擱蘭橈。夜深又擊沙棠去,明月西泠第幾橋?""新漲圓澄碧似眉,畫船簫管夜歸遲。韓莊賈第匆匆語,都付篷窗被酒時。""螺峰縹緲塔痕迷,夕照斜隨鷺影低。莫放宵來風景好,兩行煙柳近蘇堤。"神韻悠逸,趺宕自賞。後以需次粤東,奉檄至韶州遘疾,病中自言爲六祖座下門徒,今當歸位。疾竟不起。韶州南華寺六祖大鑒禪師真身道場,有達摩衣鉢存焉。《貴耳集》云:所謂袈裟,尚有髣髴,而鉢猶存,有虎夜必來守衣鉢,寺壊六祖及其徒諸象。少潭病時,其家人如言往詢,果符所夢,乃知慧業文人,生天成佛,固不必闢異氏之説爲妄也。

《王文學遺草》,同里王道羲茂才晨曜。著,余與陳銕香内兄同録。道羲瘦弱善病,偃蹇場屋,年未三十而歿。生平于學無所不窺,楷法初學率更,尤爲秀挺,至其覃思苦吟,幾于昌谷鬼之嘔心鉥腎也。五律布武唐音,落落可誦,如《秋日有懷寄從兄道馨》云:"客歲秋風裏,辭家行路難。高堂餘白髪,餬口一儒冠。燕鴈今又代,關山夢更寒。何當憑尺素?異地祝加餐。""五載西窗燭,臯比侍馬融。吾年纔舞象,君氣已如虹。鵬翼羇雲際,桑田變海東。别時幾日月,愁理舊詩筒。""金石曾君佩,風流亦我師。筆花生不盡,池草夢應疑。欲報平安字,沈吟尊膾詩。望君何所有?日落鯉城時。""逐貧楊子賦,讀罷爲潸然。

天地驅蓬鬢，生涯託敝氈。丈夫遲有室，達士澀無錢。欲向蒼蒼問，秋鴻迥入天。”“吾叔久齎志，憑君驥足高。那堪賡采杞？我亦廢蓼莪。廿載磨書劍，浮生各縕袍。寸心羞小草，何日報劬勞？”“去國悲何極，天涯況弟兄。秋思隨木落，離恨飲猿鳴。世已干戈險，君偏荆棘行。窮途南阮子，曾否計歸程？”方同輯《温陵詩紀》時，倣蕭選不録何水部生存之例，道義亦參斯役，每戲相謂，誰先死者，獲登此選。乃哀集方成，而故人墓已宿草，眷懷及此，屑涕潸然，不勝今昔存殁之感。

亦園脞牘卷四

孝乎惟孝

陳頌南師主講清源書院,曾以"孝乎惟孝"節命題,課藝欲從"孝乎惟孝"句之説。按,《伊川經説》曰:《書》云"孝乎"者,《書》之言"孝",則曰"惟孝友于兄弟,施于有政"。朱子《集註》因之。前説多以"孝乎惟孝"作句,考《集解》包咸曰:"'孝乎唯孝',美大孝之辭,以'唯孝'爲句絶。"聖賢像贊,張齊賢《曾子贊》曰:"'孝乎惟孝',曾子稱焉。"《論語·稽求》篇曰:"孝乎"不句而"惟孝"句。《白虎通》、《初學記》、《太平御覽》俱述《論語》"孝乎惟孝"。閻若璩《尚書古文辨僞》曰:此與《禮記》"禮乎禮",《漢語》"肆乎其肆",韓愈文"醇乎其醇"相同,言孝之至也。

感事詩

近人多感事之作,俯仰世變,讀之令人憤喟叢集,鬚髯欲張,如魏默深司馬源。前後《史感》八首,及楊雪滄觀察浚。《海上感事》八首是也。魏前《史感》云:"誰奏中宵祕密章?不成榮虢不汪黄。已聞狐鼠憑城社,安望鯨鯢戮場疆?功罪三朝雲變幻,戰和兩議國冰湯。安劉自是諸劍事,絳灌何能贊塞防?""揖盜開門撤守軍,力翻邊案熾邊氛。但師賣塞牛僧孺,新换登壇馬服君。壯士憤捐猿鶴骨,嚴關甘送虎狼羣。尚聞授敵攻心策,惜不夷書達九雯。""草木兵聲報粵陬,海潮怒汩尉佗秋。豈聞火戰乘風逆,安有山臺代敵修?黄蓋荻舟供賊炬,王匡獝卒但民仇。從來禦寇須門外,誰潰藩籬錯六州。""同仇敵愾士心齊,呼市俄聞十萬師。幾獲雄狐來慶鄭,誰開柙兕贶周遺?前時但説民通寇,此日翻看吏縱仇。早用秦風修甲戟,條支海上哭鯨鯢。"後《史感》云:"争戰争和各黨魁,忽盟忽叛若棋枚。浪攻浪款何如守?籌餉籌兵貴用才。李牧清芻堅壁壘,孫吴斬退肅風雷。浪言孤注成功易,誰向澶淵借寇萊?”“小挫兵家勝負常,重聞整旅補亡羊。鏖軍周處羆當道,倡走荀林馬亂行。不斬偏裨申號令,更抛旌節效蹌踉。頻頹士氣驕□氣,翻使江防亟海防。”“陣陣雷霆夾鼓鼙,礮聲已偪石頭湄。海風逆上皆爰鳥,江水連天欲佛貍。城下拒盟無宋華,壇前割地仗張儀。幾回白土山頭望,曾記元戎退島師。”“已壞長城不念檀,孟明縱用補牢難。欲横鐵索愁天塹,思掣鯨魚乏釣竿。杼柚大東民力竭,轍旗屢北士心寒。似聞臨别由余語,亦代中朝未雨歎。”楊《海上感事》云:“颮颮飛輪一羽輕,載書曾上赤嵌城。空傳雷雨三千劫,未斷波濤十萬程。幻作伶官愁販鴨,生從鬼母夢騎鯨。婆娑洋上如圭月,莫遣蟾蜍蝕太清。”“七二津沽遏怒湍,陽冰未冶識天寒。鑄將頑鐵千秋錯,爛到樵柯一著難。絶域田横身易許,卯城徐福淚何乾?蔽江木柹忠魂在,誰拜當年上將壇?”“層樓堊白净紅塵,市舶西來競卜鄰。一綫天光通紫電,萬家地脈走青燐。參軍亦學娵隅語,王會能圖馬服人。猶是吴墟歌吹夜,隔江蘆葦弔春申。”“花田簇簇米囊斑,長使英雄老淚潸。補網卻愁暹海上,殘膏誰許舐人間?四溟日月囚雙烏,一角江山鬭百蠻。國事莫憑杯珓問,平章萬里不生還。”“石船鐵履奠山河,别有將軍下瀨戈。廟貌已祠黄石貴,櫓聲定識白衣多。全收官物歸陶侃,未捧天書讓尉佗。聞説博昌能習戰,千金虚牝莫蹉跎。”“劍佩頻煩卉服猜,神京拱衛仗三台。憂時一老滄江卧,扆蹕千官羽獵開。綿蕞叔孫仍議禮,封侯王歙是通才。如何日出稱天子?又見羊僧入夢來。”“月窟衣冠萬國同,尉侯何以判西東?漫論突厥知文字,偏豢蚩尤作雨風。五餌誰紆宣室策?三年未翦鬼方雄。無端厠鼠分清濁,斯篆留刊欲奏功。”“抔水寧愁汩汩靈,扶桑如薺島如萍。竟看蒼狗浮雲幻,未掣長鯨跋浪腥。大海不辭填木石,晴天無事下雷霆。乘槎犯斗吾何卜,世有君平恕客星。”

詩句調相似

詩句法調法,有絶相類者,如陳騮季大令繩《無題》句云:“蛩惟倚駏真堪笑，蛇自憐蚿亦可傷。”許澂甫師祖湧句云：“龍能嘘氣徒乘霧，虵自憐風解動饑。”又萬孺廬學士承蒼：“花似美人稀識面，鳥如熟客屢聞聲。”陳勾山通政兆崙：“秋似美人無礙瘦，山如好友不嫌多。”翁徵士朗夫：“友如作畫須求淡，山似論文不喜平。”畢秋帆尚書篴室周漪香：“家如夜月圓時少，人似秋雲散處多。”又陸劍南《故山》詩云：“傍水無家無好竹，卷簾是處是青山。”吴穀人《祭酒》句云：“但覺無船無月載，不知是水是風行？”查初白句云：“大抵無峰無好樹，一峰不與一峯同。”

天　一　閣

海内藏書家惟天一閣世守勿替，亦多善本。宋、元本雖不多，然皆明槧。初印本佳者紅字本，次者藍字本，又有綿繭等紙鈔本，古色古香，饜心怡目，數百年來獨稱完好。《静志居詩話》云：范堯卿司馬藏書最富。今浙中舊族若山陰鈕氏、祁氏，吴興潘氏、沈氏，檇李項氏、郁氏、高氏、胡氏，遺書盡散，惟天一閣籤帙巋然尚存。惜粤逆據甬時，捆載賤售，散佚幾盡。余丁卯春間偕范氏子姓，詣閣觀書。閣在月湖之西宅之東，林木陰翳，前後廢圃周回，閣孤峙其中，閣前略有池石點綴，頹井殘垣，鐍錮已久，其下僅存殘闕之天一閣書目版，有何仙槎楹帖云：“天章特獎藏書富，世守長期子姓賢。”登閣上敬觀宸翰御賜《平定回部得勝圖》計十六幅一分，第一《伊犁受降圖》，第二《格登鄂拉斫營圖》，第三《鄂壘扎拉之戰圖》，第四《和落霍澌之捷圖》，第五《庫隴癸之戰圖》，第六《烏什酋長獻城降圖》，第七《黑水圍解圖》，第八《呼爾滿大捷圖》，第九《通古思魯克之戰圖》，第十《霍師庫爾克之戰圖》，第十一《阿爾楚爾之戰圖》，第十二《伊西洱庫爾淖爾之戰圖》，第十三《拔達山汗納款圖》，第十四《平定回部獻俘圖》，第十五《郊勞回部成功諸將士圖》，第十六《凱宴成功諸將士圖》。其中我將士劘壘斫陣、席卷霆奮之勢，與夫賊衆潰竄披靡、禽駭獸犇之狀，一一摹寫，震鑠心目，爲千古臚陳戰功者所未有。幅端各系以御製詩，成于奏凱録功即事紀實者十，追敍時地補圖補詠者六。前冠御序，後附大學士傅恒等跋，藏在中橱；旁四橱分列左右。所藏御賜《古今圖書集成》,亦已殘失不完,餘存册籍俱顛倒零亂,十無二三,蠹栖鼠穴,目觸心恫,非復舊時面目矣。余在甬時,亦搜購天一閣舊藏本二百餘册,計全者不上百種,俱經輾轉易主。其最精善者,俱有陳氏收藏圖章及“劫裹搜遺史,刀邊活故人”印,“天之未喪斯文也”印,蓋旋得又旋棄矣。

野處類稿

曩歲在京師,購得《四庫》底本洪邁《野處類稿》舊抄本,攜歸重裝。旋里後陳銕香太史亟移謄一册,至近年翻《朱韋齋集》,始發此書之僞云:偶讀《朱韋齋集》,憶其題目,頗似此書。因檢對一校,則自第三篇以後全録朱詩,無稍違異。朱集爲文公手定,子編父集,不容有誤。然自《四庫提要》已云,世所行邁集獨有此本,則其作僞不知始於何時矣。考集中《有懷舍弟逢年》時,逢年爲韋齋弟名,棹者之字,有《玉瀾集》行世。若鄱陽三洪,文敏居季,不聞復有弟名逢年也。按:此書必當時書賈所爲,以炫耳食者,想沿陳氏《書録解題》所載。此二卷本冠以《秋日漫興》二首,已下隨手以他集湊成,固無足怪,而何以《提要》既疑其序稱甲戌,而集中《謁普照塔》詩又署“庚戌”,相去二十四五歲,僅得詩八十餘首。又《容齋三筆》紀,紹興十九年在福建貢院與葉晦叔所作詩,正在甲戌,以前集中並不載,知其僞,終不能發其疑竇也。《十駕齋養新録》云:細讀此集,似不出文敏之手,如庚戌正月《謁普照壋》云“重來得寓目”云云,公生于宣和癸卯,至庚戌僅八歲,即蚤慧能詩,不應有“重來寓目”之句。又有呈元聲、如愚、起莘三兄及懷舍弟逢年時歸婺源詩,與文敏兩兄字全别,益爲可疑。以錢潛研考據最精,雖疑之,究亦未知所從來。惟厲太鴻《宋詩紀事》録文敏詩九首,惟《秋日漫興》二首注云,見《野處類稿》與此本同,其餘則採自《容齋五筆》等書,無一篇與此本同者,頗爲精審。銕香自辨出此本破綻,後廣搜文敏文字雜見他書者,裒爲《野處遺稿》,顧安得《野處猥稿》一百四卷之舊,以見廬山真面目邪?

嘉慶間,石門顧氏讀畫齋重刊《江湖羣賢小集》例言,已先鐵香辨之矣。其言曰：吴氏《瓶花齋》本吴焯，字尺鳬，錢塘人。首列洪邁《野處類稿》二卷，細按其詩與《朱韋齋集》無少異，卷首《漫興》二首不見於朱集，此疑書賈作僞，傳鈔者遂誤編入耳，特爲刪去。

平寇月日相同

唐憲宗朝，西川劉闢之亂，以元和元年十一月一日平之；浙西李錡之亂，以元和二年十一月一日平之；淮西吴元濟之亂，以元和十二年十一月一日平之。三平寇亂，皆同月同日。而國朝施家父子，俱以閏六月廿三日同平臺島，尤爲奇合。康熙中，鄭氏據臺已歷三世，水師提督施襄壯公琅，以癸亥閏六月廿三日進兵討平之。其後三十年，施公子世驃亦提督閩師，繼其父職，越九年辛丑五月，臺人朱一貴因民變煽亂，聚衆十餘萬，遥隔重洋，風鶴振恐，施勇果世驃誓師南下，亦以閏六月廿三日搗其穴平之。父子節鉞相紹，時以爲榮，而兩平臺灣同符日月，時尤以爲異也。

壽顧亭林先生詩

戊寅五月二十八日，亭林先生生日，省垣同人邀集，以詩爲壽。何稷垌廣文詩先成，其結聯云："欲借盛名矜考覈，譎觚今日亦寥寥。"蓋讀先生之雜録，有感於今日，并此學亦幾絶響也。楊雪滄觀察和其聊韻，有云："草昧初開能道任，世人欲殺竟生聊。"當明季時，旁門左道，擇術甚雜，惟先生以道自任，此言最確。鄭虞臣農部和其"譙"韻，有云："關中生計逃名蠡，吴下文章賣國譙。"次句指錢牧齋欲羅致先生于門下而不可得，語尤精括。虞臣丈夙嗜金石，精於經學，詩不常談，然早折三其肱矣。

黄莘田先生硯

十研老人爲四會令時，所得端溪十硯，購十名姝夕抱而眠，謂得純陰之氣以養之。後均散佚。曾姪孫蘅州太守僅存其二，一則銘曰："非君美無度，孰爲勞寸心?”一則銘曰:“炯其目,潤其腹,遠汝則爲俗,近汝一生奚福?不得不寶汝如玉。”一句一轉,意致殊妙。此研爲彭文敬公所藏,督學閩中時,以贈蘅州太守,文敬《歸樸龕》稿中,有《還硯記》,即述此也。實則緣于泉州途次,得其先世名定求入泮之舊試卷,文敬因言:“我入閩喜得先世物,乃亦以閩物歸閩也。”楊雪滄丈云。

趙穀士太史好硯

道光間,趙穀士前輩在田,曾主講福州之鳳池書院,生平酷嗜金石書籍,嘗蓄一佳硯,珍如拱璧。孫文靖制軍欲借閱,乘輿抱入,及歸,誤爲輿夫失手墜碎,懊涕數日。文靖公登門慰解數次,一時傳爲佳話,可謂好之至矣。

宰予晝寢

《觚賸》引顧氏格軒曰:宰予晝寢,晝當作畫,音話,謂施畫於寢也。《禮》諸侯畫寢,今以士人而用諸侯之制,是欲雕朽木而圬土牆也,侈而且僭矣,故夫子責之。不然,宰予爲四科之賢,豈有志氣昏惰當晝而寢乎?按:韓文公《論語筆解》、侯白《論語注》、李習之《筆解》亦皆佳“晝寢”。富知園先生《九百稗談》云:嘗至京東,聞其士大夫讀三宿出晝之“晝”字,與今汝畫之“畫”字,“書畫”之“畫”字,皆作“懷”音,當爲古音通用,因舉之以爲證。然許周生曰:《南史》,何侍中在直,顏延之以醉詣焉,尚之望見便佯眠。延之發簾熟視曰:“朽木難雕。”則六朝舊解俱作“晝寢”矣。

張潞國爲清源蜕巖裴道人後身

《武夷山志》“雜録”類云:張潞公翥,嘗奉使經武夷,所歷悉如舊遊,心甚怪之。繼至一石室,有道人坐化其中,形體如生,忽悟爲其前身,慟哭而返,因自號“蜕菴”。按:晉寧張承旨翥,字仲舉,嘗奉詔來閩祀天妃,道經泉州,遊清源洞,自悟爲清源蜕巖裴道人後身,故自號曰“蜕菴”。清源純陽洞,因宋時裴道人來自江東，坐化此巖，因目其洞曰“蜕巖”，潞公蜕菴之號，蓋本於此，武夷安得而争之？且其詩詞，俱名《蜕菴集》。考集中《懷清源洞》詩云亦見《七憶詩》：“漫漫漲海際天涯，萬里來乘使者槎。紫澤重尋仙客洞，碧山常醉故侯家。人多熟酒燒藤葉，市有生蠻賣象牙。安得夢中時化蝶，翩翩飛向刺桐花？”又《自悟》云：“海内虚游子，山中蜕骨仙。一單如老衲，八十又新年。”《雜詩》云：“我亦清源洞，蜕骨巖下人。”合觀潞國前後詩詞，皆言清源裴洞，是其前生，爲泉人無疑。《武夷山志》所載，豈傳聞之誤耶？

桂未谷説文統系圖

余前述《説文義證》，坿談桂未谷先生《説文統系圖》，而未得其詳也。近雪滄丈爲我言曰：曩侍徐清惠公，聞其言官山左濟州時，有曲阜學生桂顯忱，擕其祖未谷大令《説文統系圖》來謁，適許印林主講州之漁山書院，商同摹勒講堂壁間。嗣於李子和制軍處，見其原圖，乃羅兩峰所繪。假歸重摹一幀，以供座右，圖凡八人，其最老人許慎也。扶掖左右者，江式、顔之推也。接踵三賢之後者，李陽冰也。後之肩隨若偶語者，徐鉉、徐鍇兄弟也。爲道士服者，張有也。渺一目、跛一足者，吾邱衍也。張塤、王念孫、盧文弨、丁錦鴻均有跋語，紛紛論升配事。

秦良玉夫人印

四川石砫廳藏秦良玉夫人鐵印，篆云“太子太保總鎮關防”八字，明思陵所賜也。道光癸卯，里人掘土，始獲王蘭倉槐齡所輯《石砫廳志》，未載青宫之銜，加於巾幗，亦足紀也。

泉州李洪兩公賜第

國初洪文襄、李文貞兩公，京邸俱有賜第。李第在西珠市口，今其子姓及吾郡京宦，尚月收房税，久而勿失；洪所蒙賜園，今爲“金臺書院”矣。先是，康熙庚辰，錢大京兆晉錫，設大興、宛平二義學教士。宛平寄宣武門外長椿寺，而大興僦屋於洪莊。洪莊者，文襄公賜園也，在崇文門外金魚池上。嗣是宛平之學，并歸大興，延王崑繩源主其事，從游日衆。京兆欲市莊内隙地構堂，文襄孫奕沔不可，乃上疏託言奕沔願割其地以建學。聖祖嘉其請，書"廣育羣材"額以賜奕沔。奕沔聞之大驚，而無如何。王崑繩爲之記，備叙其經營之始。乾隆十五年庚午，改名曰"金臺書院"。葉潤臣先生名灃云。

徐樹人王補帆兩中丞句

吾閩中丞徐樹人先生，有《詠炭》句云："一半黑時猶有骨，十分紅處便成灰。"詞寓譏諷，時稱警異。王補帆前輩《臺陽續詠》句云："猶有山僧殊解事，介圭不使没蒿萊。"按：道光間，臺郡農人掘土得圭，法華寺僧奇成以穀易之，滌塵見"朱術桂"三字，知爲寧靖王物，今藏祠内。王詩蓋指此也。

宋李忠愍忠襄二公敕真蹟

家藏宋敕兩軸真蹟合裝一卷，結體似蘇，神采奕奕，洵足實庋。一宋李忠愍敕，其文曰："贈故吏部侍郎李若水觀文殿學士，皇帝制曰：'段秀實笏擊朱泚，顔杲卿面罵禄山，簡册有光，精爽如在。惟爾英烈，追配古人。勑如右奉行。建炎元年七月二日。'"一李忠襄敕，其文曰："勑寧國軍節度使殿前司右軍統制李顯忠：漢置期門羽林之軍，以夾輔宫省；唐開折衝果毅之府，以鎮衛京師。惟我本朝若稽前代，宿重兵於輦轂，列屯戍於邦畿，所以保寧寰區，拱翊宸極，俾統貔貅之旅，必資心膂之良。爰擇剛辰誕敷顯命具官李顯忠，直方而不撓，勇鷙而好□，擅玉帳之威名，稟金行之勁氣。惇詩説禮，有古賢將之遺風；懷德畏威，得吾士卒之樂用。自共武服，屢奏膚功。執干戈以嚴社稷之衛，原克著於勤勞；聞鼙鼓則思將帥之臣，朕敢忘於録用？召自邊圉，付以節旄，申衍户租，敦陪井賦，式昭物采，并示寵光。敕如右，牒到奉行。紹興二十三年二月廿五日。"按：此卷爲秋柯草堂李襲伯家舊藏物，許溦甫師《雲烟過眼録》曾詳紀之，斷其真本非膺，曾屬陳銕香比部爲之跋曰：右李忠愍若水贈觀文殿學士敕一道，李忠襄顯忠除寧國軍節度使勑一道，是當時待詔所書者。宋制凡封拜制詞，若諸王、妃主、宰相、節度使，則翰林學士主之，謂之内制。餘官則中書舍人主之，謂之外制，均用金花白綾紙以其草畀待詔書之，轉付中書施行。則此忠愍敕當出舍人手，忠襄敕應爲學士製也。考洪遵《翰苑羣書》，建炎元年，朱勝非以中舍直學士院兼兩制，忠愍贈官，雖出其時，然舍人尚多敕文，未必即由朱撰，若紹興二十三年，學士惟湯思退一人，雖例設六員，而彼時無並命者，則忠襄勑出思退作無疑矣。宋自宣和已後，事事不滿人意，乃魁士正復不少。忠愍從靖康帝入金營，守主辱臣死之義，碎齦斷領不稍顧，其烈與睢陽、常山等。忠襄以邊鄙世臣，傾心内向，間關僞齊、西夏之間，血屬二百人殉國不悔，跳身歸朝，屢著奇績，復忤於檜，忌於浚，厄於宏淵，其節概亦當爲信叔、沂中亞。兩公忠義之氣，磊磊軒天地。此書在處應有神物護持，勿徒作鑒賞資也可。是卷舊藏李潤堂襲伯許，今歸龔詠樵，前輩勑中於“國家”字、“朕”字皆提行頂書，代言之體不應爾爾，是則待詔移謄之咎，無足疑者。

十二辰體唱和詩

壬申元日，省門林穎叔方伯，以十二屬相體詩，索楊雪滄觀察和答，彼此往返七疊，數典不竭，亦一時騷壇健將也。曾見其詩於雪滄丈處，各録其三首于此。林《除夕》云：“東家西家忙嫁鼠，土牛落後屠蘇舉。南山射虎力不任，霜兔劣能揮萬楮。龍飛十載告歸山，脩蛇掉尾知歲闌。馬磨汝南少自許，羊裘齊國今猶靳。棘猴博官兒戲耳，朔朔雞鳴歌未已。不希狗監有薦書，自古公卿多牧豕。”楊和作云：“厨娘洗手烹竹鼠，墻東招飲儈牛侶。門前畫虎桃人尊，兔園我獨祀糟醑。雙龍解事護娜嬛，入握靈蛇同汝頑。馬通自焚不炙手，羊胛忽熟嗟投閒。衣冠謁者楚猴立，五陵鬭雞羣兒習。路逢屠狗不肯醒，儘道豬肝累安邑。”林《元日》云：“憎鼠吐腸不上天，向牛扣角誰能賢？重關欲排遭虎怒，烏兔鞭我頭成顛。吾道猶龍潛見卜，閱歲畫蛇又添足。立仗久聞天馬瘖，峩冠安得神羊觸。滿堂上壽舞沐猴,何如雞酒與婦酬?柴門無客犬不吠,牧豬之戲嘻可投。”楊和作云:“山中鼠卜一千年,萬牛梁棟全吾天。文章虎視空壇坫,突過魚兔筌蹄篇。玉龍今夕飛東陸,杯虵解惑膚龎熟。公也馬鄭解傳經,我向羊求覓芳躅。卻愁村巷聚玃猴,此雞豈是會稽儔。白衣蒼狗多變幻,不如豬肉謀黃州。”林《感懷》云:“鼠偷太倉食粟竟,求卜牛眠親在殯。萬里危於捋虎鬚,脱兔生還雜弔慶。春雷未破蟄龍寒,袖中隱隱青虵盤。壯欲酬恩增馬齒,歸不逮養悲羊肝。昏沈城市狙猴舞,瀟晦雞鳴獨風雨。不逢玉狗開天門,亥豕一編終老汝。”楊《有懷往事作》云:“紛紛厠鼠多大官,何清何濁牛醫歎?虎頭燕頷豈易得?自來牧免任人難。上天看龍作雲雨,羨汝四虵爲之輔。我獨走馬滯蘭臺,不隨販羊貢天府。巧言記室能刻猴,雞碑小智今通侯。嗟哉警夜倩瓦狗,負塗豕亦名清流。”

乾隆六十二年時憲書

楊雲滄丈云:曾在都門,有友人於廠肆爛書堆中見乾隆六十二年時憲書,甚以爲異。後其友人復來告曰:已考得純廟訓政三年,大内時憲書,仍用乾隆年號,至頒行天下則稱嘉慶云。

黄潛善墓

梁茝鄰先生《退菴詩存》,有《李忠定墓》詩,末注云:黄潛善墓,在小箬山中,距公墓十里許,爲之一憤。當時游礩田侍御重修公墓,欲以汪、黄鑄鐵像,與岳墳同例,惜未之行。茝鄰先生詩云:“咄哉小箬溪,亦有丞相阡。”即謂潛善墓也。小箬溪在洪山橋以上,水口以下。

靈巖寺碑

孫氏《寰宇訪碑録》云:靈巖寺碑,李邕行書,天寶元年,石在山東長清,今佚。浙江錢塘黄氏有拓本。雪滄丈云:此碑今已重見,初只上截一石,近又得下截一石。據售碑者云，在長清靈巖山魯般洞内，洞低而曲，石壁甚濕，然雙炬照之，乃得施椎氊，又苦風滅火，便黑如漆，故拓多不工。

贈内詩

贈内詩，名人集中往往有之，然莫如祝芷堂及袁簡齋兩詩，讀之使人伉儷情深也。祝句云："我無姬妾相寒暖，不是君憐更有誰？"袁句云："千金儘買羣花笑，一病才徵結髮情。"隨園所言，尤爲先得我心。

詠物詩

詠物詩，體物最難於比附雅切，中無穿鑿痕迹尤難。余主講清源書院時，曾以禪房美人蕉、繡閫僧鞵菊命小課題。作者非失之離，則失之佻。後陳鐵香内兄示我兩詩，不即不離，巧不傷纖，儘可傳誦。《禪房美人蕉》云："不種紅閨種緑天，臺蓮瓶柳共嬋娟。散花祇合隨天女，題葉無端累老禪。小展春心喧法雨，時低扇影拂鑪烟。苾芻未是沾泥絮，棖觸虚名亦惘然。"《繡閫僧鞵菊》云："何時隻履偶西遊，化作黄英傍綺樓。苔砌月分蓮步影，屧廊香曳竺天秋。采來婢戲施行脚，蹴破郎猶禁插頭。聞道觀音赤雙足，花宫應遣館人求。"

閩縣東山許黄門墓

許天錫，字啓衷，閩縣人，明弘治六年進士，改庶吉士。初授吏科給事中，立朝敢言，與同官何天衢、倪天明並稱"臺省三天"。正德改元，奉使册封安南，進都給事中。封安南時，盡却餽贐，僅槖一木假山，壓歸裝而已。歸即奉命校左藏，疏發中涓劉瑾侵盜奸欺狀，知奏上必罹禍，乃夜具登聞鼓狀，將以尸諫，疏入，遂自經。或云：宦者遣人縊殺，時眷屬皆無從者，故莫能明也。事詳《明史》本傳。詩亦有名，與同郡鄭善夫齊聲，風流節概，皆可後先輝映。有墓在閩縣東山獅子峰下，碣題"欽賜一品服，洞江許公墓"。黄門子孫家洞江，常自稱洞江先生。長樂陳庚焕《惕園稿》中，有許黄門墓碣，辯叙之甚詳。年代遠隔，塋地前後均爲人盗葬,無過而問者,毅魄遺邱,幾于蕪廢。近聞大府檄兩邑令,履勘繪圖,飭司籌款,擬將修舉。謹按恩詔會典,忠賢之墓,例應司是土者,爲之防護葺修,今此舉誠如所行,俾忠壟不湮,亦吾閩佳話也。又《愓園稿》中所云墓上有許文定公將之父墓,乃誤傳耳。

楊雪滄觀察詩

雪滄丈《題葆芝岑中丞鄂跗孔懷圖》七律四首之一云:“神臯獻璽錫彤弓,帝賚重重爵上公。西套雙旗歸掌握,東華一佛啓鴻濛。櫜鞬抱見家人禮,駝馬來朝異姓忠。爲拜君恩歌世德,十亭雁列棣花紅。”自注:公爲札魯特多羅貝勒裔,天聰二年來歸,掌西套凡旗二爵四考。詳載皇朝《藩部要略》。秦璽流傳至元,遺於和林,歷明一代未見,公先世獲此寶,并嘛噶佛一尊,敬獻太宗,遂編佐領,隸正藍旗。佛今建廟於京都東華門内南池子祀之云云。據芝帥云:其先世聚居之所,每夕見白羊二相鬬,迹之杳然,後掘地得璽及佛。羅拜佛前默祝,隨其所向而行,乃指東,因遇太宗獻之。考魏源《聖武記》僅云:天聰八年,平林丹汗,明年,其子額哲率所部奉傳國璽來降,封親王,位冠四十九旗貝勒之上,其衆編旗安置義州云云,不言爲秦璽也。《東華録》所紀略同,云:天聰九年八月,獲歷代傳國玉璽。相傳玆璽,元順帝擕逃沙漠,後遂遺失。越二百餘年,有人見羊三日不食,以蹄刨地,得之,後歸林丹汗,今歸我朝。其文漢篆“制誥之寶”四字,璠璵爲盾,蛟龍爲紐,光氣焕爛,洵至寶也。據此,則疑同一璽矣。今讀此詩及注,考述詳確,皆他書所未及紀者,殊足補我朝之掌故。

又有《澎湖弔古歌》,淋漓酣壯,爲時所傳,其詩云:“河山半壁足千古,海上孱王留片土。三十六嶼邸苑開,蠣灘咫尺生風雨。憶昔千艘金厦來,七年監國胡爲哉?將軍騎鯨去不返,空令賦手歌大哀。扁舟塊肉今已矣,大難孤注稱天子。自古蛟龍失水愁,豈知燕雀處堂喜?一封降表落中原,蕭蕭椰竹誰招魂?丁字門前挂明月,忽聞嚳樹啼饑猿。同時更有五妃泣,桂子山荒斷碑立。玉魚寂寞尚人間,西流一角看日入。吁嗟乎!田横穿冢五百人,至今絶島争嶙峋。

桑田三淺無復道，付與漁郎來問津。”臺郡城南五妃墓今尚在。

又《詠淡北八景》中，有言雞籠形勢二語，深中利弊。句云：“鑿坏安得山能語？漏網真愁水不波。”上句指開煤事也。雞籠乃全臺之祖山，朱子登鼓山所云，龍渡蒼海，五百年後，東南海外，必有一大都會，即今臺郡。其龍脈由鼓山，逾福寧至雞籠而突起，鄉人甚不欲開挖，恐妨地脈云。又臺之各口，以雞籠最闊，海舶可以直達岸旁，且無風激浪湧之患，然盜艇往往乘夜登掠，揚帆而去，無從蹤跡也，故第二句指此云。

《過南臺松風堂懷古》絶句云：堂爲李忠定讀書處。“雙江臺下水迢迢，獨木參天夜寂寥。猶有三椽庇風雨，欲尋騶卒話南朝。”又《題鼓山水雲亭朱子像旁》一絶云：“儒門一柱賴扶持，下界何人尚著棋？説與山靈渾不管，金剛努目佛低眉。”則言外有無限憤時之意矣。

落葉詩，如蔣心餘“隍深有鹿朝穿徑，酒醒無人夜打門”、“一林冷月露山寺，十里清霜生板橋”，虚描得妙。鮑覺生“梧桐南内唐天寶，枯樹西風庾子山”，證實得妙！至張愚谷湖。“曾爲上古衣裳用，莫道闌珊是棄材”，獨出以新警之思。楊雪滄丈從軍秦關，曾賦二首，則感慨蒼凉，聲韻欲絶矣。詩曰：“迷離寒雨客愁中，萬里關山一轉蓬。鴉背影添秦塞北，馬蹄聲在灞陵東。兵戈阻絶孤城暮，天地蕭條百代同。差喜託根尚牢固，支撑一柱耐西風。”“點點飛來古道旁，四山野燒陣雲黄。天涯何處多流水？木末於今有夕陽。大樹可憑諸將老，春華如夢少年場。絶憐滿地無人埽，金甲銷沈已十霜。”

戊辰在京師移家，雪滄丈用田山薑元韻見贈云：“門前久盼來麴車，得書喜君今移家。絶似沙哥引崔嫂，𢵧手一笑駿麐麚。俸錢雖薄鶴可豢，冷宦不礙蜂爲衙。多君拓室儲金石，牙籤三百森横斜。怪來題壁足神筆，天公賜與辛夷花。一身骯髒藏人海，清新輸爾騰金鴉。蘭臺走馬吾何事？聽鼓忽觸漁陽撾。北斗相依愁獨宿，一蒲團地參羲媧。”余既兩和其作，復疊前韻柬余云：“酒甎書簏同一車，終南進士新移家。錦囊百軸負馬後，壓煞奴背如奔麚。位置長恩留斗室，命官屈宋排雙衙。剛逢上方明月挂，字字瀝汁金壺斜。蓬萊絶頂人儘樂，可憶刺桐城北花。紅塵莽莽足春夢，十三行樹栖烏鴉。嗟予插脚無定所，鞭策畏向侯門撾。癡心欲拓陽羨宅，補蘿倩婢石倩媧。”

陳忠愍公軼事

道光二十二年春，傳言浙軍議和有成約，英吉利將就撫廣東，獨江南提督陳公化成，駐守吴淞，謂夷情反覆，未可深恃，請留所部兵弗去，增築海口礮臺。當冬雪方盛時，平地積數尺，公乘小舟，出入風濤中，或踏雪按行部曲，嫗姁如家人，軍中呼爲陳佛。故人樂爲用，守禦特嚴云。黄鈞宰《金壺浪墨》。

夏四月，英吉利將寇吴淞，先破乍浦，吴淞以東西礮臺爲犄角。某將守東臺，而提督陳公扼其西，夷船將至，公執紅旗，登臺麾戰，戒左右海洋飄忽，火器毋浪發，度敵船稍近擊之，則發無不中；且以静待動，勞逸迥殊，勿爲所震，自亂則敗矣。撫參將周世榮背語之曰：“吾與若福皆不薄。”世榮不解，公曰：“戰勝膺上賞，即不勝得令名，非福而何？”已而夷人據船檣繫礮而上，乘風鼓浪，頃刻至前，公遽令礮擊。敵船銃礮亦發，雷轟電掣，聲震百餘里，煙焰蔽空，自卯及巳，擊毁夷人大艦一、小輪船五。彼軍欲退，我軍噪而奮，方事之殷，東臺將士稍卻。公聞之，遣將馳斬先退者一人，以徇於衆，親帥世榮等憑高瞭望，指揮弁兵，銃礮子錯落如雨，簌簌從冠側過，公行所無事，屹立不少動，夷衆疑其非人，及偵知公，相與大驚。是時牛制軍鑑，駐節寶山，聞勝趨出，將及西臺。夷人以遠鏡窺見其纛，駕巨礮狙擊之。制軍跳而免，督標兵遽呼曰：“制軍傷矣！”師遂潰，斬之弗能止。東臺兵亦棄臺走，賊併力攻公急，世榮曰：“事不可爲矣，請公速行！”公拔劍叱之曰：“庸奴誤識汝。”世榮徑去。親兵存者數十人。賊登岸，礮中公顛，復强起，手爇巨銃，創重歕血死。夷人既入寶山，犒飲鎮海樓。酒酣，或作華言曰：“此行良險，使有兩陳公在，安能至此？”其一蓋謂副將連昇也。同上。

陳公之薨也，麾下弁兵，從殉者八十人。守備韋印福、龔增齡，千總錢金玉，把總許攀桂，外委許林、徐大華爲最著。印福於嘉慶中，獲盜方榮，又屢擒紅胡教匪翟官，每曰：“武官歸陣，斯爲奉職，死生固度外事，若畏死，不作武官矣。”

金玉臨危,或勸避去,答曰:"我年十六,即食國饟,今焉避害?"遂及於難。大華多力,陳公守西臺,礮斃夷兵多名,皆大華手擊之也。左右轉移,無不如志,當東臺卻走時,衆志摇動,陳公益拊循之,以忠義相激勸。攀桂大言曰:"主將與某等,共飲食,同風露,所争祇此一時,公受國恩,某等受公恩,欲去者眾共誅!"由是士心始固。公卒衆潰,攀桂不行,飲劍而死。安徽武進士劉國標者,初任兵部差官,因事落職,耆制軍奏復其官,至是獨負公尸,匿蘆葦中,越十二日,歛於嘉定。面如生,臂胯及胸,受銃礮創者八。百姓罷市哭奠,繪象二,一貽其子,一留吴淞。公之在臺也,凡三閲寒暑。欽使裕謙公,嘗以風雨夜偵公,見公危坐帳中,鈴柝聲琅琅然也。先事語制軍曰:"公第坐鎮,毋輕出入。"及出而僨事,而制軍去之蘇州,再去之江寧。同上。

《射鷹樓詩話》云:當夷人之竄吴淞,吾閩同安陳忠愍公化成,勇猛敢戰,自卯至巳,一可當百,發十餘礮,擊沈夷船二隻。惜以援兵不至,遂失犄角之勢,乃死於難。其部將藏其尸於蘆葦中,及殯殮時,有異香繞室。晉江陳頌南給諫,題其遺像,中段云:"君不見陳老佛,手執紅旗呼戰士,以一當十皆奮起,礮聲人聲震百里。夷人當之皆披靡,火輪辟易不敢駛。自卯接戰巳不止,衆軍環視失角犄,况復潰散無律紀。敗軍之將公所恥,整飭孤軍氣倍蓰。目眥盡裂髮上指,力殉疆陲報天子。"

公祠在上海城中,塑像高與人等。遇四月生日,士民報賽者,項趾相望,聞之廟祝,謂夜深人静時,時聞靴聲出入。入廟瞻禮者,皆肅然祗敬,毋敢玩忽,蓋滬爲公成仁取義之地,宜其忠魂毅魄,歷久如在也。

劉寵碑

家藹仁前輩易圖。莅登萊青道時,聞蔡中郎所書劉寵碑,墜在烟臺海底。當時因碑陰後人刻有租穀石數,惡其籍者,將乾没之,推入海中。碑係六角,于是每秋冬水涸時,疊遣人泅覓摸索,曾摸得六角一石,將繫以帶,用船夾住,轆轤而上;再入水中,復失其所。嗣後所摸之石,多非六角矣。神物之顯晦,殆有時歟?

此事藹仁前輩屢向楊雪滄丈述之。

楹　帖

桂未谷大令題楊椒山先生故宅云:"燕市宅依然,兩疏共傳公有膽;鈐山堂在否,十年不出彼何心。"陳玉方侍郎題謝文節公祠云:"小女子豈不若哉,向蕭寺招魂,新公祠宇;大丈夫當如是也,與文山比節,壯我江鄉。"

黄濟川丈云曾見嚴姓者門外懸春帖云:"有人來問支機石,此老曾披大澤裘。"語極大方。

《嬾真子》云: 梅聖俞三十年不得一館職,晚年與修《唐書》,書成未奏而卒。初受勑修《唐書》,語其妻曰:"吾之修書可謂猢猻入布袋矣。"妻對曰:"君之仕宦,亦何異鮎魚上竹竿耶?"聞者以爲善對。近于京師見春帖云:"駑馬戀棧豆;鮎魚上竹竿。"以困頓語寫春聯,屬對尤工,語亦奇崛可喜。

《茶餘客話》有集句云:"無事此静坐;有福方讀書。"余足成之曰:"我自用我法;吾亦愛吾廬。"剖之作兩處楹帖,合之恰成一首小詩。

班孟堅《幽通賦》"盍孟晉以迨羣",注訓孟爲勉。《釋詁》云: 孟,勉也。郭蘭石先生取以名齋曰"盍孟晉室",亦用以自勉之義也。余同鐵香比部,俱集作書齋楹帖語。鐵香以"孰不植而有獲"爲對,余以《楚詞》句"恐修名之不立"爲對,皆自勖也。

謝麐伯前輩挽倭艮峰相國云:"紹聖學於道統絶續之交,誠意正心,講席敢參他説進;奪我公於國是紛紜之日,争和議戰,明朝無復諫書來。"括盡生平,詞非溢美。

趙又銘前輩春帖云:"乘長風破萬里浪;見海日照三神山。"蓋曾奉使琉球也。余用其意,題泉郡會館云:"乘長風破萬里浪;奏日下見五色雲。"吾郡公車北上,近多航海,故云。

興化府署,有道光間木刻楹聯云:"荔子甲天下;梅妃是部民。"語極貼切,移置他地不得。

“芝草無根,醴泉無源,人貴自立;流水不腐,户樞不蠹,民生在勤。”誦此對言,令人奮進勿怠。

汪棣園先生薇,視學閩中,嘗題試院聯云:“爾無文字當安命;我有兒孫要讀書。”歲久楹書寖壞,陸耳山先生爲閩學使,重書而注所由來,令遍懸各府州試院中。今吾泉考棚中猶懸之。

“要得富貴福澤,天主張由不得我;要做賢人君子,我主張由不得天。”吕叔簡先生語也。蘇鰲石先嘗書作楹帖,懸吾郡清源書院講堂。

晉江縣堂,聞舊有聯云:“受一文枉法錢,明有典刑幽有鬼;做半點虧心事,遠在兒孫近在身。”相傳爲縣令李永思所題。其言如此,其居官可知矣。惜展轉他易,久已不存。

林穎叔方伯題陝西藩署儀門聯云:“門對終南,莫向此中尋捷徑;地鄰太乙,須知在上有天都。”又官廳聯云:“室有澹臺,與商公事;人非安石,莫尚清談。”又云:“退一步讓時賢,鐘鼎旂常,原無奇福;定千秋商盛業,儒林隱逸,代有傳人。”俱落落大方。

楊雪滄丈集李少温般若臺篆字云:“貢冰作監,造臺著書。”曾與友人分集數對,皆不能成五七言,蓋限於石刻字數也。

吾郡清源山賜恩巖,歐陽四門讀書石室,黄文簡公鳳翔題石柱云:“文章德業開先,萬古煙霞成豹隱;載籍音容在望,一龕燈火似螢囊。”郡北歐陽四門祠,懸“不二”兩大字,末題唐四門博士歐陽詹書,又有朱子八分書楹聯,皆棗木,刻句云:“事業經邦,閩海人才開氣運;文章華國,温陵甲第破天荒。”

“清紫葵羅鍾間氣;蒙存淺達有遺書。”曾見都門吾郡會館懸此對語,上句指郡中名山清源、紫帽、葵山、羅裳也;下句指前明先賢著作:晉江蔡文莊公清著《易經》、《四書蒙引》,同安林次崖先生希元著《易經》、《四書存疑》,晉江陳紫峯先生琛著《四書淺説》,南安洪先生富著《四書達説》也。

鄭板橋所書楹帖,多奇警可喜。余尤愛其“春風放膽來梳柳;夜雨瞞人去潤花”、“搔癢不著贊何益;入木三分罵亦精”兩聯。

鄉先正蔡江門先生，汶上謁閔子廟詩云：“蘆花十里飛寒碧，汶水千家没曉烟。”又閔子廟有題楹帖云：“清風吹汶水；明月照蘆花。”俱超灑可諷。

嘗見拓本明楊忠愍公書楹帖云：“愛惜精神，留此身擔當宇宙；蹉跎歲月，乘時光報答君親。”又：“鐵肩擔道義；辣手著文章。”雖未知真贋，然此等語，則恰合公身分語氣也。

《漢書·枚乘傳》云：“福生有基，禍生有胎。”董江都語云：“仁以治人，義以治我。”絶好對語，可書於廳右，以當箴銘。

同治甲子，粤匪陷漳州，屠戮殊慘。左湘陰相國既平寇，瘞諸殉難士民於義塋，有上一聯曰：“草草一坏，萬家烟火共；年年九月，滿城風雨哀。”詞意悽惋動人，遂鑴於石。

余前卷曾録萬安橋集字聯，近聞黄莘田先生尚有所集十四字，懸挂西湖之宛在堂，甚佳，曰：“長空有月明兩岸；秋水不波行一舟。”

楊雪滄丈云：曾在葆芝岑中丞處，見鄭谷口簠書隸書九言聯曰：“到什麽地方説什麽話；當一日和尚撞一日鐘。”亦妙。

福州侯官西關外洪塘，爲明代名人薈萃之區。水中浮島，名小金山寺。張襄愍公、經。翁文簡公、正春。曹能始先生，學佺。均讀書此寺中。寺背有文昌閣，對江即大嘉山，一名葛岐，李忠定公墓在焉。楊雪滄丈曾撰一聯題于寺云：“璧府倚天開，曾借地揚眉，耆舊多材，文簡元燈襄愍傳；翁文簡狀元。葛岐當户立，儻隔江招手，忠魂如答，梁谿奏議石倉詩。”

集蘭亭序字詩

右軍《蘭亭》一序，集其字作楹帖者甚多。楚北王秩亭司馬，惟敍。十年前曾示余集字詩一册，信口成腔，天衣無縫，致爲工巧。司馬于咸、同間奉檄吾郡，其治安平馬巷時，循聲大著，仕不廢學，想見儒吏襟期，尤喜與士大夫遊。今老矣，付仕宦於兒曹，託筆墨於蓮幕，風流自賞，吟咏相隨。録其集字詩《修禊懷古》云：“所向殊無盡，欣將禊事修。觀時知大化，隨遇騁閒遊。會以文人異，觴因曲水流。感春春已暮,此地極清幽。""少長咸相集,時哉暫樂羣。遊觀殊得得,懷抱亦欣欣。天既因之朗,人能暢所云。茂林春日永,列坐感斯文。"《春日感懷》云:"流年若水與時遷,俯仰興悲感少年。一世浪遊長異地,此生所得盡由天。清和宇宙當春日,觴詠風懷契古賢。遇合雖無知己在,山林終老豈其然?"又《題珍珠泉》句云:"不於人世生風浪,日日山林自在流。"集中題詞甚繁。余亦以集禊帖字七言長句題其後,上有吾師許瀓甫秋曹七絕四首,因並録之云:"玉繭烏絲久渺然,剪裁古墨入新篇。鉤摹記取神龍本,未損湍流帶右天。""野鶩家雞盡入詩,鋪張排比儘多奇。儻教玉枕工雕琢,也抵君謨百衲碑。""三百餘言廿八行,推敲好語費商量。憑君響搨三千幅,散作人間小墨皇。""臨河舊叙半蕭條,鍛入新吟致倍饒。獨向騷壇擅雙絶,江東真讓阿龍超。"

晉大吉富貴專

雪滄丈近得晉專,文曰:永和六年,大吉富貴。湘中新出土,爲葆芝岑中丞所貽。雪丈答以二十字云:"範磚後三年,右軍修禊事。訂此同石交,吉語拜公賜。"因并鐫于硯櫝上,以拓本見贈云。

包慎伯書品

道光間,涇人包慎伯大令世臣。編《國朝書品》,賞鑒獨精,持論亦確。分平和簡静,遒麗天成曰神品;醖釀無迹,横直相安曰妙品;逐迹窮源,思力交至曰能品;楚調自歌,不謬風雅曰逸品;墨守迹象,雅有門庭曰佳品。共列九等一百七人,神品及妙品上僅收一人,皆鄧石如書。雖與鄧頑伯爲筆墨知交,然非阿好之論也。近效鄧體分篆書遍海内,即頑伯書真蹟及拓本,往往見之,諦觀再四,竟莫能出其右。慎伯書名亦琤琤有聲,當時荆溪周止庵進士書法,逼真晉人,及見慎伯字,歎曰"同能不如獨勝",乃去而學畫云。

七言對語

《招鷗筆記》云:吾閩士夫消閒,刻燭催詩,争奇鬥捷,久已傳爲韻事。日下公卿亦有倣而行者,所作七絶爲多,間有以兩句詠兩題之義,相去懸絶,而所詠實聯合自然,令人拍案叫絶。如題爲《魁星與頂椐》,有一聯云:"曾將彩筆干牛斗;不見空梁落燕泥。"又《蛙與洛陽》云:"西蜀霸才餘井底;東都王氣比關中。"《杜鵑睡鞋》云:"啼殘蜀道猶留血;行盡巫山不染塵。"《妓女苕帚》云:"春深小院花無主;風定閒階葉有聲。""肯向東山戀絲竹;願依北斗埽欃槍。"《漢高帝對崔鶯鶯》云:"千古英雄推赤帝;一生名節誤紅娘。"皆巧不可階,而詞亦名貴可誦。惟粵東專以對語試人工拙,先輸貲納卷,後以名之高下爲酬答,紛紛相競,然即其道言之,亦有文章升降之感。如嘉道間有人出句云"與我貌同除是鏡",對"知儂腰瘦莫如裙",又對"爲君腸斷不須刀"。極有意致,極明朗。他如"問菊可能如我瘦",對"舍檀何以博郎香",又對"笑蘆無乃學僧髡"。"鶯尚有情過別院;蝶都無影到長門",亦巧不傷雅。至近人所取極工之句,乃極佻矣。如"孤館祇憑花作偶"對"數關前定李偏奇","欲慰蒼生宜作雨"對"不知赤足反招雲"。此類筆不勝紀,風尚可知矣。

亦園脞牘卷五

揚子江中泠泉

揚子中泠泉，劉伯芻品爲第一，陸竟陵屈爲第七。泉在郭璞墓之西南江中急流處，江水盛漲時，懸繩數十丈，用巧法挹取，終苦淄澠莫辨。然往來遊人，恒向寺僧購汲，慕盛名而博一飲者，不恡資也。咸豐癸丑，粵匪竄擾，金山當其衝，山寺煨燼，泉亦汩没於巨浸中，十餘年無有過問者。同治己巳，沈仲復方伯爲觀察時，訪得是泉形如仰盂，從乳竇中噴出，香冽殊常，乃累土甃石於泉之四周，高五尺有餘，障江水，樹之碑，刻石置郭墓旁，記出泉之處，從此東南第一泉，照耀耳目，甚爲佳話。壬申秋杪，晤仲復前輩于滬上，爲我述之。惜過金山時，風色太利，忽忽不得泊，不及登覽一品佳泉爲憾耳！

鰈硯廬圖

壬申秋，北上京師，道經申江，沈仲復前輩秉成。出其所畫《鰈硯廬圖》屬題。仲復方伯於京師得石，剖以爲硯，魚形在焉。兩硯各一，有比目之意，因名其居曰“鰈硯廬”，屬張子青前輩繪圖，何子貞前輩題額。方伯夫人嚴永華，號少藍，亦能詩，工書畫，相與唱和。硯有銘云：“爲他鴛譜翻新樣，静好情緣翰墨來。”少藍夫人句也。方伯自題硯云：“石有魚文成比目，之子來歸容德淑。胸羅萬卷敵老宿，璇閨唱酬吐蘭馥。雙鱗示朕兆多福，百年偕老斯可卜。製硯名鰈顔我屋，子孫世守大我族。”何[子]貞丈題云：“剖石得鰈，來瑞文房。笑牛脾之形似，儷魚目而生光。鳳凰和鳴，鶵羽在旁。海晏秋清，琴静墨香。是爲沈氏之傳硯，永延璇閨文字之祥。”俞蔭甫先生樾。題云：“何年東海魚，化作一拳石？天爲賢梁孟，産此雙合璧。琢就小金城，珍重敵瑶碧。無管不雙飛，有箋必同擘。春波暖共洗，冬宵寒互炙。遂以顔其廬，風流照楹碣。嗟余注蟲魚，鲋鲑舊會叢。自歎鸜眼枯，兼笑蝸廬窄。心豔神仙福，手展瓊瑶册。題詩寄隱侯，兼呈藐姑射。”又無名氏題云：“昔年手拓雙魚洗，大吉羊字銘器底。今茲獲覩雙魚硯，天然牉合成兩片。肌紋細膩體堅凝，錦鬣文鱗若隱現。神工瘦削青芙蓉，蔓牽藻荇碧茸茸。中條太華峰，東西對峙徒争雄。即此區區一卷石，亦是山川靈秀之所鍾。偉哉大造弄奇巧，幻出形模非意造。始知無物不含精，犖确中藏希世寶。先生書法妙入神，運指以臂臂以身。夫人藝事工山水，如兄如弟比肩民。米老相傳石交久，此物何緣入君手？攜歸一日三摩挲，昆刀快切分牝牡。質美居然陋碔砆，骨重應須比瑾瑜。照心不數鴛鴦鏡，合體何殊龍虎符？先生喜氣動顔色，終朝位置琴書側。伉儷對此樂陶陶，如玉一珏雙合璧。濡以中山豪，飽以隃糜墨，題詩作繪絹千匹。珍重合築金屋藏，感動游魚躍清湜。巨口上見吞噞喁，扣檻聲喧聽堂策。故人遠道寄書來，中有平安字不識。先生風雅繼前賢，趙家夫婦堪齊肩。長宜子孫永保用，世守請視此硯田。但願天下太平歲歲常豐年，姓氏得與斯硯千秋傳。”余倚裝匆匆，爲書五古一首，不能工也。詩云：“瑞石來文房，孕毓不草草。釀此比目祥，延爲翰墨寶。天教東溟鰈，託産硯池藻。合璧判雙鱗，雕刓非意造。琢成配瑜珥，肌質流瑩皓。鸜睛春不枯，鴛樣翻亦好。前輩足風流，儒雅蕴沖抱。閨房書畫詩，三絶更傾倒。艷福敵神仙，藝物肆探討。珍重此卷石，石交喜訂早。和鳴長聯肩，雙管時横埽。畫眉滌春波，濡豪脱吟稿。拱璧共摩挲，名廬志偕老。昔讀雙魚洗，吉羊銘曾考。挾筴騁遊蹤，剖素亦懊惱。喜挹長者風，披圖洗塵燥。睞茲魚目輝，世守其永保。佳話增詞林，馨傳苕霅道。”

通鑑目録所采善言

錢竹汀先生云：司馬温公《通鑑目録》極簡括，而多采君臣善言，皆古今不易之論，以“資治”名其書，斯爲無媿。按：書中可采語尚多，嘗再舉而録之，以補《養新録》中所未及云。

“王者以民爲天，民以食爲天。”酈食其。“禮禁將然之前，法禁已然之後。”賈誼。“積善在身，猶長日加益，而人不知也；積不善在身，猶火銷膏，而人不見也。”董仲舒。“禍固多藏於隱微，而發於人之所忽。”司馬相如。“正臣進者，治之表也；正臣陷者，亂之機也。”“孔顔更相稱譽，不爲朋黨；禹稷傳相汲引，不爲比周。”劉向。“爲天下者審所上。”匡衡。“古之興者，在德薄厚，不以大小。”鄧禹。“大才當晚成，良工不示人以樸。”馬況。“丈夫窮當益堅，老當益壯。”“殖財不能施，則守錢虜耳。”馬援。“律設大法，禮順人情。”卓茂。“爲善最樂。”東平王蒼。“宜鑒嗇夫捷給之對，深思絳侯木訥之功。”韋彪。“安静之吏，悃愊無華。”肅宗。“修道者度時而動。”周燮。“盛名之下，其實難副。”李固。“王者之法猶江河，當使易避而難犯。”郎顗。“智者見變思形，愚者覩怪諱名。”李固。“見信之佐，括囊守禄；疏遠之臣，言以賤廢。”崔寔。“憂不在貨，在乎民飢，民可百年無貨，不可一朝有飢。”劉陶。“農夫去草嘉穀茂，忠臣除姦王道清。”范滂。“力求猛敵，不如清平；勤明孫吴，未若奉法。”皇甫規。“截趾適屨，孰云其愚?”荀爽。“邪正不宜共國，猶冰炭不可同器。”傅燮。“從善如登，從惡如崩。”張紘。“拜官公朝，謝恩私門，吾所不取。”羊祜。“省官不如省事，省事不如清心。”荀勗。“奢侈之費，甚於天災。”傅咸。“名教中自有樂地。”樂廣。“衆人當惜分陰。”陶侃。“自有性命，無勞蓍龜。”顔含。“天下之寶，當爲天下惜之。”王坦之。“天地之生萬物，聖人之治天下，皆因其自然而順之志，故功無不成。”張夫以。“兵出險有必死之志，糧栖畝無匱乏之憂。”劉裕。“恨不讀數百卷書。”慧琳。“侈麗之源，實先宫閫；官稱事立，人稱官置。”周朗。“當知稼穡之艱難，無徇一朝之宴逸。”范雲。“人主能公平推誠，胡越可爲兄弟。”魏孝文帝。“爲國當愛人如慈父，訓人如嚴師。”蘇綽。“《孝經》一卷，足以立身治國。”仝上。“禄豈須多，防滿則退；年不待暮，有疾便辭。”韋世康。“無赦之國刑必平，重斂之國財必貧。”“聞謗而怒讒之囮，見譽而喜佞之媒。”王通。“少敬長，婦敬夫，則皆貴，人不失業，則皆富，但家給人足，則無管絃之樂。”“德澤洽則四夷可使如一家；猜忌多則骨肉不免爲讎敵。”唐太宗。“日誦萬言，何關理體；文成七步，未足化人。”劉曉。“人猶水也，壅之則爲泉，導之則爲川。”狄仁傑。“王者推誠恤民，不必數下制書。”宋璟。“罪若可殺，何以恕爲；無罪殺人，恐涉非道。”段秀實。“財者，人之心也，心傷則本傷。”陸贄。“惟信與誠，有失無補，一不誠則心莫之保，一不信則言莫之行。”“聖賢惟以改過爲能，不以無過爲貴。”“行罰先貴近而後卑遠，則令不犯；行賞先卑遠而後貴近，則功不遺。”“動人以言，所感已淺，言又不切，人誰肯懷？”“尊者領其要，卑者任其詳，是以人主擇輔臣，輔臣擇庶長，庶長擇佐僚。”“食不足而財有餘，則弛於積財，而務實倉廩；食有餘而財不足，則緩於積食，而嗇用貨泉。”“上不負天子，下不負所學，它無所恤。”俱陸贄。“君相所以造命，不可言命。”李泌。“憂先於事，故能無憂；事至而憂，無救於事。”李絳。“人離而聽之則愚，合而聽之則聖。”韋處厚。“繆賞濫行，其殃必至；勝殘去殺，得福甚多。”蕭倣。“爲天下當用公正，此機生則彼機□應，終無成功。”韓偓。“禮以檢形，樂以治心，形順心和，而天下治。”王朴。

李卓吾墓

漁洋《居易録》載金檢討德嘉書云：“李卓吾墓，在通潞，當時葬之者馬御史，表之者某中丞，而書者麻城丘坦，迄今巋然無恙。”按：卓吾當明季時，以横議傾動時人。焦弱侯、劉晉川輩，皆以聖人相推挹。流寓麻城，與士女談道，刻有《觀音問》等書，惡頭癢懶梳櫛，遂盡剃其髮，獨留髩鬚，氣既激昂，行復詭異，衆人側目，遂以幻語聞當事逐之，最後爲馬侍御經綸迎于通州。忽蜚語傳京師，云卓吾著書，醜詆四明相公。四明恨甚，蹤跡無可得，御史張明遠遂疏劾之，緹騎逮下于獄。李憤極，自剄死，藁葬通州。聞吾鄉先輩言，凡公車北上，過通者，必奠其墓。今則無有過問矣。

十二連橋

癸酉初冬入海，掉頭買車南返，道徑雄縣，由趙北口過十二連橋。長橋中跨，秋漲沄沄，水列兩澱，自分南北，延緣六七里許。想當春水緑波，柳條駘宕，風物宜人，又當何如耶？橋有碧漢層虹題扁。過盡橋南，即登晚渡，舍車而舟。僕夫駕空車，探水前往，若馬之浮渡者，然放櫂湖中，水木四圍，雲山千里，夕陽西墜，炊煙亂生，風景不減江南，幾令人不知跋涉之苦矣。

儀禮疏單行本

家藏長洲汪氏重刻仿宋景德官刊《儀禮》單疏本五十卷，舊爲黃蕘圃所藏，後歸汪士鐘藝芸書舍。道光庚寅，影寫重雕，古氣盎然，如見北宋原册。自卷二十二卷至二十七皆闕。每葉三十行，行二十七字，末卷有大宋景德元年校對、同校、都校諸臣姓名及宰相吕蒙正、李沆，參政王旦、王欽若銜名。疏與經注，北宋猶各自爲一書。《崇文總目》所載《儀禮疏》五十卷及各經皆單疏本也。至南宋初注疏乃合刻，惟《儀禮》又在後，自併注疏爲一書，而單疏本遂廢矣。阮文達《儀禮校勘記》取單疏本文義、字句可以訂正今文者悉爲標出。其言曰：宋人各經皆以經注分附於疏，其分卷依疏之卷數，惟《儀禮》以疏分附經注，其分卷獨依經注之卷數，如《舊唐書・經籍志》、《新唐書・藝文志》并云《儀禮疏》五十卷，而近刊注疏則分爲十七卷。賈公彦五十卷之本，學者每恨不可得見。近吴中黄丕烈家有其書，蓋北宋咸平景德間所校刊云云。又馬廷鸞曰：余從敗篋中得景德官本《儀禮疏》四帙，正經注語皆標起止，而疏文列其下。又錢竹汀云：《儀禮疏》單行本，黄蕘圃所藏。唐人撰《九經正義》，宋初邢昺撰《論語》、《孝經》、《爾雅疏》，皆自爲一書，不與經注合并，南宋初乃有併經注、正義合刻者，士子喜其便于誦習，争相倣效。其後又有併陸氏《釋文》附入經注之下者。陸氏所定經文，與正義本偶異，則改竄《釋文》以合之，而《釋文》亦失陸氏之舊矣。予三十年來所見疏與注，别行者惟有《儀禮》、《爾雅》兩經，皆人世希有之物也。按：昭文張氏影寫本及錢大昕、馬廷鸞、阮元所見之本，皆即黄氏所藏者。今得汪氏覆刊之以傳來許，洵足發古馨於經苑矣。

邱武烈公

邱武烈，聯恩。同安人，剛勇公良功。子，襲父爵，以宿衛簡放河間副將。粵逆賴鳳翔北擾畿輔，京師戒嚴，公提兵出境，嚴爲之備。賊不敢犯，乃竄越津沽。尋擢南陽總兵，奉旨專勦捻匪。師行有紀律，所過之地，壺漿争迎。前後百戰，賊聞風披靡，搜窠搗穴，輒殲其魁，或生禽以歸，公親剥其皮，賊爲膽落，豫人呼爲"邱老虎"。然匪蹤飄忽靡常，撲而復熾者屢，所至風馳雨驟，不下城郭，故賊聚我散，賊逸我勞。其敗北也，策騎長驅，晝夜行二三百里，時當道知清野之法，而不能堅壁，賊故無所阻，肆其往來。公提孤兵，奔馳於豫楚江淮者凡八年不解甲，但以忠義激勵將士，得其死力，故師老猶壯。公殉節之先，與賊相持於豫境，大府以逗遛劾公，疏出而公大捷之報尋至，竟獲嚴譴，公積不能平。北舞渡之戰，賊蹤已散，公以單騎陷陣而貫，賊固不悉其爲公也。越三日，檢公屍於麥畦中，面如生，羣殮之。鄉民聞公歿，扶老攜幼，致奠道旁，哭聲震天地。聞彼地有御者，道逢老人僱車至某所，御者詢其名，漫應曰："人大邱。"抵公廟，止御者而入。輿人久俟不出，呼索僱值，廟祝出曰："廟固無是人也。"御不信，入而闞其寢，則巍然像設衣冠而高坐，即向僱車之老人也，駭極，知爲公靈，買香楮，泥首請罪。爐灰中坼，撥以手，得青蚨若干，恰符輿費及香資之數，乃咋舌而歸，方悟曩所謂人大邱者，乃神故倒置其詞，不欲明示也。公性樸直，不善逢迎當道，故動遭掣肘，卒賫志以歿，然英風義氣，父子相輝映。數咸豐朝名將者，咸屈指焉。雪滄丈聞於李子和前輩云：武烈生祠遍河南，遇生日，民爲演劇，騶從偶逢其日，途擠不得行，蓋子和制軍曾撫豫，故知其戰績，及身後靈異，輒爲之稱道弗衰云。

謝麐伯太史遺詩

謝麐伯前輩維藩。所作詩，胎息老杜，憂時之念，時露行間，固非無病呻吟也。在都門時，文詩之會，每約必偕過從，殆無虚日。曾爲予删定詩稿。其所爲詩，每一脱稿，必攜以示余。今年得友人書，聞其歿於京師，作惡累日，亟搜其遺詩數首登之。楊雪滄丈與交最深，亦郵寄十首，屬存其遺，今並録於此。《自襄陽泝漢入秦》七首云："萬馬風塵際，孤舟日月懸。郢雲輕白鳥，江南濕青天。

老友憂予病,微官夢帝前。披肝詎無補,日望數公賢。”“沔上龐公冢,隆中葛相祠。淹留過百日,悵望不同時。冰雪冬春屐,荆襄南北資。平林昔首禍,漢水漫爲池。”“南士無驍騎,西陲繫帝京。畫關喜羣盜,斫馬仗奇兵。將帥謀須合,朝廷法不輕。亟申天吏討,徐築受降城。”“白月風前纜,青春樹杪樓。兵戈盛流寓,天水一虚舟。烽退潼關鳥,花迎少室甌。露車能早徙,兩地鑒吾憂。”“江漢文忠壘,今維海國舟。春秋夷夏界,將帥鼓鞞愁。復楚包胥壯,平吴羊祜優。我來公已歿,遺廟淚横流。”“白馬何年汩,臨流草樹香。土人矜險祕,吾道惡祈禳。石閣看雲坐,江天瀹茗長。碧桃暎朱鳥,幽意不能忘。”“萬里一衡嶽,重湖兩少微。南屏、子壽二先生。故山忍輕别,先殯幾時歸。春草過寒食,中原化鐵衣。腐儒麋鹿友,終返舊漁磯。”《夜起寄吾山大梁》二首云:“憂時中夜起,清淚幾人同? 北斗寒雲裏,晨天萬變中。神宫念初政,小醜困元戎。漠漠南飛鳥,何因叩聖躬?”“梁國從軍客,今宵獨寢無。病軀勞得健,忠款汝優吾。感激忘偕隱,酣歌獨向隅。終看剪羣孽,同爾返江湖。”《詠月》云:“坐看帝城月,憶我山中居。一自京華見,清光向我疏。風塵雕短髮,衡獄斷秋魚。未見干戈息,唯應著老書。”《同楊雪滄、何鐵生、張雨珊游天寧寺》云:“幽居不闔户,高朗踏禪關。好事無人會,春歸幾日閒。異花欺世眼,真宰弄雲山。信有羲皇樂,充然懷抱間。”《五寨道中寄懷陳六舟侍御》云:“僻縣邊牆外,危途古澗濱。寺無鐘送曉,山以雪爲春。出塞求奇士,看身忽遠臣。京華斷消息,應念獨傷神。”《宋老生墓》云:“唐軍迴霍邑,天遣出河東。君與堯通守,當爲隋兩忠。荒城仍積雨,遺墓導山翁。史傳遺誠節,千年恨不窮。”《沁州山行苦旱》云:“巖峽生塵樹不風,澗泉時阻木橋通。幾家白屋翠微上,一綫青天赤日中。山寺種花延過客,石田禱雨泣村翁。傳聞聖詔釐荒旱,會沐恩膏數省同。”《得吾山保定書》云:“道遠蛟鼉隔,天寒鳳鳥飢。書來予已病,夢數爾應知。世變嗟何極,微官有不爲? 清時倚廉鯁,願汝久堅持。”《君山夜坐,和南屏先生》云:“叢篁山月暗,湖水夜堂清。元氣涵蛟蜃,空江長杜衡。朝廷在北極,帆檝每南征。得共言詩老,高歌懷濯纓。”《江上》云:“孤衾江上雪,去雁落中天。對酒朱顔惜,無人白日眠。郢兒驕塞馬,海舶購山田。百感臨流集,愁無范蠡船。"

張聽庵遺詩

張聽庵觀察,樹荄。潼關人,張蘭沚中丞之子,乙卯孝廉,有奇氣,少好馳馬擊劍,諸技均嫻,後折節讀書,工詩詞善書,兼精音律。嘗從軍秦隴,與雪滄丈交好。去歲曾沅帥調赴晉襄理賑務,焦勞而卒。曾在雪丈處,見其遺詩五首,氣骨遒勁,頗無懦響。《鄉關小住》云:"一水奔城北,三峰矗郭西。鄉心餘落日,秋雨緩征鼙。渭上屋無幾,天邊樹自齊。依人空攬轡,何計拯羣黎?"《渭陰試馬北望》二首云:"愁思漫無着,西風匹馬游。郊原明野火,天地逼深秋。空據周秦勝,持懷趙魏憂。一家滯京國,故故此淹留。""負國羈棲久,思親涕淚多。乾坤仍戰伐,日月坐銷磨。酒量愁翻窄,家書遠易訛。一鞭殘照裏,北望意如何?"《喜晴》云:"苦雨十餘日,朝來喜放晴。軍容生悦豫,世界竟光明。野水亂流路,南山緑上城。農人欣告我,猶可獲秋成。"《九日登驪山》云:"勒馬朝元閣,嘘空手自搔。晴光開日午,秋氣豁天高。寺剩殘碑立,風摧落木號。不堪愁滿眼,旌旆雜蓬蒿。"

朱文公周易本義

家藏朱子《周易本義》十二卷,係内版仿宋刊大字白緜紙初印本。按:坊刻《本義》皆改從程傳之次第,此本爲咸淳乙丑九江吴革所刊,内府以宋槧摹雕者,前有革序,每卷末題敷原後學劉容校正,卷端列九圖,卷末係以《易贊》五首、筮儀一篇,以二經爲二卷,十翼爲十卷,蓋朱子原本,殊爲精善。錢竹汀先生云:咸淳乙丑,九江吴革所刻《正義》大字本,極精審。《雜卦》"遘,遇也",不作"姤",與唐《石經》同。《説文》無"姤"字,徐鉉新附乃有之。古《易》卦名本作"遘",王輔嗣始改爲"姤"。後儒皆遵王本,唯《雜卦傳》以無王注偶未及改,宋本猶存此古字。明人撰《大全》者,盡改爲"姤",自後坊本相承,皆用《大全》本,村夫子不復知有文公元本矣。《大有》象傳明辨晰也,亦與《石經》同。

八　大　家

明以前無稱八家，至明初朱右採録韓、柳、歐陽、曾、王、三蘇之作，爲《八先生文集》；又《明史・文苑傳》稱茅坤善古文，最心折唐順之。順之所著文編，唐宋人自韓、柳、歐、三蘇、曾、王八家外無所取，故茅鹿門因之選《唐宋八大家文鈔》。然則稱八家者不自茅始，惟朱書不傳而茅集廣布耳。又明李紹廬陵人，官禮部侍郎。成化四年，江西吉安府重刊大蘇七集，紹爲之序。序《蘇文忠公集》云：古今文章作者非一人，其以之名天下者，惟唐昌黎韓氏、河東柳氏、宋廬陵歐陽氏、眉山二蘇氏及南豐曾氏、臨川王氏七大家，則僅稱七大家，不録老蘇矣。至本朝儲欣選本，則又增入李翱習之、孫樵可之爲十家，各爲批評，亦間附考註標識，悉依茅本。欣自序謂即茅所評論，以窺其所用心，大抵爲經義計耳，予欲破學者抱遺守殘之見，所録加倍焉。

顏魯公名印

吴穀人先生集中，有《顏魯公名印歌》云："精神萬丈光燭垣，朱文二字蛟螭蟠。浩然之氣在天地，至今尚識顏平原。生竭臣忠死臣職，嶽嶽公名呼不得。誰狀嚴霜烈日心，如見握拳透爪力。功德記，田神功，坐位帖，魚朝客。書成鼠尾健，鈐以芝泥紅。外而藩鎮内閹寺，直欲鎮之方寸銅。二十四郡義士死，又聽鄭州鼙鼓起。此身幸脱軋犖山，此口難逃藍面鬼。羽衣蜕去碧草愁，乘風身已歸羅浮。仙壇小字空押尾，桃花一笑三千秋。泥沙洗濯寒芒紫，漉漉血痕能沁紙。吁嗟乎！睢陽齒，南八指，常山舌，亦如此。"按：此詩未注印上所鐫何字，只據第二句，知爲兩字印記。雪滄丈言：顏魯輿制軍伯燾。藏有"真卿"二字鐵印，隨之行篋，奉爲祕寶。道光辛丑，厦門不守，制軍適在其地，行李沈失，後懸千金購求此印，終不可得。未審與《有正味齋集》中所詠，同出一物否也？

昭　明　文　選

前歲家居，以十金購得榕村李氏舊藏明袁氏仿宋刊六家注《文選》，雕鏤精善,避諱闕筆,宛然頗可亂真,蓋依裴刻之本重摹。第三十二卷後,有"皇明嘉靖丙午夏雕",又有"吴郡袁氏"等題字。都門廠肆書賈,往往以此本混裴刻宋本,余數數見之。《知聖道齋讀書跋尾》論裴本云:此集精加校正,絶無舛誤,見在廣都縣北門裴宅印賣。又識云:河東裴氏考訂諸大家善本,工鍥於宋開慶辛酉季夏,至咸淳甲戌仲春工畢,是爲廣都本。今坊間有大字白紙闕宋諱本,乃明袁褧尚之袁褧,朱竹垞跋作袁裦,《四庫提要》引朱語因之,恐誤。影廣都本重雕,始嘉靖甲午,成於己酉,計十有六年之工力。自識云:匡郭字體未少改易,尤足亂真。朱竹垞亦謂,裴本係崇寧五年鏤版,至政和元年畢工。至明袁本傳世特多,然無鏤板畢工年月,以此可辨僞真也。

在甬上得天一閣所藏明成化間依元槧本重印李善注《文選》六十卷,而多增成化丁未希古重刊序於首。書中每卷尚標"奉政大夫、同知池州路總管府事張伯顏助率重刊"。張,元時人,而《天一閣書目》直署"明張伯顏刊",頗爲失考。伏讀《天禄琳琅書目》元刊本門云:張伯顏無考,其模此書頗得宋槧模範;第書中祇收李善一人之注,又録李延祚《進五臣》注表,未免自淆其例。按:張伯顏當元大德十年,曾爲吾泉治中,見于鄭元祐《僑吴集》中,有《平江路總管致仕張公壙誌》,蓋代其子都中作。文稱張氏長洲之相城人。公諱世昌,字正卿,以謹飭小心仕於朝,傃直殿廬,成宗賜名伯顏。大德五年,授將作院判官。十年冬,出爲泉州路治中。至大初,陞邵武路同知,明年改兩浙都運鹽使司同知。丁内艱,服闋。延祐元年,除慶元路同知。七年,陞奉政大夫、池州路同知。泰定五年,進階朝散大夫、福寧州尹。至順二年,超遷大中大夫、漳州路總管。至元二年,年六十有五,告老於朝,乃以正議大夫、平江路總管致仕。三年六月十四日,卒於相城私地。

閩碑有三奇

楊雪滄丈云,閩碑有三奇:一木刻,爲唐季物;一瓷質,一牡蠣殼,則宋也。梁茝鄰先生嘗言之:蠣殼碑,聞在吾泉金門,今已佚失。古碑所垂千百年不壞者，非金即石，未聞木瓷長在人間，藉非目覩手摩，鮮不謂好事者故張其言以欺世。閩之三奇，今尚存其二，亦足幸也。按：所謂蠣殼碑者，余亦留心遍訪不得，曾於第一卷詳言之矣。木刻即唐天祐枯木庵樹腹碑，在侯官，距城一百八十里。聞枯木菴之内外宋刻甚多，《雪峯志》頗詳。余亦已録其文於第一卷，而其末注小字，尚有"枕子一枚，雀㸷杖一條，元生自菴中"十四字未録，今并補記于此。至瓷質，爲侯官東城外東嶽行宫蓮盆，宋元豐元年所陶者，置於東廡，未見著録。道光間，陳恭甫編修始拓之，一時如梁茝鄰、李蘭卿諸公各有和詩。盆脣銘識云：懷安縣感應鄉西安里弟子鄭德與室中林三十一娘，捨蓮盆入東嶽，永充供養。元豐元年正月初一日題。點畫頗漫漶。今年伏日，葆芝岑中丞偕雪滄丈遊鼓山，復訪得宋大禧佛龕題字，亦瓷質也，拓一紙見餉。字結體不甚精。其文曰："女弟子林二十八娘，發心爲張家、林家二門先祖造□□。天禧二年戊午十月。"題龕在閩縣鼓山東際橋前山坡層臺上，高一尺餘，寬同之，上有覆瓦形字列兩旁，尚在東嶽蓮盆六十年前物，較元豐元年同出戊午，以陶旊之器，能歷至七百餘年之久，亦奇壽矣！古物無潛而不見者，惟俟振奇鑿空之士搜索乃出，聚於所好，諒哉！

震澤王氏翻宋本史記

震澤王氏覆刊宋本《史記》白綿紙印本，癸酉歲在都中以十六金購得之。按：《史記》傳本宋、元槧本既日尠，近日藏書家皆以柯本、王本爲致佳。柯本者，明嘉靖四年莆田柯維熊校本，金臺汪諒刻。維熊，正德丁丑進士。王本者，亦明嘉靖四年震澤王氏翻宋本校刊者也。二本不相軒輊。而今日廠肆中，柯刻直較昂于王刻本。《十駕齋養新録》云：予所見《史記》，宋槧本皆有《索隱》，而無《正義》；明嘉靖四年莆田柯氏本，始合《索隱》、《正義》爲一書。前有費懋中序，稱陝西翻宋本，無《正義》，江西白鹿本有《正義》，是柯本出于白鹿本矣。同時震澤王氏亦有翻宋本，大約與柯本不異云。《四庫提要》亦亟稱王本之善，如《史記正義》解題中，謂明代監本探附《集解》、《索隱》之後，多所删節，失其本旨，苟非震澤王氏刊本具存，無由知監本之妄删也。

李忠定公墓

李忠公墓，在侯官西關外十里桐口大嘉山，《來齋金石刻考略》作“大家山”。自嘉慶十五年，張蘭渚中丞師誠。修後，年代闊隔，一片荒蕪，翁仲石獸，多没于田。其田半被鄉人侵佔，近楊雪滄丈言：何筱宋制軍前輩、葆芝岑中丞，慨然有重修之意，已牒下閩、侯兩邑，令履勘繪圖，飭司籌款，將于秋間，同許黄門墓先後舉行修築。此塋當蘭渚中丞修時，游礩、石清夫兩先生倡其事，于嘉慶庚午七月經始，將啓土前三日，塋間夜發靈光，洞明如晝，達旦方隱，蓋遺蜕所栖，浩氣所蘊，宜其暴爲昭明也。陳氏《惕園稾》中，有記述其事，當修時砌甃、甓甃石基，既飭且鞏，墳前樹碑七尺，書“宋丞相李忠定公之墓”，碑脚入石趺深且盈尺；塋前重建賜坊，顔以“古社稷臣”，石柱亦入地深數尺。乃歷年已久，遂就殘廢。傖父俗兒，烏知爲名賢蟄骨之區，藉非大府汲汲以護，惜忠賢爲心，幾何不與許黄門墳同湮置於荆蔓間哉！

林薌谿廣文《硯桂緒録》云：道光間，鄉士人修忠定公墓，見其棺用鐵繩兩兩懸之。時池茂才鰲親見之，因引《癸辛雜識》載，朱子之葬，亦用懸棺法。術家云：斯文不墜。二公通儒，身後子孫，皆用此法，可謂奇矣。

《邵武郡志》、《無錫縣志》皆載有公墓，考據失實。《來齋金石刻考略》曾辨之，蓋先賢坏土遺邱，偶據附會傳聞，即敓爲所有，纂輯志乘，往往出後人之手，沿譌相傳，亟當考正也。

閩川名士傳

《閩川名士傳》，唐崇文館校書郎黄璞撰，記唐神龍以來閩人知名於世者，自薛令之以下凡五十四人。據洪邁《黄御史集序》云：黄御史之從兄，同校書君璞者，有《閩川名士傳》及《霧居子》，予曩時嘗敍之云云。是前宜有洪邁序。《直齋書録解題》、《郡齋讀書志》皆著録，今已亡佚。惟雜見他書中所引者，尚可蒐輯，嘗彙爲一編，僅十四人，不能成袟。然陳一齋《世善堂書目》亦登之，是明時尚存，不應湮佚。今暫録其所存目于此，異時或得完書，以慰夙嗜乎！薛令之見《太平廣記》雜録類，周匡物見《説郛》、《全閩詩話》、《福建通志》叢談類，歐陽詹見《太平廣記》情感類、《全唐文・歐陽四門集》、《全閩詩話》，許稷見《莆陽比事》、《八閩通志》、《泉州府志》拾遺，林攢見《全唐文》，王棨見《全唐文・麟角集》，林藻見《太平御覽》、《説郛》，王播見《説郛》，陳通方見《太平廣記》輕薄類，林傑見《太平廣記》幼敏類、《古今詩話》，尹極見《太平廣記》貢舉類，林蘊見《全閩詩話》、《莆陽比事》，林披見《林邵州集》引《莆陽比事》，陳岩見《吟窗雜録》，所引不完。

東山談苑

莆田余曼翁懷。丁明季流離傷亂之秋，攬吴門支硎、靈巖之勝，才既艷逸，詞復悽麗。王新城亟稱其《金陵懷古》之章，閻潛丘亦謂其詩佳句今人不能到。尤艮齋挽詩以"魚肚白"目之，蓋余與杜濬、白夢鼐齊名，號"余杜白"、"魚肚白"者，金陵市語染名也。所著詩有《味外軒稿》，而《板橋雜記》一書，尤爲膾炙人口。尚纂有《東山談苑》八卷，未經梓行，故世多未覩。所採元以前事皆習見，無異聞，惟明代瑣事，往往未見他書，足補史闕。郭蘭石大理跋云：澹心先生平日文皆以逋峭蔚跂勝，此其晚歲所裒輯者，蓋斲雕爲樸，不復爲少年狡獪，記十四樓雜事矣。

鵓鵓餅

蒲州沿街上所賣鵓鵓餅，名色甚佳。雪滄丈曾嘗其味，謂與杭州城隍山之簑衣餅同一名佳而食遜。曾過蒲州普救寺，寺不甚敞，西廂已蕪，東廂尚有僧住之。有塔十三層，實其心，投石敲之，聲如鐘，相傳爲奇事。

元史諸王表補正

吴式訓序《月齋文集》云：石洲先生尚有重修《元裔表》，未知存亡，無從尋覓。按：余在郡門，曾購得石洲手鈔校定徐星伯先生松。《元史諸王表補正》一册，至月齋所著，《元裔表》則未之見。

陳研薌比部詩

陳研薌比部文田。工詩及四六文，制藝尤三折其肱，喜收藏奇書，皆精善本。入其室，鄴架飭治，古香盎然。曾遴裒唐以前人詩文集，或購諸廠肆，或搜諸故家，或假舊本手録，精專備至。予在京師時，向之借書，嘗柬予《癸酉元日口占》三律云："春風陋巷試新烟，活火徐烹石鼎泉。投刺客纔過户外，翻書兒又話燈前。生天成佛都無分，説鬼談狐亦偶然。三十六年燕市月，照人顔色到華顛。""篋劍凋殘七寶裝，囊琴豈復解宫商？十年幸飽侏儒粟，一笑重登傀儡場。病骨公然增老健，神交或者恕清狂。莫從塵海探消息，珞琭微言恐未詳。""誰向懸厓仄徑來？獨憐無力對强臺。舟輕便覺飛騰去，花好還須次第開。逐隊魚猶争上下，孤眠鶴自絶塵埃。終軍年少馮唐老，同是天生有用才。"

泉州藏書家

嘉定《鎮江志》卷二十一：蘇丞相頌家藏書萬卷，祕閣所傳居多。頌自維揚拜中太一宫使，歸鄉里。是時葉夢得爲丹徒尉，頗許其假借傳寫，夢得每對士大夫言親炙之幸。又國朝晉江黄俞邰徵君虞稷先人海鶴先生居中，官南京監丞，居江寧千頃堂中，聚書七萬餘卷，著有書目，朱竹垞、王漁洋諸公時借其書。二公皆吾郡人，積書擁富，而皆宦寓江南。安溪李文貞公，家儲亦富，多宋、元、明舊槧本，無近刻也。乾、嘉以來，吾邑收藏之富，無過於張鞠園觀察祥雲。觀察居晉江鑑湖，出守廬州守時，延顧千里授其子弟讀書。顧方與孫淵如、黄蕘圃諸公往來，校訂異書，往往爲之搜致傳寫，又時從閣本録副，故多手鈔未刻書及明刻印綿繭紙本。洪稚存《更生叅集》中，有《蕪湖喜晤張太守祥雲》詩云："暫移五馬駐雄關，意外相逢遞往還。同輩漸如秋後葉，異書高比屋頭山。人傳海上魚龍横，我共江干鷗鷺閒。闊别十年重握手，喜君青鬢不曾斑。"鞠園所蓄書俱有“温陵張氏藏書”及“鞠園藏書”二印，今京師廠肆及吾郡舊家尚多見其舊本也。又嘗刻《包孝肅奏議》、《余青陽集》行世。歸田後與鄉人争海壖瘐死，未再傳而籤帙盡矣。同安李潤堂襲伯家自以書畫爲多，書籍插架者頗稀，偶有一二種舊版及精刻本，僅作古董供翫。陳頌南師、杜蕉林觀察、許瀓甫師家皆有萬卷羅列，而尚不如黄氏之“一六淵海”也。一六淵海爲黄壽臣先生庋書之地，先生在京師特攜囊金入書肆，窮搜廣購，不下數萬卷。余猶及趨陪目覩，今尚巋然不蠹，中惟叢書及大部書居多。吾郡收藏之家，大畧可舉者如此。顧書十年即腐，周櫟園以爲閩中憾事。而吾郡地尤潮濕，余家庋架近三萬餘卷，年年曬晾翻觸，尚穿洞穴孔，瀕腐者屢，則亦何待十年哉！

陳　黯

《唐書・藝文志》稱：陳黯，泉州南安人。何炯《清源文獻》亦云：南安人晁氏《郡齋讀書後志》，因黄滔、羅隱前後集序稱其族望曰“潁川”，先生誤作“潁川人”，《通志》、《郡志》因之，列諸寓賢。陳鐵香太史據黄滔所撰《司直陳嶠墓誌》，證其爲莆陽人，蓋以滔與黯同時，又係戚誼，其以黯爲莆人，灼然可信。黄滔《陳司直墓誌》云：閩越江山，莆陽爲靈秀之最。貞元中，林端公藻，冠東南之科第，十年而許員外稷，繼翔其後，詞人亹亹，若陳厚慶、陳泛、陳黯、林顥、許温、林速、許龜圖、黄彦修、許超、林郁，俱以夢筆之詞，籯金之學，半生隨許，没齒含冤云云。又滔序黯集云：與同郡王肱、蕭樞，同邑林顥，漳浦赫連韜，福州陳蔇、陳發、詹雄同時而名價相上下。鐵香又云：《厦門志》辯《通志》、《郡志》稱“潁川人”之誤，據黄序“同郡王肱、蕭樞，同邑林顥”語，謂王肱既入《晉江文苑傳》，黯與同郡，則當爲泉人，其考據較確於《通志》，惟不知林顥係莆人，故仍從《唐書》作“南安人”，由未見《陳司直墓誌》中黯、顥並列也。

鐵香編《潁川文集》後附録數條，辨地志及各書之譌，最爲精確。如云：《通志》及郡、縣志皆謂“黯避黄巢之亂，先隱終南，後隱同安”。考黄巢之亂始於乾符二年，而黯已前卒，咸通中亦無由至彼時也。又《清源文獻》載“黯所著有《禆正》”，鐵香駁之云：朱子《禆正書序》，乃唐陳昌晦撰，未嘗指爲黯作，不知何以傅之於黯，而臆指昌晦爲黯號也。《唐書·宰相世系表》陳氏有昌誨，初名黯，或沿此而誤。若《福建續志》稱黯《大易禆正》三卷，則又歧中之歧矣。又黯字或作“希儒”。《閩書》亦作“希儒”。駁云：汲黯，字仲孺，黯之名字，蓋取于此，作“儒”字者非。又馬氏《文獻通考》誤以《劉綺莊集》解題繫於黯集條下，《閩書》遂謂黯集名“綺藏”。鐵香謂，皆宜據晁氏原書正之。

陳一齋

王氏《明史稿》曰：近世武將能文者，郭登、俞大猷、戚繼光之屬以功名顯。萬曆中，連江陳第字季立，爲諸生，用譚綸薦，起家京營禆將，出守古北口，歷薊鎮遊擊將軍，善詩，深於經學，其著述尤富。按：戚武毅所著《練兵實紀》、《紀效新書》等書，久已風行海内，談兵者奉爲圭臬。俞武襄《正氣堂集》、《洗海近事》亦經道光間吾鄉人孫儀國鎮軍雲鴻重雕，至陳一齋所著述尤富。其一齋書十餘種，久墨諸板，當投筆從戎時，受知於譚襄毅、俞武襄、戚武毅三公，繼以登壇爲名將，卒爲名儒以終。其學通五經，所撰如《毛詩古音考》、《屈宋古音義》，自來言古音者，莫能或先也。詩亦卓卓可傳，錢牧齋、朱竹垞亟稱之，有《寄心集》行世。又《静居志詩話》云：一齋儲書甚富，予曾遊閩，林秀才侗持其後人所輯《世善堂書目》求售，見唐、五代遺書琳瑯滿目，多平生所未見，不覺狂喜云。

清源書院

吾郡清源書院，舊爲靖海侯施襄壯公舊園，名曰“澄圃”。乾隆間，郡守陳公之銓購爲講舍，額曰“清源書院”。池亭花石間講學安硯，儘足供吟眺而陶性靈也。書院迭有修治。同治己巳、庚午、辛未，余承乏是席時，亭舍半就傾圮，乃偕黄香圃丈貽檀。謀諸張小舫郡守，其曜。倡捐裒集得二千餘金，爲之鳩工庀材，重新榱桷，裒紊山石，築亭其顛。橋之南有奎亭，供祀奎星，舊址低濕易敝，亦爲之高厷基礎，以應文明之象。假山之顛，施侯舊有小亭，歲久僅存基址，余爲重復舊築，額曰"萬家春樹"，題曰"山有亭"舊矣，諏諸故記曰：萬家春樹，歲歷緜亘，童焉無存。余承乏講席，既與都人士新其黌宇，復甃石培磴，綴葺茲山，即舊墟而亭之，息游憑眺，或不無少增勝覽云。

周石初集

家藏《石初周先生文集》十卷，附録一卷，廬陵晏壁所編，爲鮑氏知不足齋精鈔舊本。石初詩憂時傷亂，沈痛酸楚，《四庫提要》謂汪《水雲集》爲宋末之詩史，石初亦元末之詩史。翁覃溪學士《石洲詩話》稱其詩多亂離紀事之作，有關史事。而南昌彭氏跋此集云：曾見阮亭手題詞甚貶斥，因駁之云：石初生前至元，歿洪武，年八十有八，身閲有元一代興亡。當庚申君末造，吏貪將殘，兵驕寇熾，生民流離塗炭之苦，身丁患難，一發之於篇什，視少陵"三吏"、"三别"，酸楚過之，有《小雅・大東》告哀遺意，垂爲世鑑，是謂真詩。阮翁但解流連光景，修飾句法，嵌一二稀用字爲工而已，此詎奚足以知之云云，蓋所以推挹之者至矣。

黄濟川太史詩

戊辰南旋，奉諱家居。越明年，黄濟川丈自京師寄書頻來慰問，札末附一詩，専詞樸實，言情肫摯，足可傳諷。詞云："鄉國七千里，燕山二月天。思君隔遠道，彈指驚流年。君歸歲在戊，相送潞河船。朔風吹凍淚，含悲詞難宣。後屢得君問，於心差釋然。所苦王事迫，報書恒逾延。去年有姪返，瑣細當能傳。見姪如見我，無待重寄箋。今年幸多暇，閉門窺陳編。中夜掩卷卧，但聞春風顛。春風動地吼，孤燈照無眠。生平幾知己，動使離恨牽。楊子雪滄。尚浮海，鮑叔初入川。子年。何伯原。李眉生。周伯蓀。吴子儁。顧，幼耕。關山望綿綿。君我同里閈，談笑朝夕便。遠來客京邸，亦復游灤聯。歡聚未盈歲，而君忽南旋。有酒誰同醉，有詩誰共研？明知再見易，無如切憂煎。寸心説難盡，約略書一篇。"

閩　　詞

閩詩人自唐薛令之、歐陽詹見推當時，厥後詞宗踵起，家擅西崑，户傳麟角。彙選閩詩者，若《閩中十子詩》、《晉安風雅》諸編，咸有纂述，而閩詞選尚闕。自宋柳耆卿以歌詞名世，與清真居士并推，至使西夏人重之，謂“凡有井水飲之能歌”。其外如蔡仲道《友古詞》、康伯可《順庵樂府》、張仲宗《蘆川詞》、黄師憲《知稼翁詞》、趙用甫《虚齋樂府》、劉潛夫《後邨别調》、葛瓊琯《海璚集》，皆卓然名家。其有詞集而不傳者，爲黄泰之定。《鳳城詞》、林太冲淳。《定齋詩餘》、方孚若信孺。《好菴遊戲》、嚴次山《款乃集》。此外，如林豈塵《垂虹橋》一詞，亦名播宫禁。曾端伯《樂府雅詞》，選擇精審，殆亦工於倚聲者。而陳忠肅、李忠定、朱文公、真文忠，儒宗碩輔，亦從事詩餘，份份稱盛。葉小庚申薌。精于倚聲，輯宋、元六十餘家爲《閩詞鈔》，梓邦詞人，略見梗概矣。國朝工詞者，有紫雲、滄霞，皆温陵人。繼之者小庚，其庶幾乎！

王遵巖先生

《明史・王慎中傳》云：慎中爲文，初主秦、漢，謂東京下無可取。已悟歐、曾作文之法，乃盡焚舊作，一意師倣，尤得力於曾鞏。唐順之初亦不服，久亦變而從之，俱卓然成家，天下稱之曰“王唐”，又曰“晉江毗陵”。又《明史稿・文苑傳》序曰：嘉靖時，王慎中、唐順之文宗歐、曾，詩倣初唐。按：遵巖文專學曾荆川，變而隨之，相爲旗鼓。錢受之謂：嘉靖初，王、唐倡論，盡洗一時剽擬之習。天下翕然從之，詩則七言倣初唐，五言倣齊梁，詩爲文掩。評明詩者，因未之及。遵巖嘗自謂：吾詩自覺於古人合處不如文，文則有全篇合，或有過之者，詩則不能如此。然今人窺我門户，則未也。《静志詩話》亦亟稱其五言古詩。其言曰：評明人詩者，不及王道思，然道思五言文理精密，足以嗣響顔、謝。而論者輒言文勝於詩，非知音識曲者。又論唐荆川詩曰：公初與遵巖論文，兩不相下，既乃舍所學從之。竊怪集中五言古詩特少，殆退舍以避遵巖，則所以推挹遵巖者至矣。至嘉靖八才子：王慎中晉江人，唐順之毘陵人，陳束鄞人，趙時春平凉人，熊過□□人，任瀚南充人，李開先章邱人，吕高丹徒人，亦惟王、唐特負盛名，餘皆不逮。朱竹垞評吕高詩謂：高與富順、熊過、叔仁，名在八才子之列，雖未能驂乘王、唐，亦一時之隽也。可謂確論。

許澂甫師《題遵巖集》云："並世毘陵狎主盟，緒餘分得敢相輕？不知學宋何妨事？怪底弇州抵死争。""道南正脈孰争衡？兩字良知論盛行。首變閩風歸浙學，一生宗旨溯陽明。"按：濟南李攀龍、弇州王世貞，譏晉江、毘陵學宋，然其後弇州晚歲亦不能出遵巖之徑。至變閩歸浙，則遵巖曾從王畿講王守仁之學，乃有得於聖賢之道，及轉江西參議時，爲陽明政教所及之地，復爲尋陳跡講新知云。

聞刻舊唐書

家藏明聞人詮精刻《舊唐書》，白緜紙初印，密行小字本，古雅可愉。《舊唐書》明代幾佚，其得重見於世者，實詮之力，較方從哲官内閣時，竊謝承《後漢書》以出，匿不示人，遂致天地之間不復得見是書，其用心之廣狹，不可問矣。《静志居詩話》亦稱，詮雕劉昫《唐書》行世，津津好古，爲不易得。詮字邦正，餘姚人，嘉靖丙戌進士，累官湖廣按察使。有《芷蘭集》，又嘗輯《東關圖》一卷，詩有"花落雨餘雨，風吹寒食寒"之句，爲時傳諷。

杜子美追謚文貞

康熙間，顧修遠宸。刻辟疆園《杜詩註解》，李螻菴壯。序云：兩宋以來，以詩名世者不下千家，何不聞疏於朝廷，俾得有尊崇優異之典？至紐憐太監，始請以杜甫草堂崇祀，又得追謚文貞，載《虞奎章集》，可信。然元史有《紐憐傳》而不載此事，惟《杜詩詳註》"凡例"有"少陵謚法"一則，云元順帝至正二年追謚文貞云。

王筱猗泉南雜詩

王筱猗同年崧辰。來廩筍江橋上，作《泉南雜詩》絶句十五首，中有足證吾泉故蹟舊事者，節登七首云：“幽人繞榻皆春水，日見潮痕長復消。睡起南窗無一事，哦詩獨上笱江橋。”“饕風戰雨太無情，老樹蟠根抱宅生。落葉打門天似墨，亂鴉聲裏過清明。”“題名石刻幾流傳，九日山前草似烟。莫問冬郎舊遊迹，銷沈風月已千年。”唐韓偓流寓閩中，曾隱南安九日山，後卒于龍興寺。“㢠㢒兩石屹祠前，氈蠟争來結墨緣。此亦傳家廉吏業，子孫猶税打碑錢。”《萬安橋碑記》在橋南忠惠祠中，拓碑者皆蔡姓子孫，外人不得與。“赤嵌一戰虜天吴，靖海勛名古所無。施靖海侯平臺灣。太息琅嶠飛羽檄，樓船跋扈到倭奴。”時日本國正有事于臺地。“穉松恠石伴清幽，曾向東園作勝游。施李功名都寂寂，寒鴉啼過夕陽樓。”東園在城東，靖海侯施琅舊園，後歸李襄伯廷□。“蘭亭磚塔華山碑，孤本平生得見之。猶有醴泉珍宋搨，未酬眼福費相思。”鄉先輩陳對初先生所藏宋拓《九成宮醴泉銘》，今尚在其後人處，余曾見之，平生所見，當爲甲觀。

上　大　人

祝枝山《猥談》云：初學所寫“上大人”等字，係孔子上其父書也。“上大人”爲一句，“孔”爲一句，孔子自稱名也。“一已化三千七十士爾”爲一句，言一身所化士有如此也。“小生八九子佳”爲一句，蓋八九乃七十二，言三千人中七十二人更佳也。“作仁可知禮也”爲一句，作猶爲仁與禮相爲用。七十子善爲仁，其於禮可知也。語頗支離猥誕。後閱張爾岐《蒿庵閒話》中所引參禪語，亦疑不能明也。張云：近日吾鄉蒙師，爲童子描“上大人”，常倒書“爾小生，八九子”二句，不知其爲韻語也。此語不知有自何時，唯見禪宗正脈臨濟宗載之：提刑郭祥正，字功甫，謁白雲禪師。白雲上堂曰：夜來枕上作得箇山頌，謝功甫大儒遠訪之勤，當須舉與大衆，已後明分舉似諸方，豈惟謝功甫，直要與天下有鼻孔衲僧脱卻著肉汗衫。乃“上大人，丘乙己，化三千，七十士，爾小生，八九子，佳作仁，可知禮”也。郭初疑，後聞小兒誦之，忽有省。案：此蓋宋時“三家村”學究所作，取其筆畫簡少，易於導蒙。若據功甫與白雲語，則南宋前已通行矣，然實了無義理也。

亦園脞牘卷六

温陵唐宋元人著述見存考

温陵唐、宋、元人所撰著尚存於今者，寥落無多，爲舉所知考記之，其有採訪未周，姑付蓋闕，以俟稽出，别爲續考：

《歐陽行周集》十卷，唐歐陽詹撰。余家舊藏温陵刊八卷本，又福鼎王氏合刊《唐五先生集》八卷本。癸酉，在都門復得仿宋蜀本十卷，于陳研薌比部處傳鈔。

《化書》六卷，南唐譚峭撰，家藏明刊本，爲天一閣舊藏。

《武經總要》四十卷，宋曾公亮等撰，見《四庫總目》。

《蘇魏公集》七十二卷，宋蘇頌撰，道光中同安蘇制軍廷玉重刊，余家有藏本。

《新儀象法要》五卷，宋蘇頌撰，道光中同安蘇氏重刊。

《魏公譚訓》十卷，宋蘇頌撰，蘇象先編，道光中同安蘇氏刊於蘇州。余家藏初印本，後蘇仙根部郎復貽一本，末附《金陵雜興》，遠遜原刻矣。

《唐書直筆》四卷，宋吕夏卿撰，武英殿聚珍版本。

《道德經傳》四卷，宋吕惠卿撰，見《道藏目録》。

《類説》六十卷，宋曾慥撰，曾見楊緦卿太史處有明刊本。

《高齋漫録》一卷，宋曾慥撰，余以子版印行。

《高齋詩話》一卷，宋曾慥撰，未見全書，曾採《漁隱叢話》及他書所引者裒爲一卷。

《樂府雅詞》五卷，宋曾慥撰，家藏揚州秦氏刊《詞學藏書》本及《粤雅堂叢書》本。

《至游子》二卷，宋曾慥撰，凡二十五篇，明嘉靖丙寅姚汝循序，見《藝海珠塵》刻本，題無名氏撰，《四庫書目》疑爲明人所著，然考慥號至游子，嘗作《集仙傳》，蓋好爲道家言者，書已著録於《郡齋讀書志》，確爲慥著無疑。

《道樞》四十二卷，宋曾慥撰，見《道藏》及《天一閣書目》。

《上蔡記録》三卷，宋曾恬撰，見《四庫書目》，家藏有鈔本。

《上庠録》一卷，宋吕榮義撰，《説郛》有節本，《漁隱叢話》引數則，余爲輯一卷。

《三山志》四十卷，宋梁克家撰，家藏鈔本。

《大易粹言》十卷，宋曾穜撰，見《四庫書目》，又《通志堂經解》與《集義》合編。

《春秋或問》二十卷、《春秋五論》一卷，宋吕大圭撰，通志堂有刊本。

《集驗背疽方》一卷，宋李迅撰，見《四庫書目》。

《皇宋中興兩朝聖政》六十三卷，宋留正等編，見丁氏《持静齋書目》。

《泰軒易傳》六卷，宋李中正撰。中正，字伯謙，題清源人。原本佚，存叢書刻本，阮氏《進書提要》及《持静齋書目》俱著録。

《雞肋編》三卷，宋莊季裕撰，見《四庫書目》，又《琳瑯祕室叢書》有此種，《説郛》亦有節本。

《東宫備覽》六卷，宋陳模撰，見《四庫書目》。

《顔魯公年譜》一卷，宋留元剛撰，附顔集中，余家藏有此本，又見《四庫書目》。

《類編皇朝大事記講義》二十三卷，宋吕中撰，見張氏《愛日精廬藏書志》及《持静齋書目》。

《皇朝大事記》九卷、《中興大事記》四卷，宋吕中撰，見《千頃堂書目》及《愛日精廬藏書志》。

《葦航漫遊稿》四卷，宋胡仲弓撰，見《四庫書目》及《持静齋書目》。

《竹莊小稿》二卷，宋胡仲參撰，見《江湖後集》，家藏鈔本。

《松坡摘稾》一卷，宋盛世忠撰，見《江湖後集》。

《山家清供》一卷、《山家清事》一卷、《文房圖贊》一卷、《茹草紀事》一卷，宋林洪撰，均見《説郛》，家藏鈔本。

《心泉學詩稿》六卷，宋蒲壽宬撰，見《四庫書目》。

《周禮補亡》六卷，宋丘葵撰，一作《周禮補亡》，家藏鈔本。

《釣磯集》五卷附一卷，宋丘葵撰，道光丙午龍溪林氏刊。又一本四卷，同治癸酉同安丘氏刊。家藏兩本俱備。

《圭峯集》二卷，元盧琦撰，見《四庫書目》，又豐順丁氏《持静齋書目》有金侃手鈔本五卷。

《夢觀集》五卷，元釋大圭撰，曾從《四庫》底本録出，以活字版印行。

《紫雲開士傳》一卷，元釋大圭撰，開元寺僧有藏本。

黏質公給諫

黏本盛，字質公，晉江人。崇禎十二年舉於鄉，大清初試授河南推官，多所建樹。世祖章皇帝命取天下推知選補，臨軒親策，授給事中，歷吏、户、禮、兵、刑五科，前後疏五十餘上，多見納。嘗侍從前驅馬蹶，世祖攬轡待之。康熙五年定制舉，雲南鄉試以本盛主之，雲南用省臣主試，自本盛始。吾里三朝鋪北極真武玄帝廟，有先生碑記云：謹按，真武玄帝，居北方水位，統御萬靈，爲三天道師，育神司命，四海九州，莫不頂禮，太嶽尤稱名勝。盛向在垣掖，恭請於朝，釐正獄祀，少佐懷柔之隆典。吾里之有帝廟也，始於侍御育齋王公，請於郡守程公，締造兹宇。而今勳輔洪公嶽降斯地，自少小讀書，以及策名筮仕，莫不荷錫洪庥。先是，總大師臨大敵，輒蒙神力，如或見之，既克滇黔，定九州，歸報成功，特念帝恩浩蕩，乃索清俸鼎新殿庭，□□□規模丕焕矣。於是里中父老子弟，樂觀厥成，更欲顯祥光於悠遠，彰勳輔之篤誠，命盛屬辭而勒諸碑曰：惟北有斗，天樞之府。德明三階，星拱其所。惟德是馨，惟善是怙。其或不恭，以干天怒。天討有罪，是職是輔。凡民疾苦，曰暘曰雨。凡國將興，以翼以護。靖難師中，萬目共睹。垂天之旗，載驅貔虎。皇清受命，式郭區宇。惟我洪公，曰師尚父。神實相之，永彰我武。勾當告成，念我佛祖。爰索弓弨，爰馳翰羽。聿新帝址，紫農是主。神之克饗，舍諸安取？夫豈無武當之巍峩兮，玉礎而金柱。念斯殿之鼎新兮，茨茅而階土。夫豈知夫仙仗兮，朝鳳牓而夕龍圃，豈伊一畝是室是户？凡人敬止，帝鑒其悰。矧我勳輔，介節邁古。余乃望雲中兮招君，祝寰宇兮安堵。福宗臣兮篤周祜，永精靈兮斯無斁。按：文中所云"向在垣掖，恭請於朝，釐正嶽祀，少佐懷柔之隆典"云云，蓋先生于順治十七年，曾請正北嶽渾源之祀，以明國家治統之無外，得旨俞允，正累代未正之祀典，先生之功也。《池北偶談》曾考之曰：五岳皆祭於山，獨恒岳祭上曲陽，自漢宣帝神爵元年始。而恒山實在渾源州，相傳舜望於山川，北至大茂山，大雪不能前，有石飛墮，遂祀焉，即今曲陽廟。廟石長不滿丈，闊僅四尺餘，濮陽蘇穀原祐。侍郎疑石晉後燕雲陷，遼末遂遥祀於此。然《史》、《漢》、《唐書》之文明甚，不始宋也。沈存中《筆談》云：北岳謂之大茂山，半屬契丹，以大茂脊爲界。岳祠舊在山下，石晉之後，稍遷近内，今祠乃在曲陽云云。蘇説本此也。明弘治中，馬端肅曾請改祠於山，事下禮部，竟格於倪文毅。按，《南園漫録》云：倪公父謙常奉命祀曲陽，禱於神，神指旁侍一人與之，遂生公，因名岳，以是固執不肯改祀云。順治十七年，上允刑科給事中黏本盛之請，罷曲陽廟祀，祀渾源，千年因循之訛，至是始爲釐正焉。

唐咸通五年，彗星見長三尺，司天奏以爲含譽瑞星，宣示中外。近年彗星見，黏給事中本盛亦上言以爲含譽星，其言本此也，抑暗合耶？《居易録》。

消夏六詠

同年張孝達太史，之洞。於學無所不窺，羅胸萬卷，下筆千言，繁稽博綜，當代著作才也。嘗與余輩在春明會課詩賦，冥搜枯索，必壓衆卷而後已。其運用奥博，幾跨《事類賦》而上，故每一篇脱稿，同人咸歛穎咋舌，詫爲難及。詩不多作，供酬應而已，顧亦不苟落筆也。今録其在潘氏滂喜齋同賦《消夏六詠》於此，略嘗一臠云："鼎彝何足好？所好其文字。款識多通假，往往證經義。高館擁法物，拊手瑩紫翠。莒鍾尤突兀，欒于符往制。千載未入録，吕薛盡失氣。犧尊逢劉杳，贋鼎避展季。宣和六千種，終當歸羅致。我愧張子高，空讀美陽器。"右《搨銘》。"訪碑窮寰宇，乃至陽關外。裴岑已數見，高昌徒靈怪。唐侯君集平高昌碑，不可搨，搨則有風雹。伊吾漢屯官，侯獲有遺愛。幾見青海枯，未令白石碎。窮邊紙墨鸁，波磔半明晦。箝口更畫肚，率然以臆對。寥落得三行，官閥已備載。請君致精本，方知非傅會。"第三行模糊特甚，釋者言人人殊，予定爲"孝廉畜□烏埒張掖長"九字。右《讀碑》。"祖約。杭世駿。皆錢癖，所愛當時錢。學人獨佞古，嗜好殊鄉壇。大者如書刀，齊刀莒刀之屬。小者逾綖環。榆莢蟻鼻之屬。奇品直斤金，當千何足言？隋譜久亡佚，洪志徒誕謾。初渭園。翁宜兒。戴鹿牀。劉燕庭。李，竹朋。裒鳩成一編。豈惟辨幺壯？史代資考研。竇儀號讀書，不記公祏年。"輔公祏紀元號乾德，不獨後蜀。右《品泉》。"嘯堂録古印，尚不及先秦。豈知蒼姬物？累累彌足珍。吾衍創異説，鑿空徒紛紜。《學古編》謂三代無印。璽書與璽節，乃忘經傳文。遺範述斗檢，土花猶璘彬。偏旁多移易，往往窮解人。繆篆摹印不必合於古六書。繆篆已絶學，殊異六書云。陳壽卿。吴子苾。勿侈大，鼎足將在君。"陳得周印三，吴得周印六，據籀文有"璽"字是周有印之證也。右《論印》。"往年孫給事，示我石一枚。書碑出東坡，琢硯得石齋。兩賢相映發，可以敵璚瑰。大屈竟復反，連城終歸來。吴興渺賢守，蝸壁叢蒿萊。當其伐山初，豈期爲硯材？宋刻已斷爛，漢碣宜沈薶。費鳳碑。徒憐漢皋曲，玉筍生青苔。"湖北天門縣漢水畔有熊氏園，園植一石，乃墨妙亭物，削長四尺，分書題名曰玉筍。余訪得之。右《還硯》。"麗色若可餐，佳墨若可啜。亦如舊槧書，未讀神先悦。窅然蠅鬚館，插架齊棨棁。上攬宋東京，下羅明中葉。大盜燬江左，書種奄欲絶。天一既雨散，士禮久煙滅。掇拾甘破産，收買及斷缺。借觀君其許，一瓻吾已設。"右《檢書》。

琴　苑

《琴苑》三十二卷，同安蘇仙根部郎瑞楨。著。是書專採琴典述輯成編，凡操弄沿起、制度損益、音均之辨、派别之殊，自古通琴理之人，詠琴之詩詞、歌曲，論琴之文，下逮雜事、瑣記，靡不臚陳，採摭詳博，蓋山人墨客之技，識曲賞音之事，燦然具備。昔在都門時，見明内府彙編《琴學大成》一書，近數十卷，略翻一過，羨其淹繁，然體例考證，不及此集之精且博也。書分十二門，一曰“通義”，二曰“規象”，三曰“音均”，四曰“聲歌”，五曰“手勢”，六曰“審材”，七曰“詮事”，八曰“脞録”，九曰“覈古”，十曰“叙書”，十一曰“述獻”，十二曰“徵文”，可謂極操縵家之大成矣。仙根善撫琴，家蓄古琴不下數十器。余曾題其《抱琴圖》云：“焦桐難搜吴下爨，鱗豗誰識冰清斷？百納枉上十年絃，千面浪傳人間散。良材湮没艱追尋，安絃何處求知音？淫哇空笑竽筑響，宫商莫辨箜篌吟。君不見鐵綽聲傳雷大使，琵琶技擅康崑崙。嘈嘈只聒俗士聽，安能四弄五弄祛塵煩？清思眑眑萬籟闃，松風謖謖空中至。山月忽白石泉流，聞音頓悟太古意。向君十指鏗然鳴，大海成連移我情。撥刺楷擊俱如意，詣之至者神能精。聆罷君彈叩奥妙，手揮胸藏四十調。琴史况薈伯原書，琴操能掇中郎要。以玆雅者添頰毫，毫端逸響飛騷騷。剟上罷撫珍如拱，摩挲非關無絃陶。君不見赤壁久喑李委笛，大江東去銅琶寂。君家坡仙呼不起，審音落落屬吾子。躡屐屢喜從君遊，快洗從前箏笛耳。”

不媚魏璫

宋紹興中，周大理以不肯勘問岳飛獄，掛冠而去。明天啓中，魏璫生祠遍天下，國子監生陸萬齡，以忠賢作《要典》，比孔子作《春秋》。忠賢殺東林楊、左、周、魏諸公，比孔子誅少正卯。請建祠國學之右，匾額曰“配聖”，持疏詣林祭酒釬，釬，同安人，龍溪籍，萬曆丙辰，殿試一甲第三人。援筆塗抹，即日掛冠櫺星門去。此等掛冠，榮于錦旋矣。

吕天池先生，圖南。南安人，爲通政時，璫焰方張，陸萬齡等請祀璫文廟，李映日等請加九錫封王，俱嚴駁不上。莊烈帝賜敕，有“心事皎然、守正不阿”之語。先生善書法，與張二水先生齊名，璫皆悦之，然先生以自重完璞，張以輕試貽譏。璫既敗，張歎曰：“不謂真男子，竟被吕某做成。”蓋先生始終不肯附璫，足與林實甫先生卓卓並峙矣。

福州何道甫則賢，詠魏忠賢生祠句云："留得海濱乾净土，媢璫風不入閩來。"蓋當時忠賢生祠，雖遍天下，而吾閩獨無之，故云。

擬　古

文有"擬古"一門，師其意，倣其辭，習其調，幾欲混而一之，古作者已然矣。李太白擬江淹《別賦》、《恨賦》，如謳者按節，一字一句，不復更易。徐鍇作《説文繫傳序》，趙岐作《孟子篇序》，襲《易·繫辭》、《序卦》，摹倣無遺。陳頌南師有擬常衮《春蒐賦》，爲時傳誦，亦一一步趨原作。師主清源講席時，曾以擬李忠定公《荔支賦》命題，余按原賦二篇，依其步驟，敓其胎息爲之。師獨擊節，拔置第一。乃知韓昌黎所謂"降而不能乃剽賊有尚"，非指擬古而言也。

《醉翁亭記》法孫子《行軍》篇，而更始於《左傳》叙鄢陵之戰，不特蹇叔哭師，爲《凌虚臺記》之遠祖。

《金谷序》、《蘭亭序》、《桃李園序》，大旨略同。金谷、蘭亭，俱從遊樂生悲慨，惟桃李園，先撇悲慨，後入遊樂，手法稍異；然季倫、逸少，情詞哀促，令讀者幾下雍門泣，太白則曠逸矣。《世説新語》謂王羲之作《蘭亭記》，人以方《金谷序》，羲之甚有欣色，然《金谷序》實《蘭亭》之所祖也。今録其辭曰："余以元康六年，從太僕卿出，爲使持節臨青徐諸軍事，征虜將軍。有別廬在河南縣界金谷澗中，或高或下，有清泉茂林，衆果、竹柏、藥草之屬，莫不畢備；又有水碓、魚池、土窟，其爲娱目歡心之物備矣。時征西大將軍祭酒王詡，當還長安，余與衆賓共送往澗中，晝夜遊晏，屢遷共坐，或登高臨下，或列坐水次。時琴瑟笙筑，合在車中、道路並作，及住，令鼓吹迭奏，遂各賦詩，以敍中懷，或不能者，罰酒三斗。感性命之不永，懼凋落之無期，故列叙時人官號、姓名、年紀，又寫詩著後。後之好事者，其覽之哉！"

張繁露學博

張繁露進士，冕。邵武人，與先大父同年，曾任吾郡教授。貽《杜氏長曆注》、《撼龍經注》、《疑龍經注》及所著制藝三種。學博精於堪輿，大父嘗延勘住宅，言皆能中。其《杜氏長曆注》、《春秋至朔通考》，皆以古法布算，不襲歐羅巴之唾。《撼龍經注》用《易》義釋地輿，似創實確制，義亦堅樸，迥殊庸調。

何願船比部

咸豐朝，光澤何願船比部秋濤，獻所著《北徼彙編》一書，得旨召見，深加俞獎，特敕於懋勤殿行走。其書留在淀園，燬於庚申之變。稿藏吾郡會館，亦爲鬱攸所厄，殆干造物之忌歟！比部生有神識，瀏覽所及，畢代不忘，就月囊螢，苦若不足，古稱"書淫"，殆勿是過。輿地之學，尤所究心，著有《水經注考實》，取諸家異同鉤貫而條纂之，比諸趙、戴彌加精審。已刊者有《王會篇箋釋》三卷，考證詳鑿；《北徼彙編》六卷，取《欽定四裔考》，及國朝諸賢，或奉使絶域，或經理互市，或籌畫邊海，或研究古今著述，各自成帙，備載原文，加以疏證，瑣事軼聞，別加綴録，訂譌抉謬，附於末簡，洵爲考邊務者所不可闕之書。又校録《李忠定公全集》二百卷，所撰《忠定公年譜》，多辨林同人、黄心齋之誤，考勘確鑿，非嚮壁虚造之談。家置雜記數十本，目耕肘書，劬瘁勿懈。歿後遺書星散，余癸亥在都門買得數十種，每本皆塗乙雌黄，旁行斜上，或割截諸書，砌爲巨册，大約皆纂而未成之本。中有手校定陳頌南師《籀經堂》十四卷，余已用子版印行。尚有一書，因吴訥《祥刑要覽》中事不比屬，語不協韻，失桂氏作書之意，乃重爲分韻排比，鉤析未畢，得見朱氏重刊之《棠陰比事》，喜其義例相同，幾欲中輟，然復不忍自棄前勞，且所輯有出桂氏外者，因以桂書參校，删其複重，别爲一編，曰《恤刑比事》，纂古之勤，近今少見。比部曾從遊頌南師之門，師遺屬以墓銘狀傳付比部立言，乃年命不永，相繼彫徂，天壤失一著作才矣，惜哉！

讀書敏求記

錢遵王《述古堂書目》所載書凡三千餘種，而《讀書敏求記》僅六百種。何義門謂專記宋板、元鈔及書之次第完闕，古今不同者也。未刻之先，人皆罕覯。

朱竹垞先生典試江南,以黄金翠裘賂遵王侍書小史,胠篋得之,半宵寫成,知錢氏之據爲枕中祕矣。按:《敏求記》一書,述授受之源流,考繕槧之同異,晁、陳二家之後,搜藏之祕,辨别之精,不能不首屈一指。惟門部紛歧,配隸無緒,已爲《四庫書目》所譏,而卮言小説,術數方伎,居其大半,下至食經、臥法、鶻譜、鴿論,以及象戲之局、少林之棍、種樹之書,與夫雷神紀事之荒誕,《孟姜女集》之無稽,均登簿録,可謂無識。其中《雁門集》一條名"都剌"下"史"字當是羨文,此或校刊者不審,而《東家雜記》一條,所引孔子《琴歌》曰:"暑往寒來春復秋,夕陽西去水東流。將軍戰馬今何在?野草閒花滿地愁。"且云考諸家琴史俱失載,附録於此,詳其語意,未知果爲夫子之歌否也。此歌居然近體七言絶句,其爲贋鼎無疑,遵王不加辨駁,第作疑詞,殆亦好古之癖乎?

唐玄宗生日

嘉定李鄦齋方伯賡芸。《炳燭編》載歷代節名,唐玄宗八月五日"千秋節"注,引《揮麈録》天寶七載八月己亥詔,改爲"天長節"。按:張曲江上《千秋金鑑録》爲八月五日,顧況亦有八月五日歌,相傳玄宗乃此日生。雪滄丈近輯歷代帝王、名人生日考據此,葆芝岑中丞見之曰:昔宦湖南,在長沙見善化尹易小坪,學超。昔令衡山,鄉人掘得銅牌,强可七八寸,寬約四五寸,厚三四分,刊明皇爲玉環祝南嶽文,字似《靈飛經》,刻工甚佳,背亦有字,上有隆基生庚係八月廿七日。小坪殁後,此物歸李石梧先生之弟名星漁家,則元宗係廿七日生,非初八日生矣。

薛氏宋元通鑑

家藏薛應旂《宋元資治通鑑》,明嘉靖間原刊,初印白綿紙本,青浦王述菴司寇舊藏。《静志居詩話》云:方山以帖括擅長,既負時名,遂專著述,所續《通鑑》,孤陋寡聞,如王偁、李燾、楊仲良、徐夢莘、劉時舉、彭百川、李心傳、葉紹翁、陳均、徐自明諸家之書,多未寓目,并遼、金二史,亦削而不書,惟道學宗派特詳爾。謹按:《四庫提要》附《存目》亦譏之,謂是編乃續司馬光《資治通鑑》而作,大抵以商輅等《通鑑綱目續編》爲藍本,而稍摭他書附益之,於宋、元二史,未嘗參考其表志,故於元豐之更官制,至元之定賦法,一切制度語多闇略,於本紀、列傳亦未條貫。凡一人兩傳、一事互見者,異同詳略,無所考證,文繁事複,所紀元事,尤爲疎漏,惟所載道學諸人,頗能採據諸家文集,多出於正史之外,然雜列制誥贈言,寄札祭文,鋪叙連篇,有同家牒,律以史法,於例殊乖。至於引用説部以補史闕,又不辯虚實,徒求新異,雖多亦奚以爲乎?

錢竹汀宫詹《養新録》云:薛方山《宋元通鑑》,意在推崇道學,而叙事多疎漏,其年月率不可信。如崇寧四年四月,以綦崇禮權直學士院,崇禮求便郡,拜徽猷閣學士,知漳州。考崇禮本傳云:登重和元年上舍第,而崇寧四年乃在重和前十有四年,崇禮尚未登科,安得遽登内翰乎?崇禮由翰林出知漳州,據李心傳《繫年録》,乃高宗建炎四年十月事,而誤書於徽宗崇寧之年,此甚可笑。徽猷閣藏哲宗御集,建於大觀二年,在崇寧之後,不得先有學士也。又云:元祐二年,書召陳師道爲秘書省正字,適預郊祀云云,遂以寒疾卒。按:是年四月,書以徐州布衣陳師道爲本州教授。此見於《長編》,可信者也。其後改潁州教授,時蘇軾爲知州,是元祐六年事矣。魏衍撰《彭城陳先生集記》稱,元符三年,除棣州教授,隨除正字,殁于建中靖國元年十二月廿九日。今繫之元祐二年,其爲疏謬甚矣。

閩石刻目

明趙均《寒山堂金石林時地考》所載福建石刻梁《出師頌》,福州。唐般若寺神光碑李陽冰篆,福州烏石花巖上。玉枕《蘭亭》褚遂良,唐天祐忠懿王德政碑,福州。靈巖廣化寺刻,柳□撰,李邕書,興化。尊勝陀羅尼經幢,劉鏞書,唐咸通四年,漳州。僅六種耳。蓋當時閩刻傳播未廣,故著録寥寥。近陽湖孫淵如先生《寰宇訪碑録》載閩中石刻計四十種,亦未能完備,中亦有譌誤者,爲登其目,至搜羅之廣,體例之精,考覈之確,則有陳鐵香之《閩中金石略》在,取而覽之,閩刻大備矣。

般若臺題名,唐大曆七年李陽冰篆書。閩縣。

林夫人墓誌,大中二年褚符撰正書。閩縣。按:此與下邳郡林夫人誌本一石,誤重出。

下邳郡林夫人墓誌,大中九年五月褚符撰正書。閩縣。

陀羅尼經幢,咸通四年八月劉鏞正書。龍溪。

威武軍節度王審知德政碑,天祐三年閏十二月于兢撰,王倜正書。閩縣。

崇妙保聖堅牢塔記,五代閩永隆三年林同穎撰,僧无逸正書。閩縣。

萬安橋記,北宋嘉祐四年十二月蔡襄撰並正書。晉江。按:橋記勒石在嘉祐秋,非四年十二月也。

石筍唱和詩,熙寧五年張紘、張徽唱和詩,正書。邵武。

社稷壇銘,元祐六年梅述撰,王裕民正書。侯官。按:"梅述"乃"柯述"之僞。

重建龍祠記,紹聖四年危真撰,曹昇正書。龍溪。

烏石山程邁等題名,南宋紹興二年八月正書。閩縣。

草倉詩,紹興二年李綱撰,行書。寧化。按:《草倉詩》,李賡芸《炳燭編》曾辨其贋。

南劍州重建州學記,紹興十七年七月張致遠撰,羅薦可正書。南平。

南劍州魯國諸圖記,隆興二年三月鮑喬撰,趙彦儇正書。南平。

崇安縣學三公祠記,乾道四年五月朱子撰,八分書。崇安。

利澤廟記,乾道九年陳知柔撰,王仁孝八分書。尤溪。

盧珖廟碑,乾道九年石熟撰正書。尤溪。

何叔卿朱仲晦等題名,淳熙二年五月正書。

武彝山蔡杭等題名,淳熙六年二月正書。崇安。

泉州韓忠獻公祠記,淳熙六年四月梁克家撰,韓彦直正書。晉江。

幔亭記,朱子行書。崇安。

滄洲歌,朱子行書。崇安。

"天風海濤"四字,朱子正書。閩縣。

"石室清隱"四字,朱子正書。侯官。

"蟠桃嶋"三字,朱子正書。福清。

"香山洞"三字,朱子八分書。福清。

"讀書處"三字,朱子正書。長樂。

蒼野題名,朱子八分書。莆田。按:正書,非八分書。

武夷山章貢等題名,開禧二年十月正書。崇安。

鄰霄臺胡伯量等題名,紹定四年九月正書。

重修武夷精舍記,淳祐四年王遂撰,王鑑正書。崇安。

武夷山一線天翁泳等題名,正書。文云:宋五甲寅夏閏乙未。當是寶祐二年。崇安。

武夷山一線天余直夫詩,景定元年正書。崇安。

雲峰居士鄭從龍墓誌,元元貞二年劉堅吾撰,正書。閩縣。

石門李良傑題名,大德十一年正書。永福。

"九候名山"四字,大德十一年僧旡礙正書。詔安。

道山亭聯句詩,至正九年八月僧家奴等作,任允八分書。福州。

鼓山李世安題名,至正十三年正書。閩縣。

烏石山傅好禮等題名,至正二十四年冬正書。

會稽趙撝叔大令之謙。《補寰宇訪碑録》,計閩刻四十五種,并附登於此:

無垢净光塔銘,貞元十五年正書。侯官。

尊勝陀羅尼經幢,咸通三年九月,原書僅載四年八月一種,劉鏞正書。龍溪。按:龍溪僅有咸通四年一幢,無三年九月者,未知何據。閩王作《菴池記》,天祐二年正書。侯官。按:此即枯木菴樹腹碑。以上唐。王椶題名,慶曆八年二月正書。朝賢詩,皇祐元年十一月正書。徐沖道題名,熙寧元年十一月正書。東禪寺詩,熙寧三年十月正書。唐公謜等題名,熙寧四年十月正書。按:當云"蔣之奇詩刻"。郭方進詩,元豐四年八月正書。蕭佐等題名,元豐九年正月正書。林可等題名,紹聖元年十一月正書。按:當云"陳郛等"。蔡亢題名,建中靖國元年正月正書。臧子常等題名,崇寧二年正書。以上俱蒼玉洞。九仙居士陳□殘題名,崇寧二年臘月正書。蒼玉洞章仲寧等題名,大觀元年正月正書。二老峰題名,大觀二年十一月正書。蒼玉洞盛景仲題名,政和甲□春正書。蒼玉洞魏允道題名,乙巳四月當宣和七年正書。蒼玉洞于彦仁等題名,靖康元年十月正書。以上北宋。蒼玉洞薛敏等題名,建炎元年七月正書。郡守蘇公才題名,建炎二年正月正書。重摹泰山壽字,紹興三年十月,後有文安趙□□浚儀趙□□二跋,正書。蒼玉洞范智聞詩,紹興十三年正書。程仲淵等題名,紹興十三年四月正書。後有鄉兄某曾觀題字。郡守斛繼善等題名,紹興三十一年重九日正書。蒼玉洞林元等題名,乾道八年七月八分書。開封鄭□殘題名,乾道八年十月正書。蒼玉洞吕大猷等題名,淳熙八年十月正書。以上汀州長汀。贈光禄大夫黄中美神道碑,淳熙十五年正月朱子撰并書。邵武。蒼玉洞長□等題名,慶元二年十月八分書。按:當云"陳曅",蓋原石係書"長樂陳曅",泐"樂曅"兩字,故謌爲"長某"。張行儉等題名,慶元三年十月正書。辟歷巖郡將陳曅題名,慶元四年正月正書。蒼玉洞陳映題名,嘉泰元年三月下潘七日行書。之謙按:以潘爲澣,或取《左傳》遺之潘沐意。大士閣陳映等題名,嘉泰二年九月行書。蒼玉洞趙彦橚題名,嘉泰三年三月八分書。錢元忠等題名,寶慶三年九月正書。以上長汀。建安社稷壇記,嘉熙元年正書。建安。善應廟敕,淳祐五年行書。侯官。蒼玉洞殘詩刻,正書。葉夢得等題名,正書。潘天隨題名,行書左行。蘇才老等題名,正書。以上長汀。以上南宋。程鉅夫妻徐氏碑,延祐五年正書。建安。以上元。烏石山趙子直、朱子題名,淳熙十年十一月正書。侯官。烏石山唐民題名,嘉定十七年四月正書。侯官。以上附失編目,南宋。

丁　拱　辰

丁拱辰,一名君軫,字星南,晉江人。少入書塾,即通三角八線之法,以意造爲測晷、驗星諸儀,頗能與古闇合。及長,棄儒而賈,持籌握算,輒操奇赢。既復附賈舶出重洋,地球之高下,北斗之近遠,皆嘗以身驗之。凡夫宣德王三保未至之區,利瑪竇十人不傳之祕,探賾索隱,靡不尋暢,以故又得盡悉海島筭經,泰西水法,參以己意,覃思精造,用句股之瀍,精稽無扃著爲細草,繪圖立説,相輔不悖。使其讀書窮理,則亦梅勿庵之流亞也。道光壬寅間,奉上諭:“有人奏,近得一書名《演礮圖説》,係丁拱辰所著。此人曾在廣東鑄礮,演試有準,亦曉配合火藥之法。著奕山、祁墳,查明是否實有丁拱辰其人,現在曾否在粤,所製礮臺、礮位是否堅固適用? 據實查明具奏。”旋據粤中大吏以所著《製象》及《演礮圖説》進呈御覽。咸豐三年,陳頌南侍御奏保回閩辦理團練,復請將所著書進呈,交王大臣閲看。旋奉諭旨:“飭傳丁拱辰,並將其所著《則克録》等書進呈。”經閩王中丞咨粤葉制府,調人取書,將《增訂則克録》、《演礮圖説》二書呈覽。後即將原書發交王大臣僧格林沁閲看,據回奏: 丁拱辰所著之書,已詳加考校,書屬可用。請著丁拱辰來京詢問,得旨優奬。“著該省督撫察看才具,如有可用之處,著送部引見候旨,施恩録用。”嗣因星南飄海歷洋,請疾遲逗,因而中止。同治癸亥,予始晤星南於滬上。時髮逆方盤踞江南各郡,合肥李相國撫蘇籌戰,殷殷以人才垂訪。會以星南材藝推挹薦陳,委隨赴滬襄理洋器砲箭,復繪圖撰説,著爲《西洋軍火圖編》六卷,爲圖一百五十,爲説十二萬言,獻之軍前。功成奏請廣東候補縣丞丁拱辰製造洋礮,屢殲巨逆,請免補本班以知縣仍留原省補用,并賞給五品花翎,得旨俞允。嗚呼! 世之著書立説連篇累牘者,不乏其儔,若星南者,粥粥若無能,其與人言,撝抑不逮,僅竊比於宋人不龜手之藥,不敢自附於著作之林。人亦以其賈人而少之,率能以所著書上達乙覽,試諸當世,亦可見諸施行,固非紙上談兵者所可同年而語也。所著《圖説》,凡三易稿。中國人言外洋礮火者,以此爲權輿。同時如陳頌南、林晴皐、張南山、徐君青、丁心齋、張石舟、張瀞香諸先生,或爲釐正,或爲序跋,俱愛慕歎賞,以爲不可及,貨殖之士,顧可菲哉! 星南出貲重刊鄉先正丁問山文集,張維屏爲之序,其風雅又如此。於虖! 可以傳矣。

墓　誌　銘

裴晉公度自爲誌銘曰:“裴子爲子之道,備存乎家牒;爲臣之道,備存乎國史。"杜牧亦自銘曰:"嗟爾小子,亦克厥修。"二銘詞簡而備。白居易亦自爲銘。顏魯公在蔡州知必禍及,自爲誌銘置左右。陶靖節則自爲生祭文。

妻有作夫誌銘者,見於高文虎《蓼花洲閒録》。載云:熙寧末,洛中有人耕于鳳皇山下,獲石碣,乃婦人撰夫誌銘。文曰:君姓曹氏,名禋,字禮夫,世爲洛陽人。三十歲兩舉不第,卒于長安道中。朝廷卿大夫、鄉關故老聞之,莫不哀其孝友睦婣,篤行能文,何其夭之如此也!惟余聞之,獨不然,乃慰其母曰:家有南畝,足以養其親室;有遺文,足以教其子。凡累乎陰陽之間者,生死數不可逃,夫何悲喜之有哉?丙子年三月十八日卒,以其年十月十五日葬于鳳皇山之原。余姓周氏,君妻也。歸君室八載,生子一人尚幼,以其恩義之不可忘,故爲銘焉。銘曰:其生也天,其死也天,苟達此理,哀哉何言?其生也浮,其死也休,終何爲哉?慰母之憂。婦人能文達理,而又簡潔精當,逾於文人學士,可謂奇矣!

祭　文

《示兒編》云:歐陽公奉母夫人喪歸廬陵,道過臨江,太守命李觀作祭文曰"孟軻亞聖,母教之也。夫人有子如軻,雖死何憾?尚享!"公聽之甚悲感,且擊節稱賞。又云:世傳北狄來祭皇太后文,楊大年捧讀,空紙無一字,即自撰曰:"惟靈巫山一朵雲,閬苑一團雪,桃源一枝花,秋空一輪月。豈期雲散雪消,花殘月缺,伏惟尚享!"仁皇深喜其敏速,錢竹汀駁之云:大年卒于天禧四年,其時仁宗尚未即位也。章獻太后之崩,則大年死已久矣。其文亦輕艷,不可施於母后,此委巷無稽之談耳。按:《荆釵記》傳奇,王十朋祭江,其文云:"巫山一朵雲,閬苑一團雪,桃源一枝花,瑶臺一輪月。妻阿,如今是雲散雪消,花殘月缺!"此詞全套襲《示兒編》所載,恰是傳奇中文字。

緑　珠

緑珠爲千古女中豪傑,不第姬妾錚佼也。真直得齊奴一死,窈娘於知之風斯下矣。唐人詩云:"當時縱與緑珠去,猶有無窮鼓舞人。"大是冬烘語。黄嗜南丈咏緑珠云:“樓高花墮雨風酸,生别争如死别難。何物齊奴消受得?美人顔色俠心肝。”可謂佳構。

蕃　薯

蕃薯,明季來自日本,先到泉州,初甚貴重,作饋贈之物,稍稍延及各處種之。崇禎中,始鬻于市。今則京師洎各省均知種植,而吾泉以之充糧食,尤爲蕃播。萬曆間,侍御蘇公琰《朱薯疏》,其略曰:萬曆甲申、乙酉間,漳、潮之交,有島曰南澚,温陵洋舶道之,攜其種歸晉江五都鄉曰靈水,種之園齋,苗葉供玩而已。至丁亥、戊子,乃稍及旁鄉,然亦置之磽埆,視爲異物。甲午、乙未間,温陵飢,他穀皆貴,惟薯獨稔,鄉民活於薯者,十之七八,繇是名曰朱薯。以其皮色紫,故曰朱。朱,國姓也,閩音讀“薯”爲“慈”,蓋頌薯之德,而歸賜於天子云。按:蕃薯入泉,雖始自萬曆,然晉人嵇含《南方草木狀》,已有甘藷,特中土文人,見之者少。珠崖本漢所置郡,南方草木,不可謂非中國土産。《草木狀》云:甘藷,薯薯之類也,實如拳,亦有大如甌者,皮紫而肉白。珠崖之地,海中人皆不業耕稼,惟種甘藷,秋孰收之,蒸曬切如米粒,倉圌貯之,以充糧糗。南人二毛者,百無一二,惟海中人壽有百餘歲者,由不食五穀,惟食甘藷故爾。按:今蕃薯不稱朱薯,或稱地瓜者,北人謂之白薯。

何鏡山先生云:蕃薯,萬曆中,閩人得之外國,瘠土砂礫之區,皆可以種,用以支歲,有益貧下。予嘗作《蕃薯頌》,可以知其概也。按:先生《蕃薯頌》手寫本墨蹟,向曾見於吾邑林氏家。

道光中,何則賢等建先薯祠,祀巡撫金學曾,附祀長樂陳振龍及其子孫二人。

安溪李閬山先生《勸種蕃薯説》云:昔者農桑之利興,而後黎民不饑不寒,考其嘉種,悉由誕降,蓋造物之仁也,而聖人教之,其利斯溥。後世生齒日庶,夫家不能有百畝之田,女不能有墻下之桑。粤自漢世吉貝傳自西域,比之絲絮,何等便易。今南北方民,皆明其種法焉。吾閩中山多田少,民間所恃爲糧食之資者，半在蕃薯，其種來自舶上，相傳明代始有之。旱田隙地，以及山陂環坳之區，可以容鋤者，民皆種滿。計一日之力，可飽半月之糧，閩、廣最多，浙民間有種者。余嘗過汝州魯山嵩縣，見有初傳其種，汴之市中，亦經見之，但弗碩大。若得其種法，則自蕃滋矣。近年豫省飢，或著其説，謂豫之土性多疎，種最相宜，因勸民速爲之。其種法頗詳，附録之。

一、辨種。蕃薯者一名地瓜，豫人呼爲紅薯，閩、廣舊有此種，形圓，長數寸，皮紅色，肉白色。近年自文來國舶上傳入新種，形圓，皮白色，肉黄色，俱有乳漿，蔓生，其根入地生薯，質潤味甘，無毒性，補中益氣，益脾强陰，與薯蕷同功，足當糧食。

一、時候。南方地煖，正月即將薯頭或舊籐枝入地，用力壅灌，使枝節易長。春分即可分藤種插。此地當於解凍後和煦時出種，看苗長大分種。南方五六月間，有種晚薯，無不俱獲其利。早薯則於五六月後漸次挖取，霜降前盡取收藏，留在地者悉自潰爛。

一、擇地。薯性宜高地，不受常淹久浸，宜疎散沙土壤，則根易行，種薯長大。山陂初開，肥地，可不用糞培；園地旱田力薄者，歲前以大糞壅之，或地非沙土，先用柴灰、牛馬糞和勻，使土脉散緩。

一、分畦。深犂重耕二遍，分爲各箱，起土爲脊，約高尺餘，脊下寬尺數寸，脊上寬五六寸。

一、栽種。每藤節間舊根去之，截四節爲一枝，斜插土中，三節入地，一節出地，新根即在葉下節上生出，結薯。次枝之葉即插接在首枝之末挺出，籐長至一丈時，留二尺，剪起八尺，又可爲種别插，亦能生薯。雖插種時有早晚，不過生薯有大小，無不成者。法須順插，不可倒插，倒插則不能生薯。若籐留存在地不剪，其葉可當菜食，但須將籐時舉籬地，勿令節間之根穿入，以分奪地力爲要。南方種後或有用糞加培者尤妙。性耐旱，久旱籐將枯敗。

一、灌溉。即復青也。

一、收薯。八九月挖收，盡於初冬，有早晚種，早種者五月即可收用，未取者留至晚秋；晚種者冬月盡收，切片曬乾，時出曬之，若受濕，則色變紅，味酸難食。

一、藏種。八九月間，掘起薯卵，擇根先生者勿令傷皮，用軟草包裹，通風處陰乾。一法：於八月中揀近根老籐，剪七八寸，每七八寸根作一小束，耕地作畦，將籐束栽畦内，如栽韮法。過月餘，每條生下小薯如蒜頭大，冬月用草蓋覆，至來春分種。二法：七八月間，取老藤入木筩或磁瓦器中，至霜降前置草篅，以稻糠襯置向陽處。大抵北省地寒，或當於窔内藏之尤妙。

一、食用。可煎食，可蒸食，可煨食，可煮食，可切片曬乾煮食，亦可生食，無不適口養人。有磨細澂粉作餅餌等物，隨可用之。蒸熟伴麴造酒亦香美，性無相反及相畏之物。一畝之地，可收七八十石。數口之家，可以無饑矣。

亦園脞牘卷七

閩中金石略

邇來輯刻《金石記》，内而京畿，外而各省、郡邑、海内幾遍，而吾閩紀金石者，尚未有專書，僅散見於《輿地紀勝》、《金石林》、《時地考》、《金石萃編》、《寰宇訪碑録續録》、《福建通志》，各府、縣志乘，然羅搜未廣，考勘未精，或佚闕而僅登其名，或耳食而沿襲其誤，均不足供嗜古家之一覽，豈以僻處海濱，難周聞見乎？殆無好事者爲之裒輯成帙，故聽其湮滅不顯歟？盧抱經學士詩云："湯盤禹鼎古有器，今其在者存文字。世間何物最堅牢？金石猶然遭失墜。固知古人絶愛名，亦望後人能好事。"曩讀此詩，嘗爲吾閩三歎焉。幸内兄陳鐵香比部，積十餘年蒐採之勤，訪山丐友，披榛剔蘚，昕夕勿怠，成《閩中金石略》一書，吉金樂石，繁稽博綜，上自三代，下迄有元，近四百餘種，可謂富矣。且其體例之精，不濫不泛，尤駕關中、中州、山左諸《金石記》而上之。每種鈔録全文，用《隸釋》、《隸續》例，詳其尺寸、行數、字數，用《金石萃編》例，詳古略近，所收至元而止。用《寰宇訪碑録》例，每種皆據目見，不泛徵引，各爲考其事蹟以校史傳志乘，書法工拙，則在所略，蓋考古之書非論字之書也。余與許濭甫師、楊雪滄丈，每見一古刻必喜而走告，互相考證，今已裒然，雖未付梓，然亦必傳之作也。爲録其目於此，俾積古者先覩爲快云。

三代至五代

重摹岣嶁夏碑福州。

商辛父尊識晋江陳氏藏。

周南宫中尊銘晋江黄氏藏。

周窋睫甗銘福州。

周孟姜敦銘晋江陳氏藏。

公孫弘鏡款漢元朔五年。龍溪楊氏藏。

銅鴈足鐙識漢建昭三年。福州王氏藏。
滎陽宫鐙識閩縣陳氏藏。
重摹玉壘山三字季漢昭烈帝書。漳浦。
銅鼓圖附銅鼓考晉江。
澆斗錢文閩縣陳氏藏。
毋相忘鏡銘
仙人不老鏡銘
清白鏡銘
長無相忘鏡銘
願忠我邦鏡銘以上侯官楊氏藏。
曹鏡銘晉江陳氏藏。
晉大吉磚款晉永和六年。侯官楊氏藏。
朱定國造像記隋開皇十一年。閩縣陳氏藏。
舍利塔鈴鐵開皇十五年。同安林氏藏。
突厥毗公主墓誌唐開元十一年。
譙郡君曹夫人墓誌開元十一年。
冠軍大將軍李仁德墓誌銘開元二十一年。
雲麾將軍張安生墓誌銘天寶十四載。〇以上四石俱閩縣陳氏藏。
般若臺題名唐大曆七年，李陽冰篆書。閩縣。
無垢净光塔記貞元十五年，庾承宣撰。侯官。
裴成章墓誌銘元和元年，于方撰。閩縣陳氏藏。
尊勝陁羅尼經幢大中八年，歐陽偃、沙門文中共書。晉江。
下邳郡林夫人墓誌大中九年，褚符撰。福州。
尊勝陁羅尼經幢咸通四年，劉鏞書。龍溪。
韶州刺史陳讜墓誌銘黄棨撰。福州。
福建觀察使陳巖墓誌銘景福二年，黄璞撰，胡兆祉書。侯官。
枯木庵樹腹題字天祐二年。侯官。
王審知德政碑天祐三年，于兢撰，王倜書。閩縣。
保福院帥子鑪識天祐四年。福州。
神致烏石山題名後唐長興二載。福州。
義井磚題記閩通文三年。閩縣。
堅牢塔記永隆三年，林同穎撰，僧牙逸書。侯官。
堅牢塔碑側題字永隆三年。侯官。
堅牢塔題名八段永隆六年。侯官。
烏石山周明辨題字閩縣。

宋

留從願鐘款建隆四年。龍溪。

薦福院鐘識開寶六年。同安。

重修忠懿王廟碑開寶九年，錢昱撰，林檪書。福州。

招慶院大佛頂陁羅尼經幢淳化元年，僧元恪撰記。泉州。

承天寺陁羅尼經幢淳化二年。晉江。

咸平砧盆識咸平四年。侯官。

晉江文廟特磬識咸平五年，附圖。晉江。

水陸寺陁羅尼經幢大中祥符元年，僧宗美撰，林巽書。晉江。

陳仁壁墓碣銘大中祥符二年，王禹偁撰，翁允成書。莆田。

東際橋佛龕題記天禧二年。閩縣。

承天寺陁羅尼經幢天聖三年。晉江。

開元寺陁羅尼經幢天聖九年。晉江。

蔡襄書陳伯孫詩康定間。莆田。

蔡襄榜書二段仰止千峯倒影。莆田。

九日山宋人題名三十九段端拱至開慶。南安。

陳洪進造像記端拱。

沈衡等題名慶曆四年，蔡襄書，坿蔡書年表。

劉襲禮等題名熙寧三年，程荀書。

張汝賢等題名元豐八年。

喻陟等題名元祐元年。

翟思等題名元祐四年。

蔣長生等題名元祐四年。

子駿題名元祐六年。

方正叔等題名崇寧三年。

程長民等題名崇寧五年。

施景明題名政和元年。

林遹等題名二段靖康元年。

程祐之等題名乾道四年。

林元美等題名乾道七年。

張允蹈等題名乾道九年。

諸葛麟之等題名乾道□年。

虞仲房等題名淳熙元年。

司馬伋等題名淳熙十年。

林枅等題名淳熙十五年。

倪思等題名嘉泰元年。

余襄等題名嘉定十三年，余襄篆書。

章持等題名嘉定十六年。

郭德進等題名嘉熙二年。

顏頤仲等題名淳祐三年，盧同父書。

林躬行等題名淳祐四年。

林奭等題名淳祐四年。

趙師耕題名淳祐七年。
趙希道題名淳祐七年。
趙竹屋修三賢祠題名淳祐□年。
陳進叔等重脩三賢祠題名淳祐十二年。
郡守祈風題名寶祐五年。
徐明叔等題名寶祐六年。
方澄孫等題名寶祐六年。
王廣翁脩石佛記寶祐六年。
曾順伯等題名開慶元年。
趙德淵題名以下無年月。
曾伯瞻等題名
葉口題名

九日山宋人榜書二段南安。

高士峯蘇舜元篆書。
姜相峯蘇紳正書。

蒼玉洞宋人題名二十八段慶曆至紹興。汀州。

王稷題名慶曆八年。
徐大方等題名熙寧元年。
蕭佐等題名元豐九年。
陳郛等題名紹聖元年。
潘天隨等題名紹聖□年。
蔡亢題名建中端國元年。
臧子常等題名崇寧三年。
九僊居士題名崇寧三年。
章仲寧等題名大觀元年。
盛景仲等題名政和四年。
魏允道等題名宣和七年。
干彦仁等題名靖康元年。
薛敏季等題名建炎元年。
蘇公才等題名建炎二年。
程仲淵等題名紹興十三年。
斛繼善等題名紹興三十三年。
林伯忠等題名乾道八年。
鄭良嗣題名乾道八年。
吕大猷等題名淳祐三年。
陳日華等題名慶元三年。
張行儉等題名慶元三年。
陳映題名嘉泰二年。
陳映等題名嘉泰三年。
趙彦橚等題名嘉泰四年。
葉夢得等題名紹興□年。
种安等題名以下年月缺。
蘇才老等題名
按部題名

蒼玉洞宋人詩刻八段皇祐至慶元。汀州。

朝賢詩皇祐元年。

張口徐大方東禪寺詩熙寧三年。

蔣之奇詩熙寧四年。

郭祥正詩元豐四年。

章清二老峰詩大觀元年。

范智聞詩紹興十三年。

錢元忠詩寶慶三年。

蔡雋詩慶元□年。

鼓山宋人題名七十九段閩縣。

蘇才翁題名慶曆六年。

邵飾等題名慶曆六年。

黃子光等題名慶曆六年。

董淵等題名慶曆八年。

開筧路井識嘉祐二年。

施元長等題名嘉祐五年。

燕慶等題名二段嘉祐六年。

吕伯能等題名熙寧四年。

孫覺等題名元豐二年。

方宙等題名元祐四年。

錢公永等題名元祐四年。

程遜彦等題名元符三年。

僧有需開堂識大觀三年。

黃裳等題名政和四年。

李綱等題名紹興元年。

宗正倫等題名紹興十五年。

袁復一等題名紹興十九年。

林槐老等題名紹興廿一年。

吴巨濟等題名紹興二十二年。

趙仲承等題名紹興二十五年。

沈調等題名紹興二十八年。

汪若容等題名紹興二十八年。

魏之幹等題名紹興三十一年。

王之望題名乾道三年。

陳休齋題名淳熙四年。

朱文公題名淳熙十四年。

范機等題名慶元元年。

何澹等題名嘉泰二年。

吴渙等題名開禧元年，石應孫書。

陳景仁等題名開禧二年。

陳宓等題名開禧二年。

吴中等題名嘉定七年。

周燦等題名嘉定九年。

任惟明等題名嘉定十六年。

胡榘等題名嘉定十七年。

王居安等題名寶慶三年。

葉于之等題名紹定二年。

方遇題名紹定四年。

趙汝訓題名端平三年。

黃登等題名端平三年。

周圭等題名嘉熙三年。
王稼等題名淳祐元年。
張正子等題名淳祐三年。
謝奕正等題名淳祐四年。
謝安之題名淳祐四年。
楊選題名淳祐四年。
趙與鏘等題名淳祐四年。
李鏞題名淳祐□年。
趙彥楣等題名淳祐五年。
王子壽等題名淳祐五年。
應垕等題名淳祐六年。
喻󠄀等題名淳祐六年。
蘇溥等題名淳祐七年。
趙師畊題名淳祐七年。
趙希衮等題名淳祐七年。
鄭思問等題名淳祐七年。
鄭玠等題名淳祐八年。
方克昌等題名淳祐八年。
鄭宷等題名淳祐八年。
樓治等題名淳祐九年。
趙與遺等題名淳祐九年。
鄭仲路等題名淳祐十年。
胡垓等題名寶祐五年。
趙與檟等題名寶祐六年。
葉從龍題名開慶元年。
湯漢等題名開慶元年。
王鎔等題名景定四年。
常挺等題名咸淳元年。
杜應等題名咸淳元年。
劉震孫題名咸淳二年。
林希逸等題名咸淳二年。
陳穆題名咸淳五年。
廖邦傑題名咸淳九年。
葺石覓題字咸淳。
曹繼年題名以下年缺。
周濱題名
柳元禮等題名
陳珏題名

鼓山宋人詩刻十七段閩縣。

邵去華詩慶曆六年。
黃軺詩紹興二十八年。
趙汝愚詩紹熙二年。
愚齋詩淳熙十三年。
趙晉臣詩慶元三年。
鄭昭先詩嘉定十七年。
無名氏詩淳祐四年。
劉霆詩淳祐七年。
鄭仁詩淳祐八年。
徐錫之詩淳祐九年。
趙與滂詩淳祐九年。
趙汝珣詩淳祐九年。

釋癡絶詩淳祐十一年。

史季温詩淳祐十一年。

鄭應開詩寶祐元年。

張鎮初詩咸淳三年。

趙希忛詩無年月。

鼓山宋人榜書八段閩縣。

忘歸石蔡襄。

國師巖蔡襄。

國師巖陳襄。

喝水巖施元長。

天風海濤朱文公。

無量壽佛無名氏。

壽無名氏。

蔗境無名氏,有趙與滂跋。

烏石山宋人詩刻十一段閩縣。

王逵詩慶曆二年。

程師孟、張徽宿猿洞詩

程師孟詩熙寧元年。

程師孟、張徽、沈紳唱和詩

程師孟詩熙寧二年。

張徽詩熙寧二年。

黄軺詩紹興二十七年。

趙公廙詩淳熙九年。

李圖南詩嘉定六年。

趙希道詩淳祐四年。

趙崇煚詩年缺。

烏石山宋人題名四十八段閩縣。

李上交題名皇祐二年。

師秉等題名二段皇祐二年。

程公闢等題名熙寧元年。

蔣之奇、張徽題名熙寧四年。

張汝賢等題名元豐八年。

江煒等題名元祐四年。

柯述等題名二段元祐五年。

王若愚等題名紹聖元年。

黄思道等題名紹聖四年。

江公著等題名元符三年。

之進題名崇寧四年。

智叔等題名崇寧四年。

喬世材等題名崇寧五年。

黄琚等題名宣和六年。

鄭尚明題名

嗣濮王仲湜題名建炎四年。

孟庾等題名紹興二年。

潘正夫題名紹興二年。

程邁等題名紹興二年。

葉宋穎等題名紹興十五年。

向彦績等題名紹興十五年。
陳休齋題名淳熙三年。
梁叔子等題名淳熙七年。
趙子直、朱文公題名淳熙十年。
鄧漢卿等題名紹熙元年。
鄭自誠等題名嘉定元年。
沈如愚等題名嘉定五年。
韓元豹等題名嘉定五年。
蔡荎等題名嘉定七年。
劉輔之等題名嘉定十年。
詹乂民題名嘉定十七年。
王簡卿等題名寶慶三年。
胡伯量等題名紹定四年。
汪彦等題名紹定四年。
項顒等題名端平二年。
周自介等題名淳祐元年。
趙希衮等題名淳祐七年。
史季温等題名淳祐十年。
趙希瀞等題名淳祐十年。
陳傳□等題名景定四年。
王鎔等題名景定四年。
趙希忕等題名咸淳二年。
趙若遂等題名咸淳三年。
陳淳祖等題名咸淳三年。
池師曾等題名咸淳四年。
鄭文龍等題名咸淳五年。

烏石山宋人榜書七段閩縣。

第一山米芾書。
宿猿洞
沖天臺
道山亭均程師孟篆書。
石室清隱
光風霽月均朱子書。
福傳爲朱子書。

莫兼達夫巖題名皇祐二年。同安。

寶慶寺鐵井闌記至和元年，記毁於粤匪。浦城。

萬安橋記嘉祐五年，蔡襄撰并書。晉江。

劉弈墓誌嘉祐六年，蔡襄撰并書。侯官。

韓中令像贊治平元年，歐陽修撰，蔡襄書。晉江。

于山宋人題名十二段福州。

張徽等題名熙寧二年。
江公著等題名元符三年。
葉彦成等題名崇寧五年。
何誼直等題名政和二年。

陳暘題名政和四年。
俞師直等題名宣和四年。
黄處中等題名二段宣和七年。
吴正仲等題名靖康元年。
鄭滋等題名紹興二年。
程晉道等題名紹興二年。
陳休齋題名淳熙三年。

戴忱蓮華峯詩熙寧三年，曾孝修篆書。南安。

沈紳等鳳池山題名熙寧三年。侯官。

鼓山銘熙寧四年，沈紳撰。閩縣。

清源山宋人題名九段晉江。

伯常等題名熙寧四年。
瑞像巖造像記元祐二年。
胡仲方等題名慶元三年。
趙師諍等題名慶元六年。
施誠一等題名嘉定十三年。
趙貫道題名嘉定十四年。
趙楷等題名嘉熙四年。
趙楷等題名淳祐五年。
趙崇鐖題名德祐元年。

清源山宋人榜書三段晉江。

第一山米芾書。
壽淳祐四年林奭書。
虎乳吕道人書，無年號肘。

東嶽廟蓮盆識元豐元年。侯官。

品石山箋經臺宋人題名三段福州。

陳紘等題名元豐五年。
陳孔碩等題名嘉定十六年。
王開卿等題名寶慶三年。

漳州開元寺石盆識元豐六年。龍溪。

高蓋山宋人題名四段永福。

黄叙題名二段元豐八年。
鄭儼等題名嘉泰元年。
董鴻道題名嘉熙四年。

南澗寺架廬識元豐八年。閩縣。

方廷範墓碣蘇軾書，無年月。莆田。

會通井牀題字二段元祐三年、紹興二十四年。晉江。

福州社壇銘元祐六年,柯述撰,王裕民書。閩縣。

武夷山宋人題名十五段崇安。

胡師文等題名紹聖二年。
何叔京等題名淳熙二年。
劉彦集等題名淳熙五年。
黄德光等題名淳熙七年。
劉嶽卿等題名淳熙八年。
劉袞等題名淳熙九年。
曾槩等題名開禧二年。
鄒應傳等題名嘉定七年。
留元綱等題名嘉定九年。
蔡杭等題名嘉熙三年。
魏國表等題名淳祐元年。
翁泳等題名寶祐二年。
饒虎臣等題名寶祐二年。
黄宜任等題名寶祐四年。
晏午鳳題名咸淳四年。

張府君墓碣崇寧五年。福州。

武夷山宋人詩刻二段崇安。

李景换骨巖詩宣和二年。
朱文公棹歌僅存一首。

武夷山宋人榜書七段崇安。

雲巖
逝者如斯
茶竈均朱子書。
千巖萬壑蔡沈。
昇真元化之洞游九言。
九曲溪趙師巖。
風洞徐自强。

鐵佛殿石磄題識大觀二年。福州。

神霄玉清萬壽宫碑宣和元年,徽宗御製御書。莆田。

宣和石槽識宣和六年。福州。

韓忠獻王像贊靖康元年,韓駒撰。晉江。

題顯應廟詩紹興二年,李綱撰書。寧化。

瑞巖山宋人題名四段福清。

任子寧等題名紹興六年。
俞壽翁等題名淳熙十一年。

陳叔綸等題名慶元二年。　劉克遜等題名嘉定十二年。

泉州重建州學記紹興八年，張讀撰，李邴書。晉江。

友石臺記紹興八年，劉子翬撰，朱文公書。建寧。

九日山宋人詩刻三段南安。

黄公度詩紹興十二年。　趙時焕、趙崇嗷詩淳祐十二年。

陳炎子詩淳祐十二年。

開元寺柳三娘造塔記紹興十五年。晉江。

趙端禮寶華山題名紹興十九年。連江。

李撰埋銘紹興十八年，其子鑄撰并書。福州。

安平橋石刻紹興二十一年，陳大方篆書。晉江。

咸安郡王趙士劄墓誌隆興二年，柯宋英撰，趙不尨書。晉江。

泉南佛國王十朋書。晉江。

韓中令忠獻祠碑乾道五年，梁克家撰，韓彦直書。晉江。

蓮華峰宋人題名二段南安。

趙大年等題名淳熙六年。　司馬伋等題名淳熙十年。

朱文公蒼野題名淳熙十年。莆田。

孝宗賜陳俊卿札淳熙十二，年俊卿跋。莆田。

延壽橋陳宓書。莆田。

修姜公輔墓記淳熙十三年，朱孝謹撰并書。

黄中美神道碑淳熙十五年，朱文公撰并書。邵武。

藩署石闌題字二段紹熙五年。福州。

朱文公書豳風慶元三年。晉江。

小山叢竹朱文公書。晉江。

陳日華霹靂巖題名慶元四年。長汀。

倪思瑞像巖詩嘉泰二年。晉江。

重摹泰山壽字嘉泰四年。長汀。

比丘正音等造石牆題字嘉泰四年。晉江。

嘉定磚嘉定三年。晉江。

陸侃墓誌嘉定五年,陸垣撰并書。閩縣。

飲盂題識嘉定七年。侯官。

方孚若修禊題識嘉定十二年,方左鉞篆書。晉江。

劉克莊妻林孺人墓志銘紹定元年,克莊撰并書。莆田。

水村遊釣劉克莊書。莆田。

鼓山請雨記紹定三年,徐鹿卿撰。閩縣。

浦城社稷壇記嘉熙二年,王埜撰。浦城。

萬安祝聖放生石刻嘉熙二年,劉煒叔書。晉江。

惠應廟神增封敕寶祐元年。邵武。

寶祐砧盆識寶祐四年。福州。

余充國夫妻墓誌銘咸淳五年,張文虎撰并書。侯官。

陳休齋、朱文公蓮華峰唱和詩咸淳六年,余士明書。南安。

演嶼聖跡文天祥書。莆田。

泉州子城磚款晉江。

李珠修磚塔識晉江。

元

武夷山元人題名五段崇安。

毋逢辰等題名二段至元二十八年。　徐夢奇題名至元二十八年。

李良傑等題名泰定三年。　孛羅等題名後至元六年。

烏石山元人詩刻三段閩縣。

王惲詩至元二十八年。　趙文昌詩大德二年。

僧家奴等道山亭燕集聯句至元九年,趙譚識任允。

泉州譙樓磚款元貞元年。晉江。

錢光弼品石山題名泰定二年。侯官。

重建協應廟記至順元年，林定老撰，陳鉅翁書。莆田。

鼓山元人題名六段閩縣。

楊忠翊題名大德元年。 林銓題名至元六年。

焦德裕等題名至正二年。 朵兒只班等題名至正十年。

薛朝晤等題名至正二十五年。 程世京等題名至正二十五年。

鼓山元人詩刻五段閩縣。

趙文昌詩大德二年。 楊剛中詩皇慶元年。

郝彦澤詩後至元四年。 鄭至詩二段至正二十年。

泉山書院記大德□年，高仰之撰。晉江。

泉州路學大晟樂記大德十年，楊應子撰，林坤書。晉江。

加封大成至聖文宣王詔大德十一年，林天澤識，蘇謂書。晉江。

一百大寺看經記延祐三年。晉江。

南山崇福寺鐘銘延祐六年。龍溪。

清源山元人榜書二段晉江。

蓬萊至治元年，僧一聰書。 出岫無心天曆□年，王子真書。

石門和尚塔誌元統元年。晉江。

重建清源純陽洞記後至元四年，僧用平撰，孫彦方書，晉江有原刻、重摹二石。

烏石山元人題名十七段閩縣。

焦德裕等題名至正二年，信雲甫書。 沙羅巴等題名大德二年。

林君則等題名天曆二年。 張伯陽等題名後至元六年。

劉順老題名至正三年。 孟誠等題名鄭杓隸書。

章容等題名 八都兒丁等題名至正七年。

許從宣等題名至正十二年。 李世安題名至正十三年。

王伯顔不花等題名至正二十年，孔汭書。

燕赤不華題名至正二十四年，鄭守仁書。

張閭題名至正二十四年，揭汯書。 傅好禮等題名至正二十四年。

王叔璵等題名至正二十五年。

至元題名殘字

蒙古書題名

瑞巖山元人題名九段福清。

徐從道等題名至正九年，字羅書。

楊翮題名至正九年。

曾希建題名至正十一年。

盧希韓等題名至正十九年。

伯亮題名至正二十一年。

蔣士暹等題名至正二十六年。

陳舜玉等題名至正二十六年。

廉吉祥等題名至正二十六年。

徐子正等題名至正二十七年。

偰玉立等九日山題名至正十年。南安。

偰玉立瑞像巖詩至正十年。晉江。

九日山元人榜書三段南安。

泉南佛國至正十年，偰玉立書。

如此江山方驎篆書。

無名木施德寬隸書。

延福寺砌明堂記至正十一年，僧道圓誌。南安。

阿里沙雪峰題名至正十二年。侯官。

烏石山東壁亭記至正二十四年，揭汯記并書。閩縣。

左丞雨題識至正二十三年。

承天寺石罏識至正二十七年，僧實和題。晉江。

脩碧霄巖記至正二十七年，鄭潛撰并書。晉江。

周盂鼎

秦中近時新出土銅器指不勝數，而其最者爲虢季子白盤、毛公鼎、盂鼎三器，鼎峙人間，罕有其儷。虢季盤最大，長近六尺，闊三尺許，中深一尺許，高亦如之，四足八環，凡百十有一字，皆有韻之文。盤出寶鷄，村人以之飲馬。徐明府燮鈞經其旁，駭其異，購歸南中，兵燹後爲劉省三軍門所有。毛公鼎較小，而文至四百八十一字，又重文九字，空格二字，前半隱隱有闌文在深凹處，屈曲如環。咸豐間,歸陳壽卿太史家。盂鼎乃岐山宋瑞卿比部金鑑。舊物。比部歿,其後人將他售,適袁筱塢司寇督糈在秦,語勿輕棄。同治甲戌冬,爲潘鄭盦世丈所得,以二人手車挽運入都,藏于滂喜齋中。鼎一名"南公鼎",文十九行,行十五字,合文十一字,凡二百九十六言。劉燕庭、喜海。吴子苾、式芬。陳壽卿介祺。三公,俱有釋文。陳氏諦審尤當。今録其所釋者于此云:佳唯。九月,王成王。卄古"扗"字。宗周,令命。盂,史官之辭。王若曰,盂,不顯。一行。玟文,加文以見文之文,乃王者之文,於義爲大。以爲玟如丁公之玎者,非。王,受天有大令命,扗不省。珷加王義同玟。王,嗣玟文。亡邦,闢闢,二行。乃匿省口。匍逋同或日同撫。有三四。方,[illegible]畯。正乃民。扗雩鄠,即事[illegible]。三行。酉酒。無設䤈贡,見《説文》。䤈,古酗字。有[illegible]疑古飛字,通兆。[illegible]烝。祀,無設醻封豕形。古故。天異翼。[illegible]。四行。子瀍,保先王口烝進也。有三方。我戠截。殷家墜。令,命。佳唯。五行。殷邊厌田雩,殷正百辟,率肄滚井形。于酉,酒。古故。喪六行。吕師省。巳,女汝。枚妹,辰又大服。余佳唯。即朕屮父,古文謂武王作《酒誥》。學,效也。女汝。七行。勿[illegible]。疑違字。余乃辟[illegible]合文,今我佳唯。即井刑型省。竈黽。于玟文。王。八行。正德,若玟文。王令命。二三正,今余佳唯。令命。女汝。盂。九行。召昭紹字。艾乂。[illegible]敬省,見師虎[illegible]太保四耳[illegible]及他全文。舊德巠,經。敏朝夕入[illegible],諫,从門闢四門之義。[illegible]奔走,俾。十行。以上前半。□□[illegible]治繩之象。天俾王曰:永令命。女汝。盂,井型省。乃嗣且祖。南公。公,三公,古六卿兼官。王十一行。曰:盂迺召昭。夾[illegible],終也。[illegible]戎,唯口出好興戎之義,以之名官。敏諫剛从言。訟。夙夕召詔省。十二行。我[illegible],烝三方雩。我其遹相先王受民受十三行。疆土錫錫之从三,以漢竟鍊[illegible]湅可證。女汝。鬯一卣。冂冕省。衣,市芾。舄,車余謂兩服馬形北[illegible]不得釋軒。馬,[illegible]錫。乃十四行。且祖。南公旂,用獸,古守字。[illegible]錫。女汝。邦[illegible]司。三白百。人。鬲地名。口疑徒。十五行。駿馭。至于庶人。畜合文。又卒合文。又九夫,叚乃[illegible]嗣。王十六行。臣十,又二白百。人,鬲千又卒合文。夫。亟極。[illegible]宓,即密,密人見《詩》。鬭口似爲。十七行。乃土。王曰:盂,若敬乃正,政同。勿瀍。廢。朕令命,盂用十八行。對王休。休命也。用乍且祖。南公寶鼎,佳唯。王廿又三祀。十九行。後三句盂記作鼎事之辭。以上後半。鄭盦丈有盂鼎歌云："盂鼎出岐陽，劉吴皆著録。字畫獨瓌奇，文從悉可讀。盂名古無徵，王命實嚴肅。嗣多戒酗釀，文有云：在雩即事口，酒無敢酗。有燕豐祀無敢釀。恉與酒誥續。蓋是周大夫，掌酒食畿禄。殷以沈湎亡，周鑒懔墜谷。立監又佐史，申誡編臣僕。文王與武王，字左皆從玉。"文王"字三見皆作"玟"，"武王"字一見作"珷"，他器所無。邊侯邊伯先，受田作湯沐。文有云"邊侯田"。案：《左氏傳》莊十九：邊伯之宫近於王宫。邊侯疑邊伯之先，其所田則受田也。南公南仲祖，世卿箸氏族。文有云：刑乃嗣祖南公。又云：錫乃祖南公旂。又云：用作祖南公寶鼎。案：南爲殷時國，《詩》之南仲蓋其後也。成周事弗具，墜簡久沈陸。幸賴彝器存，十可證五六。勿詳寧闕疑，信耳且憑目。苟其迹可搜，奚憚指畫腹？偉兹宗周物，鄭重等球簶。何取輕詆諆？魯贗同垢黷。况夫通借例，多足證故牘。鍋建字殊形，廢灋音同屬。勿灋朕令，灋即廢也。侒古吾豈敢？聊破衆疑蓄。"

閩石刻目續記

閩中石刻見於宋人所記者，今復採而録之，訪碑者庶可考焉。鄭夾漈《金石略》所收凡十碑，均見諸書，不復録，其見於陳思《寶刻叢編》者，凡二十七種。案：宋無名氏《寶刻類編》所收閩刻凡七種，惟柳公權大中寺題、空寂寺題在叢編外。

觀音寺古篆以下福州。□□無書人名，凡十字，體如篆籀，其文非字書所有，在福州永泰縣觀音院後山上，如以手指畫石而爲之，非人迹也。《集古録目》。唐東山愛同寺懷道闍梨碑，唐栝州刺史李邕撰并書。闍梨姓陳氏，爲福州愛同寺僧。碑以開元二十五年七月立。《集古録目》。大乘愛同之寺，唐李邕書。《諸道石刻録》。唐般若臺題，唐李陽冰篆，大曆七年立。《金石録》。在神光寺石壁上，大字二十四字，著作郎兼監察御史李貢造。《諸道石刻録》。唐東山懷一律師碑，唐皇甫政撰，褚長文正書，邱悌篆額，貞元八年四月十五日立。《復齋碑録》。唐愛同寺西院大律師碑，唐劉太貞撰，于頔書，貞元八年立。《諸道石刻録》。唐貞元無垢净光塔銘，唐庾承宣撰，無書人名氏篆額，貞元十五年四月立。《諸道石刻録》。唐東山愛同兩寺義食堂畫壁記，唐馮審撰，顔顒書篆額，元和四年五月。《諸道石刻録》。唐毬場山亭記，唐馮審撰，分書無姓名篆額，元和八年立。《復齋碑録》。唐聖泉寺法華院記,唐劉軻撰,大和四年立,碑三面皆刻字。《諸道石刻録》。唐新造上生院記,唐李貽孫撰,正書無名,大中六年四月十三日立,在神光寺。《復齋碑録》。唐毬場山亭二十詠并序,唐福州刺史裴次元作,大中十年刻。《諸道石刻録》。唐閩遷新社記,唐攝館驛巡官前進士濮陽亡撰,書爲八分,不著名氏,福州刺史楊君碑不著名。改立新社稷風雨壇,遂記其壇壝室宇之制,碑以大中十年十一月立。《集古録目》。唐九峰鎮國禪院額,唐柳公權書,咸通二年八月八日題。《閩中記》云在懷安縣北。《諸道石刻録》。案:亦見《寶刻類編》。唐建天王堂記,唐盧標撰,咸通七年立。《諸道石刻録》。唐神光寺碑,唐李勳撰,盧元書并篆額,咸通八年十二月立。《閩中記》云:神光寺在城内烏石山正西。《諸道石刻録》。案:亦見《類編》。唐定光塔記,唐黄滔撰,進士劉堿書并篆額,天祐二年立。《諸道石刻録》。唐南澗寺石像記,唐四門助教歐陽詹撰。《諸道石刻録》。晉尊勝經幢,李紹元書,天福九年立。《諸道石刻録》。案:亦見《類編》。後周尊勝經幢并記,僧文琠按:一作瑱。記,顯德三年立。《諸道石刻録》。案:亦見《類編》。後周外湯院置田記,大德亞山高述顯德六年十一月立。《諸道石刻録》。案:亦見《類編》,在"姓名殘缺"類。漳州故羅漢禪師碑,張廣撰,僧匡按:《類編》作"臣"。政書,閩王昶通文元年建。《諸道石刻録》。閩忠懿王德政碑,于兢撰。《諸道石刻録》。大潙延聖禪師碑,崔允撰。《諸道石刻録》。唐黄畬廟記,建州。唐吴安世撰并正書,廣德二年六月初三日記。《復齋碑録》。唐二按:原作"三"。公亭記泉州,唐四門助教歐陽詹撰,在東湖。《諸道石刻録》。

其見於王象之《輿地紀勝》者,凡七十二種:

閩遷新社記,已見上。懷道闍梨頌,見上。永福縣無名篆,古號仙篆,見上。重興院碑,在蒜嶺西,有石碑勒"石馬泉"三字。水際香積院記,院在水際里,天成三年記,刻石尚存。安國寺碑,長興元年,閩王所立。李陽冰篆,見上。上生院記,見上。西院大律師碑,見上。羅漢堂記,見上。賈島章敬國師碑,在閩縣方山寺。懷一塔碑,見上。開元敕書,在連江縣光化寺。南澗寺天王石像記,見上。毬場山亭記,見上。東山聖泉法華院記,見上。懷安縣天王堂記,咸通七年,何蟾記。太姥山記,乾符六年,林嵩記。恩賜琅邪郡王德政碑,見上。重修忠懿王廟碑,天復元年,錢昱撰。案:此碑今存乃開寶九年，非天復也。永福縣高蓋名山院碑，乾封歲，王蟾撰。新修神光寺碑，見上。雪峰寺無字碑，雪峰真覺大師碑，黄滔撰。烏石宣威感應王廟碑銘，會同十年，陳郊撰。薛老峯碑，在烏石山頂。光禄臺碑，在侯官法祥院，鐫"光禄吟臺"四字。甘棠院記，在州治。開寶七年，錢昱記。建善寺碑，在長溪縣。建隆四年，吴謹辭撰。太原灘留題，永福。天寶狀元讖碑。福清石竹山。已上福州。唐貞觀中石刻，在湛盧山，去松溪縣南二十里。分水嶺銘，在崇安縣，鐫于厓石上。集公山石刻，在建陽縣北江側，與弟子題名。勝杲院記，天聖中，章得象記。乘風堂記，北苑鳳凰山。慶曆戊子，柯適記。甌粵銘，李綱。游先生祠堂記。朱子。以上建寧。唐暨克華州廳壁記，趙曄記。席相新六曹都堂記，正元十一年，歐陽詹撰。席相北樓記，唐貞元初，歐陽詹撰。二公亭記，見上。桃林場記，大中十三年，盛均撰。馬懿公壁記，元和二年，馬總撰。王氏刺史廳壁記，保大五年，黄滔撰。永春縣記，開寶三年立，又有江公望多暇亭記刻於碑陰。惠安靈光院記，天聖八年，蔡襄撰。萬安橋記，蔡襄。高士峯石像篆，延福寺有石題曰高士峯。柳公權書，晉江瑞峯院有閣榜曰贍部靈源之閣，相傳柳公權書，鳥雀不敢棲。泉州刺史之數，案：此當是大守題名石。泉州進士題名，鄭俠序。唐相李深之題名。以上泉州。唐王諷三平大師碑，唐沈懷遠碑，咸通二年。晉亭碑；陳元光威烈廟記，唐垂拱二年。已上漳州。唐中丞伍公墓誌，正明元年，舍人張策撰。汀州。僊書石，劍浦縣蕭坑之前。黯淡院留題，在劍浦妙峯閣上，有蔡襄題字及李孝彦草書賈清詩。虎頭岩記，在將樂縣南，楊時記。鎮國廟碑，寶華院記；在將樂縣南十五里，有閩王氏鑄銅鐘。天王院留題，在沙縣壁間，有韓偓題詩。尤溪縣新學記，朱子文，已上南劍州。王氏石銘，邵武。吏隱堂銘，葉儀鳳記。李丞相祠堂記，在軍學，朱子文。以上邵武。石敢當碑，仙篆石，莆田縣北十里陳岩北。石碑，莆田縣南十里鳥跡文。中峯庵記。以上興化軍。

滕縣殷微子墓碑

孔子書吴季札墓，諸金石家書皆著録。"殷比干墓"四字拓本亦見於《隸釋》、《漢隸字源》、《兩漢金石記》，俱以爲漢人書，然世尚有疑其贋託者。近雪滄丈示我滕縣《漢殷微子墓碑》，云是近人周少紱司馬所得，鄭虞臣農部藏有拓本。其文曰：殷微子墓，以漢建初尺度之，字高二尺，廣一尺三寸，額曰“仁參箕”，比字高八寸，廣三寸。右三行中曰：大漢建始元年，歲在己丑，在□人□□舊丞相安樂侯匡衡立。石左曰侍中般伯題，額右曰南昌尉梅福篆文。中行下曰□世孫□□嘉公摩勒上石。字徑寸，全碑均篆文，凡四十九字，泐者四字，疑者二字。雪丈定爲漢刻，爲之考冞正郅寉，且系以詩云：

白馬東奔客，何年載骨還？穹碑題漢篆，壞土拜微山。安得公孤在？重參實玉班。衣冠仍宋祚，子姓豈殷頑？結網人千户，成村水一灣。王孫已歧路，尸祝共廛寰。卻羨彈琴宰，如承祭器頒。歸裝餘長物，换劫爲開顔。禾黍嗟雙亳，魚龍護百蠻。亦知吾意重，幸破故人慳。好古偏生晚，逃時且習閒。比干盤欲叩，朝鮮碣新攀。比干銅盤銘及孔子題碣字予舊有之，朝鮮陳唐各碑爲新得也。星斗捫天上，金絲起壁間。僮侯磚笵布，碑爲匡衡立石。衡侯封樂安鄉，在潼，屬臨淮郡。仙尉墨花斑。一例臣躬瘁，同傷國步艱。扁舟自滄海，福地自嫏環。能壽多貞石，相親獨掩關。沸羹猶在誦，諫草不曾删。振鷺西風急，狐駘落日殷。何當滕邑路？一爲剔茆菅。

陳鐵香内兄亟辨之，謂非唐以前物，且其地域之相暌，體製之非古，稱謂之未當，年月之相迕，文曰立石上石，而碑係磚刻，自相剌謬。種種疑竇，似乎難解。二公均好古而博證者，彼此跋辨，均執一解。書隘不能備登，節記之，以俟博雅者，不敢左右袒也。

寫韻樓詩鈔

金陵王雲藍夫人瑶芬，嚴比玉司馬之配也。能書畫，尤工詩，吐棄凡艷，自寫性情，著有《寫韻樓詩鈔》。女永華，亦能詩，歸沈仲復前輩，爲重刻於京江榷署。《寄外》云：“憶自送行旌，朝朝數去程。那堪家計累？又惹客愁生。遠道勞于役，清時好策名。殷勤望加飯，慰我異鄉情。”又《七夕别外》云：“天上相逢夕，人間紀别辰。星河明耿耿，車馬去逡逡。離思不堪贈，芳時相與珍。漢江如艤棹，爲我省雙親。”永華夫人，號少藍。題《焦山吸江樓》詩云：“到此游蹤倦，山椒舊有亭。一椽聊可憇,四達不容肩。古佛低眉坐,雄濤側耳聽。枝柯紛眼底,未得瞰滄溟。""絶頂建層樓,蒼茫一望收。山含太古意,月照大江秋。雲水通呼吸,帆檣自去留。何須埽濃翠,面面豁吟眸。"詩已勒石。

輜重累重

輜重,行具車也;累重,家屬也。《前漢書·韓安國傳》云"擊輜重",註輜謂衣車,重謂載重,故行者之資,總曰輜重。漢《西域傳》:"屯田輪臺,募民壯健,累重敢涉者,詣田所。"注:"累重,謂妻子家屬也。"又宋吴箕《常談》云:緇重,緇衣也;重,謂載重物車也。緇重,自是兩車名。今人多以"緇重"爲"輜重",藏物之車,"孫子爲師,居輜車"是也。其義亦可兩通。

許澂甫師

澂甫師治古文辭,恪奉八家,源流派别,率能指所從出。嘗云:閩中古文,前推王遵巖,後數朱梅崖。遵巖得曾法,梅崖近韓格,皆八家嫡派也。但存文太繁,利鈍錯出,思欲别裁精粹,勒爲一書。八家之中尤瓣香昌黎,案頭置光澤高雨農舍人所著《韓文故》一編。每深羡其書注釋詳覈,評論文章盛衰源流,確有所見,絶非嚮壁虚造之流,惟惜其引用之書不詳名目,高頭加評苦似村學究氣象耳,亦思欲增注釐訂,改易規模,爲讀韓文者助一解。顧卒卒未就,天奪其紀,惜哉!

師嘗重校閩刻《歐陽四門文集》八卷本,雌黄滿衺,鈎稽四門生平出處、生卒年月,纂成跋言,幾類年譜。當校訂之時,每與鏔香比部兩人互讎。余亦間陪握管,雖除夕、元夜,俱相對坐,忘其精審,蓋不亞孫淵如、黄蕘圃、顧千里諸公云。顧每以未得歐集善本一勘爲恨。比戊辰重遊京師,得陳研薌比部所鈔宋蜀本十卷本,移録以歸,而師已簀,不及見矣。

澂甫師素藴經世之量,蓄而未暴,壯歲觀政秋曹,歷職未久,奉親歸養,戢翮蓬蒿,闢小築於水陸池西,插架數萬卷,手讎目校,翻閱殆遍,然且飭治排比,若手未觸。既辭白雲樓吏,乃署其室曰"聊中隱齋",蓋老於是鄉矣。善爲古文辭，尤傾心退之，顧名山譔著之業，退讓未遑，有所述製，尤謙牧自下，不肯示人，如顯曾受業師門久已，一辭莫贊，而師亦不憚殷殷下問，每出一篇，輒商量至再乃削稿。稿既脱，復棄置不自珍惜。近年來，乃剟拾聊中隱齋遺稿及所輯《芳堅館題跋》二種，墨諸子版云。

師未歿之先，適吾郡重修東樓。上梁日，衣冠登拜，歸而病且貰，咸以爲神歸東樓，故楊雪滄丈挽師云："故鄉有幾心交，慧業生天，宰官成佛，那堪後召脩文，一紙上梁，説汝爲神同咄咄；前日纔傳書到，打碑索負，校字分勞，豈意忽睽吾道，數行遺墨，盼君逆旅尚栖栖。"按：時閩方開局重刊正誼堂書，雪丈曾郵寄數本屬師分校，故云。

丙寅秋將遊都門，師約爲先覓館舍，於京邸或同聚，或鄰比，行將飭囊篋，聯儔侣，浮沉郎署，飽喫長安米。比余寓裝於鄞，即得師凶耗。聞喪紀之度，居室之務，皆藉黄濟川、陳銕香兩比部爲之經理，竟不獲走一觴奠牖下，有餘痛焉！曾寄詩哭之，詩載稿中，兹不贅登。

《桐西舊話》云：先生嘗自言不善爲詩，以故爲什殊寡，然其七言今體律切工緻，伐材於西崑，結響於劍南，以儷羣雅，亦何遽爲白茅之藉，良由含咀既懋，故涉筆自工。世有枵腹談詩者，當以此爲特健藥。

揚子《法言》云："育而不苗者，吾家之童烏乎！九齡而與我玄。"蘇東坡在惠州，其子遯之死也，有詩云："苗而不秀豈其天，不使童烏與我玄。"張芸叟以公奴終七，有詩云："學語僅能追驥子，草玄安敢望童烏？"瀓甫師哭許芥航孝廉云："文譽久曾推老鳳，法言恨不付童烏。"烏爲子雲之子，引用者無異詞，而《步里客談》謂童下合有一點，蓋子雲之意，歎其子童蒙而早亡，故曰"烏乎"，是即"嗚呼"二字，其説奇而未足徵信也。

趙甌北句云："碑無裴相酬縑數，畫豈文同要襪材？"瀓甫師亦有句云："賣文只合題鞵底，乞畫任教聚襪材。"尤工對也。

林錫三同年遺詩

余曾存故友詩數家於前卷中。今年來謝麐伯太史繼徂，已續登其遺吟矣。

近復聞林錫三學使天齡。江南之訃。故人雕謝，天霣文星，爲之作惡累日。因檢其遺詩八首，附録于此，云："秋早蓮猶在，清池見素風。定知君子品，也與晚芳同。高格如相待，暗香時一通。搴裳望江水，騷意滿庭中。"《妙相寺蓮花》。"西山一别百三旬，依舊歸來境界新。秋後雲容多澹宕，雨餘石骨更嶙峋。官橋古渡無流水，老樹疏枝待發春。只羨高人長偃蹇，朝朝青眼看風塵。"《歸途望西山》。"乾坤枉生汝，秀氣得無多。也算鍾靈負，其如獻醜何？無才還崛强，得勢總偏頗。没字憑君笑，秦碑尚未磨。"《頑石》。"之子抱瑶瑟，翛然古調彈。此中有真賞，舊夢在幽蘭。明月天逾淡，空山歲易闌。沉沉香草意，湘水至今寒。"《幽蘭》。"撫臣徒守土，藩鎮忽興戎。擁節機先失，飛章路不通。哀吟書白壁，忠憤訴蒼穹。太息桂林事，還思馬坦公。"《讀范忠貞畫壁詩》。"四鎮倉皇尚擁兵，艱難誰與保神京？不因大獄興文字，未見偏安息戰爭。煙雨南朝真似夢，鶯花舊院不勝情。應將扇底斑斑淚，付與寒潮咽恨聲。"《桃花扇題後》。"莫問宣和舊花草，官家墨蹟黯然收。王孫老去真龍出，故國歸來白雁秋。尚有餘情付蘭竹，已看奇氣盡驊騮。桑乾百匹何年渡？夢裏哀吟憶陸游。"《趙子昂畫馬》。"一聲萬古作松風，身世孤臣似爨桐。半壁紅塵飛滚滚，五陵白雁去匆匆。除將如意無知己，唱罷冬青感故宫。曠代有魂招不得，蒼凉柴市夕陽紅。"《文信國琴》。"荒亭西望蜀雲漫，問字無人宿草乾。並代相如争著作，一時新莽玷衣冠。劇秦莫洗文章穢，投閣方知氣節難。何似南陽諸葛氏，高吟梁父草廬寬。"《草玄亭》。

亦園脞牘卷八

李文節公

李文節公廷機，清操冠世，而當時諫垣至數十疏攻之，杜門六年而復行。《野獲編》曰：言事者須得實方動上聽，如丁未、戊申間，李九我爲宗伯真是兩袖清風，而言者至以簠簋蔑之。主上素重其冰蘗，簡注最久，見此等疏直，一笑置之耳。又彈李晉江諸疏，往往指其學問之僻，執持之拗，全是王介甫。嗟乎，介甫亦何可輕許人哉！《縮綽堂掌録》。

《野獲編》云：晉江公居破廟五年，乞歸之疏幾七十上，每篇有一議論，初不重復，且詞理燦然明白，真是文家老手。惜當時草草閱過，不曾録得，視之亦可以悉文章之變態，才士之用心。按：文節公集中所存辭位之疏，僅見四十餘篇，沈氏所謂七十上，或記憶未真，抑刻集時有所删汰耶？

《野獲編》云：丁未歲閣臣，獨朱山陰一人尚未得稱首輔。上起故相王太倉、宗伯于東阿於家，召葉福清於南部，李溫陵以現任晉大宗伯，同入閣。時王不出，葉召未至，于抵京見朝，三日而殁，惟李即赴閣辦事。先是，推舉時言路攻李者，矢如蝟毛，不謂上違衆用之一旦，與朱兩人共事，衆益忿懼，詆之愈厲。未幾，葉至，李杜門乞身，朱亦卒於位。李當首揆，攻者矢石復集。李遂決計不出，而葉獨相矣。議者尚恐上眷李未衰，逐之轉急，李遂移居演象所之真武廟，悉遣家累，以示必去。自戊申至壬子，旅居五年，而始得請，物情既不附大權，又不關寒暑，閉門更無一人窺其庭，即其衡文所首舉已在詞林登坊局者，更對衆訕詈之，以明大義滅親。李性素褊，至是卻恬然不以爲異。有一同邑晉江士人，從邑令行取爲工部郎管廠，平日荷李提挈不淺，適當酷暑，真武廟地湫隘，李乞其廠中餘材搭一席篷遮日。畢事出門，偶遇舊友，見之惶駭無人色。哀祈其秘弗言，則一時人心趨向可知矣。古來宰相受侮者亦多,未有名列首揆,身居破屋,幾滿再考,淪落無聊至此者,亦史册所未睹也。工部郎改臺員,出視淮鹺,以簠簋落職遣戍。

文瑞樓書目

家藏舊鈔本書,惟天一閣本最多,皆綿繭紙藍絲闌鈔本。餘如祁氏澹生堂、毛氏汲古閣、鮑氏知不足齋、金氏文瑞樓等本,俱有數種。其致佳者,首屈毛、鮑二家,蓋繕録既不潦草,勘對彌復詳密。毛鈔之《風雅逸編》,鮑鈔之《周石初集》,其尤精者。次數金鈔,亦可悦目,然即《文瑞樓書目》中考之,則鈔本雖多,惟明集較富,餘皆見行之本,無甚祕册也。至其部居之譌,如收《説文解字》於印篆而題曰許冲,收《史記索隱》於雜史,而題曰裴駰,《文心雕龍》、《揚子雲集》入之子書而冠於儒家之上,《續宏簡録》登之正史而題曰邵經邦,小説類入顧絳《日知録》,總集類入胡曾《咏史詩》,如此之類,不一而足。此老於簿録之學,殊未精審,亦足歎也!

淡生堂藏書

明山陰祁氏淡生堂所儲經籍,蓋數千餘册,銘識款印鈐首壓尾,將爲廿珍,不逮亙年,散落人手,較范司馬家尤先佚也。予家藏生澹堂鈔本書如《尚書表註》、《緡雲文集》、《續軒渠集》等册,計五六部,潢治精好,首尾完善,翻閲一過,脱譌甚多,幾不可讀,因歎前輩好書嗜古,名震一時,宜皆校勘精善,而傭書無知,粗率苟且如此,主人不之察也,豈當時庋閣不觀,徒資插架之飾乎?天一閣所藏鈔本亦然。嗚呼難矣!

宋槧本東都事略

宋王偁《東都事略》,今時所見僅掃葉山房本,其最佳者五松室仿宋本,已足饜稽古家之嗜。昔在京師,見坊肆中一部,索直三十金,無力購獲,割愛置之。

前年在里門，喜得宋眉山程氏刊初印本，薄綿紙精好闊大，光氣熊熊，真人間鴻寶也。卷首有眉山程舍人宅刊行本，記稱眉山人，故鄉里先爲刊行乎？《持静齋書目》亦藏此書，同一槧印本，且云《讀書敏求記》所稱牧翁屬求不獲者即此。迄今又二百年，殆造化默爲呵護。曾文正公在揚州見之，詫爲人世未有之秘寶云云。予何幸無意中遘此瑰珍十襲百城中，良足壯寒酸之氣。

福經略詩偈

梅嶺飛來峯有福經略康安詩碣云："老僧借我古藤杖，一路扶摇上翠微。檢箇石頭松下坐，滿身衣濕看雲飛。"字如掌大，絶蒼勁。

左相國漳州紀功碑

同治四年秋，恪靖侯湘陰相國，既平漳州，乃勒紀功碑於好景山顛，自題篆書云：率師徒徂嶺嶠，窮山穴，截海徼，龍巖復漳州，平寇亂，息皇心。寧聞椎拓殊大難事，以其地多風，且有虎患也。

福建船政

我中華之造輪船，自左湘陰相國始也。先是，同治以來，大軍平寇多得力於水師，時或偶用輪船，則必雇諸外國，所費不貲。同治乙丑，左侯既靖閩難，移節西征，因請於福州水口之馬尾山下開廠試造。其地址寬大一百三十丈，長一百二十丈，深可十二丈，湖上倍之。設船槽、鐵廠、船廠，募洋人德克碑、日意格總其匠。沈制軍葆楨、丁中丞日昌、吴中丞贊誠相繼爲船政大臣。十年來，已成輪船二十艘，各錫以名，有"萬年清"、"飛雲"、"湄雲"、"鎮海"、"伏波"、"永保"、"海鏡"、"琛航"、"濟安"、"元凱"、"安瀾"、"揚武"、"登瀛洲"、"永清"、"藝成"諸號。駕駛皆用華人。既而江蘇亦設製造局於上海，所造之舟，其數亦不下於福建，然其事實自閩發之也。同治丙寅秋，合肥李相國購辦泰西機器，仿其製度，創局鑄造鎗炮，旋經曾滌生節相具奏。特廣其址兼造輪船。湘陰相國《擬造輪船疏》其略曰：

國家建都於燕,津沽實爲要鎮,自海上用兵以來,泰西各國火輪兵船,直達天津,藩籬竟成虛設,星馳飈舉,無足當之。自洋船準載北貨行銷各口,北地貨價騰貴,江浙大商,以海船爲業者,往北置貨價本愈增,比及回南,費重行遲,不能減價以敵洋商,日久銷耗愈甚,不惟虧折貨本,寖至歇其舊業。濱海之區,四民中商居什之六七,坐此闤闠蕭條,税釐减色,富商變爲窶人,游手驅爲人役,並恐海船擱朽。目前江浙海運,即有無船之慮,而漕政益難措手,是非設局急造輪船不爲功。從前中外臣工屢議雇買代造,而未敢輕議設局製造者,一則船廠擇地之難也;一則輪船機器購覓之難也;一則外國師匠要約之難也;一則籌集巨款之難也;一則中國之人不習管駕,船成仍須雇用洋人之難也;一則輪船既成,煤炭薪工需費不貲,月需支給,又時須修造之難也;一則非常之舉,謗議易興,創議者一人,任事者一人,旁觀者一人,事敗垂成,公私均害之難也。有此數難,毋怪執咎無人,不敢一紓籌策,以徇公家之急。臣愚以爲,欲防海之害而收其利,非整理水師不可;欲整理水師,非設局監造輪船不可。泰西巧而中國不必安於拙也,泰西有而中國不能傲以無也。雖善作者不必其善成,而善因者究易於善創。如慮船廠擇地之難,則福建海口羅星塔一帶,開槽濬渠,水清土實,爲粤、浙、江蘇所無,臣在浙時,即聞洋人之論如此。昨回福州,參以衆論,亦復相同。是船廠固有其地也。如慮機器購覓之難,則先購機器一具,鉅細畢備,覓雇西洋師匠,與之俱來,以機器制造機器,積微成鉅,化一爲百。機器既備,成一船輪機即成一船,成一船即練一船之兵,比及五年,成船稍多,可以布置沿海各省,遥衛津沽。由此更添機器,觸類旁通,凡製造鎗炮、炸彈,鑄錢治水,有適生民日用者,均可次第爲之。惟事屬創始,中國無能赴各國購覓之人,且機器良楛,亦難驟辨,仍須託洋人購覓,寬給其值,但求其良,則亦非不可必得也。如慮外國師匠要約之難,則先立條約,定其薪水,到廠後由局挑選内地各項之少壯明白者,隨同學習。其性慧夙有巧思者,無論官紳庶士,一體入局講習,拙者、惰者隨時更補。西洋師匠盡心教藝者,總辦洋員薪水全給,如靳不傳授者,罰扣薪水,似亦易有把握。如慮籌集巨款之難,就閩論,海關結款既完,則此款應可劃項支應,不足則提取釐税益之。又臣曾函商浙江撫臣馬新貽、新授廣東撫臣蔣益澧，均以此爲必不容緩，願湊集巨款，以觀其成。計造船廠、購機器、募師匠，須費三十餘萬兩，開工集料支給、中外匠作薪水，每月約需五六萬兩，以一年計之，需費六十餘萬兩。創始兩年，成船少而費極多，迨三四五年，則工以熟而速，成船多而費亦漸減，通計五年所費不過三百餘萬兩。五年之中，國家捐此數百萬之入，合雖見多，分亦見少，似尚未爲難也。如慮船成以後，中國無人堪作船主，看盤管車諸事，均須雇倩洋人，則定議之初，即先與訂明，教習造船即兼教習駕駛，船成即令隨同出洋，周歷各海口，無論兵弁、各色人等，有講習精通能爲船主者，即給予武職千把、都守，由虛銜洊補實職，俾領水師，則材技之士爭起赴之，將來講習益精，水師人材固不可勝用矣。且臣訪聞浙江寧波一帶，現亦有粗知管駕輪船之人，如選調入局，船成即令其管駕，似得力更速也。如慮煤炭薪工按月支給所費不貲及修造爲難之費，則以新造輪船運漕而以雇沙船之價給之，漕務畢，則聽受商雇薄取其值，以爲修造之費。海疆有警，專聽調遣，隨賊所在，絡繹奔赴，分攻合勦，剋期可至。大凡水師宜常川住船操練，俾其服習風濤，長其精力，深其閱歷，然後可恃爲常勝之軍。近觀海口各國所駐兵船，每月操演數次，儼臨大敵，遇有盗艇，即踴躍攫擊，以試其能，所以防其惡勞好逸者如此。且船械機器廢擱不用則朽鈍堪虞，時加淬厲，則晶瑩益出，故船成之後，不妨裝載商貨，藉以捕盗而護商，兼可習勞而集費，似歲修經費無俟別籌也。至非常之舉，謗議易興，始則憂其無成，繼則議其多費，或更譏其失體，皆意中必有之事。然臣愚竊有説焉：防海必用海船，海船不敵輪船之靈捷。西洋各國與俄羅斯、咪利堅，數十年來講求輪船之制，互相師法，製作日精。東洋日本，始購輪船拆視仿造未成，近乃遣人赴英吉利學其文字，究其象數，爲仿製輪船張本。不數年後，東洋輪船亦必有成，獨中國因頻年軍務繁興，未暇議及，雖前此有代造之舉，現復奉諭購雇輪船，然皆未爲了局。彼此同以大海爲利，彼有所挾，我獨無之，譬有渡河人操舟，而我結筏；譬猶使馬人跨駿，而我騎驢可乎？臣自道光十九年海上事起，凡唐、宋以來史傳、別録、説部及國朝志乘載記官私各書，有關海國故事者，每涉獵及之，粗悉梗概，大約火輪兵船之製，不過近數十年事，於前無徵也。前在杭州時，曾覓匠仿造小輪船，形模粗具，試之西湖，駛行不速，以示洋將德克碑、税務司日意格，據云大致不差，惟輪機須從西洋購覓乃臻捷便，因出法國製船圖册相示，並請代爲監造，以西法傳之中土。適髪逆陷漳州，臣入閩督勦，未暇及也。嗣德克碑歸國，繪具圖式船廠圖册，並將購覓輪機、招延洋匠各事宜，逐款開載，寄由日意格轉送漳州行營。德克碑旋來漳州接見，臣時方赴粤東督勦，未暇定議。德克碑辭赴暹羅，屬日意格候信，彼此往返講論，漸得要領。日意格聞臣由粤凱旋，擬來閩面訂一切。臣原擬俟其來閩商妥後，再具摺陳請旨。因日意格尚未前來，適奉購雇輪船寄諭，應先將擬造輪船緣由據實馳請，伏乞皇太后、皇上聖鑒訓示！至設局、開廠、購料、興工一切事宜，極爲繁重，俟奉到諭旨允行後，再當條舉件繫，恭呈御覽，合併聲明。謹奏。同治五年五月十三日具奏。

輪　船　頌

羅景山提衛大春。曾督官局輪船水師，屬徐仲眉葆齡。作《輪船頌》。而晉江林月樵上舍，霽。爲仿蔡書《萬安橋記》體書之，其辭曰："是器是智，是形是氣，驅仿五行役天地。海天茫茫，火水相濟，海若効靈天吴避。周旋八極讋四裔，保我皇清億萬禩。"字大八寸，同治癸酉勒石於厦門，尋復翻刻一石，植吾郡武廟中。月樵所書，尚有李子和制軍、蔡忠惠廟詩，四石立于廟中。書法追摹忠惠，尤足亂真。

楹　帖　續　記

楊滋圃游幕南陽，作楹帖云："勞形于詳驗關咨移檄牒；寓目在欽蒙夻准據爲承。"讀之令人失笑。

今年自撰廳柱聯語云："春到柯亭，愧十餘年故我蹉跎，一事無成，兩鬢絲矣；家留鄴架，對三萬卷奇書充牣，百城徒擁，四壁蕭然。"

楊子恂同年挽徐樹人中丞云："是廿年南國福星，教澤在士，遺愛在民，嗟我蒼生，讀到口碑惟墮淚；數當代中興良佐，循吏有傳，功臣有表，報公青史，愧無手筆爲書勳。”

陳剛勇公勝元。死節，昨歲其嗣敦五季廉覓骸得之。雪滄丈云：剛勇爲先君至交，每寓子家，幼時極蒙垂愛，性好佛，嘗自製袈裟、僧鞵、僧帽。故其挽剛勇公聯云：“栗里侍清談，四十年前，解榻相迎，報國敢忘摩頂語；蕪湖藏毅魄，三千里外，蜕衣重捧，表忠合繪負骸圖。”聞述堂敦五兄弟，述其求籤於某神，有采石磯頭之語，竟於彼地得之，亦一奇也。

萬乙樓太守集杜句贈人楹帖云：“古來材大難爲用；老去悲秋强自寬。”謝夢漁給諫集杜句，屬余書楹帖云：“側身天地更懷古；獨立蒼茫自賦詩。”

秋　燕　詩

“不堪細雨燈殘夜，猶捲珠簾待汝歸。”丁雁水先生詠秋燕句也。纏緜輕蒨，夙喜誦之。陳鐵香亦有詠秋燕云：“觸我悲秋復傷别，伯勞東去汝西飛。”則令人黯然魂銷矣。

射 日 落 九 烏

趙甌北《題姮娥奔月圖》云：“彀率能摧九日精，何難射落月輪明？尚留桂館藏嬌地，此老當年也有情。”牽連比附，可發一噱。因憶楊升庵辨射日九烏云：“古傳言羿射日落，九烏最難射，一日落九烏，言射之捷。後世不得其説，遂以爲射九日。”高江村《天禄識餘》襲録之。此説雖鑿空，要自平允。又僧湛然《輔行記》云：“書云羿善射，堯九年洪水，七日並出，羿射落其六。”其説又歧，更涉荒誕。

九 月 並 出

周昭王時，九月並出，貫紫微之府，無何而王渡江溺死。今人知堯時之有十日，而不知周時之有九月也。

廣韻字原

同里黄佑堂同年，謀烈。留心小學，堆案仍几皆字學韻學之書，手披目耕，昕夕不廢。官儀曹時因有重修《佩文詩韻》之舉，曾覃思稽覈，補校成編，復依經考義，坿纂羣經補韻，備極精詳，上之宗伯。其於《説文》、《廣韻》，尤所究心，嘗謂今代楷書之文，莫備於《廣韻》，雖去篆隸已遠，非復倉籀之舊，然其省變之故，亦有所本，因撰爲《廣韻字原》一書凡四編。初編大旨謂六書之本，首在偏旁，而篆隸既更，筆畫互異，乃取《説文》部首之字，以校《廣韻》所收今隸，其同於《説文》者，知其原出許書，其異於《説文》者，則旁考汗簡、古文四聲韻及鐘鼎款識，而核其省變之由。二編大旨取《説文》之字以校《廣韵》所收今隸，其例與初編同，而兼採今本《周官》奇字，《爾雅》俗文，周、漢遺書，班、馬古字，雖與《説文》異，而見於六朝以前者，亦抉擇而互證之。至隸變隸省之字，則本諸《五經文字》、《九經字樣》，下及《隸釋》等書。所有重文正俗並列者，均區别之。鉤貫搜羅，悉有左證，較首編尤精博也。二編俱已裒然。餘如三編，大意考《廣韻》中正俗並收，一字而劃分二字異用者，録辨之，以明本體。四編大意取古今異義，段此廢彼，或互通互易，致失本義，彙集參校以徵，義有專屬，無致混淆。此二編條例雖備，而稿未全脱，蓋其大略如此。今世稱善治小學者，奉洨長之書如金科玉律，不知《説文》以前古籀之書，不必蓋同於《説文》；《説文》以後隸楷之變，不能盡繩以《説文》。今世楷書，於隸爲近，而隸變之初，所據篆字，尚在《説文》之前，是固不得以《説文》所未收者即斥爲譌、爲俗也。考篆字之原者多矣，若考楷字之原，則自此書始。

各省書局

粤捻平定以來，東南各省如江寧、蘇州、揚州、杭州、武昌、福州、成都、廣州，俱設書局，雕鏤羣籍，傳有用之書。福州僅刻《正誼堂全書》，旋即撤局；成都刻亦惟《史記》、兩《漢書》、《三國志》、《新五代史》耳。其最多者，首推粤省，次及楚北。以江浙、武昌五局合刻《二十四史》,數年尚未斷手,而廣東新會陳氏以一家之力刻成,其物力之裕可想,且其局刻大部尤多,如《十三經註疏》、《通志堂經解》、《古經解彙函》、《小學彙函》,皆開雕完善,藏板粤秀之山,而舊刊新購復有《皇清經解》、《知不足齋叢書》等版,蓋經史巨籍,大略備矣。刻手近亦精好,所翻胡刻《文選》,較楚尤工,惟紙差遜江浙一籌。武昌所刊諸經舊注,百家子書,率用善本覆刻,式極古雅。他如各處梓其鄉先正遺書,更復不少。瑞安孫琴西前輩之《永嘉叢書》,以逮《金華叢書》、《嶺南遺書》,均裒然斆然,風馳宙合,嘉惠士林,正復不淺。考自來書版之富,首推吾閩,麻沙書籍盛行宋、元間。明宣德時,胡濙因衍聖公孔顏縉市書福建之請,奏聞於朝,令閩有司依時值爲買紙摹印,工力亦官給之。弘治間,因許天錫奏建陽書坊被火,敕巡按提學將建陽書坊,大爲釐正。嘉靖間,因建陽書板字多訛謬,專設官第,於翰林春坊中遣一人往校,是故事刻書之盛,莫逾於麻沙。今閩刻寥寥,書局之役無續與者,安得振起修明,與列省並驅,俾書林生色也,行將矯頸俟之矣。

平寇紀載

穆廟臨御之初,區宇糜爛,曾不數年,稂莠芟薙,馴致蕩平,武功之盛,震礱隆古。事後歌頌聖武,紀載勳伐者簡輝册炳,不可殫縷。敕撰之書,則有《平定粤匪方略》、《平定捻匪方略》二書。私家記載則有曾文正公《大事記》、《吴中平寇記》、《平浙紀略》、《平定粤匪紀略》等書。而胡文忠公、曾文正公諸集,李方伯元度《國朝名臣事略》末後數卷多咸、同間功臣。左恪靖伯《奏議》,維軍門大春所刻。亦均敘一時攻守恢克之事,端牘莊誦,仰見兩宫及先帝廟算之略,知人善任之明。而諸公以數書生,支持天下大局,受鉞建閫,率能奔走郭、李,發縱韓、岳,收不世之勳而洗儒者迂疏寡效之誚,於戲偉矣!余每與陳鐵香比部論及,輒豎眉拊髀,浮白跳嘯曰:今而後,毛錐子可以敵兜鍪矣!

永樂大典

道光間,靈石楊氏連筠簃刊《永樂大典》目録并凡例六十卷,首載成祖文皇帝御製序，次載太子少保姚廣孝進書表，凡書二萬二千八百七十七卷，裝潢成一萬一千九十五册。按：明文皇命儒臣解縉等，萃祕閣書，分韻類載，以《洪武正韻》爲綱，每字之下，詳列各種書，或以一字一句分韻，或析取一篇，以篇名分韻，或全録一書，以書名分韻，割裂龐雜，與凡例不甚相應。初賜名《文獻大成》，復以未備，命姚廣孝等再脩，供事編輯者凡二千餘人。武進布衣陳濟亦與總裁之任，論者謂千古僅事。書上，改賜名曰《永樂大典》。因卷帙浩繁，將刻復輟，止録副墨藏之文樓，世廟甚寶重之，每有所疑，按韻索閱。三殿災，命左右趣登文樓出之，遂得不毁。又明年，乃選禮部儒士程道南等一百人，重録正副二本，命高拱、張居正校理，至隆慶初告成。《韻石齋筆談》云：重録副本時，謄寫者一百八人，每人日三葉，自嘉靖四十一年起至隆慶元年始告竣。仍歸原本於南京，其正本藏文淵閣，副本藏皇史宬。今所存者，惟文淵閣正本。國朝移藏翰林院庫，復移庋文華殿，僅殘闕二千餘卷。《日知録》所云全部皆佚，蓋傳聞之誤也。我朝修《四庫》書印行聚珍版時，就《大典》中裒輯排纂成編者甚多，元以前佚文祕册，持賴表章，殆古作者精神有以呵護之歟！全書將畀梨棗，固不易言，楊氏所刊目録，亦衹略存梗概而已。

古今圖書集成

國朝睿製敕撰諸書充溢内府，嘉惠士林，浩博無涘，爲歷代所未有，而其攬大全而稱極備者，尤莫如《古今圖書集成》一書。書出，聖祖仁皇帝御纂前有世宗憲皇帝御纂序，謹按：序文爲吾鄉先輩陳萬策奉敕所撰，先生《館閣絲綸》中亦編入。凡例四十七條，列爲六彙編：曰曆象，曰方輿，曰明倫，曰博物，曰理學，曰經濟。析爲三十二典：曆象則分乾象、歲功、曆法、庶徵，方輿則分坤輿、職方、山川、邊裔，明倫則分皇極、宮闈、官常、家範、交誼、氏族、人事、閨媛，博物則分藝術、神異、禽蟲、草木，理學則分經籍、學行、文學、字學，經濟則分選舉、銓衡、食貨、禮儀、樂律、戎政、祥刑、考工。其部六千一百九，其卷一萬，分門别類，廣羅羣籍，皆人間未見之秘，極策府最鉅之觀。書成，用銅字活版刷印，紙墨俱精善，惟是天上寶書，人間罕覯。當時賜藏武林、京口、邗江各書閣及頒賚鮑士恭、范懋柱、汪啓淑、馬裕四家，外獲覩者稀，生平所見惟都門廠肆中一部，完好如新，餘如甬上天一閣及同里一六淵海所藏兩部，俱殘缺不完矣。

侯官陳省齋夢雷時以編修奉命編輯《圖書集成》三千餘卷，見《福建通志》本傳。然據梁芷鄰中丞《歸田瑣記》云：吾鄉相傳《圖書集成》一書，成於陳省齋之手，實未核也。恭讀康熙六十一年十一月諭內閣九卿等，陳夢雷原係叛附耿精忠之人，皇考寬仁免戮，發往關東。後東巡時以其平日稍知學問，帶回京師，交誠親王處行走，累年以來，招搖無忌，不法甚多，京師斷不可留，着將陳夢雷父子發遣邊外。或有陳夢雷之門生平日在外生事者，亦即指名陳奏。陳夢雷處所存《古今圖書集成》一書，皆皇考指示訓誨，欽定條例，費數十年，聖心故能貫穿古今，彙合經史，天文地理，皆有圖記，下至山川草木、巨工製造、海西秘法，靡不備具，洵爲典籍之大觀。此書工猶未竣，著九卿公舉一二學問淵通之人，令其編輯竣事。原稿內有訛錯未當者，即加潤色增删，仰副皇考稽古博覽至意。據此則《圖書集成》之成帙，非省齋所能專其功，而省齋之負才跅弛，讀此亦可見其槩矣。

駢雅　駢雅訓纂

周櫟園云：西蜀楊升庵太史慎，著書至二百餘種，豫章朱鬱儀中尉謀㙔著書至一百二十種，當時曾未聞有茂陵之求。按：鬱儀以中尉理石城王府事，權埒郡王，然秉質端尚，束躬禮教，墐户讀書，絕粉黛絲竹紈綺鮮腆之奉，喜延接賢士，謙抑自下，加以天資穎異，流覽不忘，所著書必手自繕寫。據信州鄭仲夔胄司冷賞所紀，西山天寶藏書目凡一百十二種，已刻者有十五種，今所傳祇有《駢雅》、《易象通》、《邃古記》、《水經注箋》、《校正文心雕龍》、《古文》、《奇字輯解》、《古今異林元覽》八種。余家藏又止《駢雅》、《水經注箋》兩種。《駢雅》係舊鈔本。昔在都門，楊勰卿太史因家藏有昭文張氏刻本，舛午宜勘，彊余以鈔本見遺，兼以《駢雅訓纂》及《毗陵集》互易。比黃壽臣先生索購小學家書時，尚缺此種，屬爲蒐求，而是本已歸繐卿矣。《駢雅》一書，皆剌取周、秦、兩漢及六朝以上文字典奥確可依據者，間探唐、宋以來諸大部類書、諸家説部，足資考證，方爲甄録，依《爾雅》例分章訓釋，凡二十篇。其説以爲聯二爲一，駢異爲同，故以名書。徵引之繁博，文字之奥奇，實非捃拾殘剩者可比，足與升庵並爲有明一代著述之最。惟好剟幽隱，如藻井，以爲刻扉，提要非之，然藻井異義，實見于《御覽》一百八十八引《風俗通》刻扉之説，見《演繁露》卷十一，二説早與《文選》注異也。又謂都御史爲大司憲，詹事爲端尹，乃流俗之稱。考《文獻通考》卷六十及五十三所載，二名皆龍朔二年改。又見杜佑《通典》卷十九《職官一》，亦有所本，非俗稱也。

龍巖魏笛生先生茂林。劬書嗜古。道光間在都門與先大父交最密，筆札往來，輙無間晷，每有疑義，貽書往詢，裁答如響，落落十餘紙。其所撰著，如同館詩賦解題，每引注必詳稽來歷，絶非尋常稗販之比，洵足沾丐後人。至《駢雅訓纂》一書，辨訂詳慎，義例謹嚴，用心苦而用力周，尤爲鬱儀功臣。書分十六卷，盩厔路慎莊序中云：註古人書難注，鬱儀此書尤難翻閲，不博莫知出典，其難一；得其出典，或文偶不同，或義偶不類，則必别爲甄討，以歸於當，其難二；典有兩出，必探其先，語或相乘，必究其往，其難三；訓詁之學，必兼音切，音既多歧，宜衷一是，其難四；鬱儀所見之書，未必無一譌誤也，摘其譌誤，則有以勘正爲註者，其難五；近今流傳之本，未必即鬱儀所據也，迹其本源，則有以互讎爲註者，其難六；“答遝”之爲“小果”，“離支”之爲“茘枝”，名可入於《釋訓》，“夏屋”之爲“大俎”，“俾倪”之爲“車杠”，名可通於《釋宫》，擇焉不精，鮮不致混，其難七；一守宫也，槐以之稱，蝘蜴亦以之稱，一日及也，槿以之名，月氏牛亦以之名，語焉不詳，反以滋惑，其難八。有此八難，而先生心精力果，俱足以舉之，洵非率爾操觚者所能窺其萬一矣。

劉倬卿詩

同年劉倬卿儀部璋壽，同治癸亥，攜詩進都，稾積一寸，屬余删定。前有徐壽蘅師序,余爲題詞一首而歸之。因摘録其稿中淡雅深穩之句,附登于此。如《枕上口占》云:“攲枕覺思長,看燈怯膽小。終夜不成眠,雨聲聽到曉。”《春行》云:“名士丰儀三月柳,僧家富貴一春花。”《逾嶺》云:“風急澗争鳴,煙深林若失。”《題畫》云:“十里溪山入畫,數叢松竹成村。漁者倚舟孤岸,有人扶杖高原。”《秋月》云:“玉宇光寒應有露,銀河雲净欲無風。”《田家樂》云:“空庭木葉落,秋風倐已秋。今歲幸大稔,污邪兼滿篝。入室慰婦子,可無飢寒憂。知足乃不辱,飽煖復何求? 相彼中田鳥,亦有稻粱謀。呼羣啄餘粒,寡婦奚所尤? 稱情無物忤,適趣與天游。隨分得真樂,終日心悠悠。”“冬來雪亂飛,柴門獨自掃。僻居山林間,連日無人到。農功喜已畢,豆觴敦夙好。同侣來敝廬,舉手相慰勞。語言樸乃真,酬酢畧不傲。酒罷客共歸,主人亦醉倒。山妻强扶起,簷低每礙帽。兒童笑聲譁,疑聞凍雀噪。”《下山》云:“上山白雲扶,下山夕陽促。”《贈某廣文》云:“署無案牘官如隱,名動公卿道益尊。”《養蠶詞》云:“生怕今宵風雨冷,人憂花落我憂蠶。”《尋梅》云:“到處驢蹄堪細認,此心鶴夢已先知。”《歸東山》云:“遠岫莫分雲與樹,春天難辨雨兼晴。”《攜兒》云:“一番風信起,手捉豆花飛。”《舟抵莆陽》云:“忘却舟行二十里,舉頭多在荔陰中。”《紀事》云:“誰料四年三大旱,那堪十户九啼飢?”皆落落可誦。倬卿興化東山村人,其弟子傅砥人拔貢肇修,亦喜爲詩,稿尤倍之。

吕西村孝廉

同安吕西邨丈,世宜。字可合,晚號不翁,與先大父同登道光壬午鄉榜。生平嗜金石,精篆籀,分隸尤折三其肱。余未齔時,曾謁先生于陳雨丈家,古貌道氣,盎然可挹,見其擩豪伸紙,日作應酬書獨不懈,而及于古。後又讀先生所著書,其已刊者曰《愛吾廬文鈔》,則簡樸有法;曰《愛吾廬筆記》則多考核經義,發明小學,常有戛戛獨造之怡。其未刊者曰《古今文字通釋》,則剌取《説文》之字,有假借通用者,多採段氏注語及諸家之説、古碑之文而成;曰《愛吾廬題跋》,則評隲碑版,審正文字,與郭氏《芳堅館題跋》足相上下。蓋先生同時相善者,如周芸皋、凱。劉燕庭喜海。兩觀察俱分巡厦門,高雨農,澍然。郭蘭石尚先。兩先生俱主講玉屏,或善古文,或精金石,授受淵源,遠有傳緒,非鄉曲小生嚮壁虚造之比也。

不翁晚年嘗自作壙志,書以蠅頭小楷,刻於硯背,文曰:性戇直,不苟同於人,尤不顧人之是非,人曰然,翁或以爲不然,人曰可,翁獨以爲不可,故號曰"不翁"也。翁固貧以舌耕而嗜古如飢渴者之于飲食,遇古圖書、彝器、金石刻,奇書、妙畫、名硯、名印,必拮據致之。積四十載,凡得書若干,藏器若干。林樞北君弟小山愛之,贈以二千金,人爲翁喜。翁曰:"子謂我幸而得之,我蓋不幸而失之。我半生有用精神盡銷磨于此也。"人又以爲翁愚。翁年四十以隸名于時,其始人亦非笑之。翁弗聞,嘗自言所刻小字《四十九石山房帖》,大字《先君孝子碑》、《張玉田去思碑》,具得漢人意,必傳無疑,其自以爲是也如此。覬所習舉子業,輒不滿,曰不異人意,燬之,刻文鈔六十餘篇,筆記三卷貽人。人無有寓目者,翁哂曰:"是真不可時施也耶!"其不自知其非也又如此。病且篤,猶日以所著《古今文字通釋》十四卷、《題跋》一卷、《千字文通釋》四卷未刻,囑其友誠甫與其徒守謙,語剌剌不能休,翁殆九死而未悔者歟! 讀此志,可想見先生之志趣高尚,風雅自命矣。

先生賞爲林研香書四十九石硯銘,閱者疑爲古器物銘。復爲書《四十九石山房刻石》縮本,節臨秦、漢以來金石文字,凡五十餘種。字小如蠅頭,筆老如鐵錐。研香屬其弟墨香鐫諸石,眎褚氏《金石圖》、萬廉山刻《百漢碑研》,雖博富不逮,然少許勝多,簡而彌工,亦足以傳矣。

新訪古鐘

今年重九,獲晤楊止庭司馬鳳來。於鷺門。十年故人,病軀兩健,促膝高譚,盤桓永日。既索觀其所藏漢公孫弘鏡,手拓二通以歸,止庭復告余曰:泉、漳之間有三鐘,盍往諦觀,以廣眼福。一曰同安大輪山梵天寺隋鐘,唇厚二寸許,聲洪而遠,懸鐘木梁歷年不腐,上壓草屨,大盈兩尺,綰以銕繩,樓高且危。一曰厦門萬壽巖鐘，乃宋開寶六年林仁著鑄，永鎮薦福院，明萬曆中院廢于倭，磬没于土，仙遊樵者跡毫光得之，懸室中，不時自鳴，康熙間忠翊校尉陳大勳購置厦之萬壽巖，能知休咎，輙有靈異，道光間夷人擾厦，鐘先期鳴，會匪再擾，鐘復鳴，故吕西邨丈隸其楹曰“參天古木二千尺；出土神鐘八百年”云。一曰漳州南山崇福寺鐘，爲元延祐三年鑄，至六年乃刻銘，銘文三字成句叶韻，近南山寺雖蕪而鐘猶巋然，微有罅闕，每曉暮傳百八記，清音尚悠然于十里外也。余如其言，亟訪得之，俱不妄語，惟歸途經同安，向晚叩梵天寺架梯，然炬摩挱于危樓上，乃明洪武間所鑄，上有《心經》，字結體蒼勁有法，惜非隋代物也。嗒然自懟，歸語雪滄觀察、銕香比部，猶相與撫掌笑我癡云。

賣文錢

昌黎諛墓之金，皇甫酬碑之絹，賣文買米，此風已古。宋孫仲益每爲人作墓碑，得潤筆甚富，家因之饒。有爲晉陵主簿者父死，欲孫作誌銘，先達意云，文成縑帛、良粟各以千濡毫。仲益忻然落筆，且溢美之。既刻就，遂寒前盟，僅以紙筆、龍涎、建茗代其數作啓謝之。仲益恚甚，報之以詞，中有句云：“米五斗而作傳，絹千匹以成碑，古或有之，今未見也。”立道旁碣雖無媿詞諛墓中人，遂成虚語。吾郡學士家藉此濡管者，亦頗有霑潤。其最隆者爲題主，酬金每葬親必延搢紳家有重名者，爲題栗主。次則墓誌、壽序、慶弔文字，亦稍有酬報，顧不能厚也。因憶趙甌北有《醉時歌》云：“噫嘻乎！百尺之蟲一足獸，各自得食不嫌瘦。人間只有賣文錢，其技雖工計則謬。時來紙貴洛陽城，運去窗糊酒家牖。明知雞肋已無味，老去肯改花樣繡。昨見高門去請醫，或有誌銘來相救。”讀之令人失笑。

建寧詩文

建寧朱梅崖先生，以古文名乾、嘉間，吾里王遵巖、曾弗人兩先生而後一人也。而李古山祥賡，實得其指授。道光間，張亨甫際亮。又受教于古山，皆建寧人。亨甫則以詩鳴。陳恭甫前輩與人書云：如朱梅崖之文，張亨甫之詩，皆足以雄視天下者也。余贈亨甫之弟子李華山明經雲諧。詩云："梅崖文共松寥詠，布武期君鼎峙成。"

蘇詩補註

宋漳州黄學臯有補註東坡詩，王應山《閩土記》載其目。

閩中詩文總集

閩人不善爲名，自唐迄今，傳者寥落，惟賴總集以廣之，然編輯閩人詩文，亦僂指可數。今録所可記憶者於此：

《泉山秀句》唐黄滔編，凡三十卷，編閩人詩自武德至天祐。今佚。

《清源文集》宋真德秀編，西山先生守泉時纂泉州詩文七百餘篇爲此書。今佚。

《閩中十子詩》明袁表、張燮同編。十子者，林鴻、陳亮、高棅、王恭、唐泰、鄭定、王偁、王褒、周元、黄元也。

《晉安風雅》明徐熥編，凡十二卷，自洪、永迄萬曆總二百六十四人，皆福州一府之詩，詩分體各載里居出處，其例多仿高棅《品彙》，惟閨秀一門，另立伎女以别之。

《晉安逸雅》同上。

《閩南唐雅》明徐㶿編，費道用、楊德周等補編，凡十二卷，皆閩中唐一代之詩，自薛令之以下得四十人。

《潭陽文獻》明何喬遷編。

《閩詩正聲》明鄧原岳編。

《三山詩選》明陳元珂編。

《清源文獻》明何炯編，凡十二卷，所録皆泉州自唐至明詩文。

《閩中詩選》明林謹夫編。

《莆陽風雅》明周聞、林簡同編，計一百七十人詩五百六十首。

《莆陽文獻》明鄭岳編。《續莆陽文獻》國朝林向哲編。

《全閩詩》聞有五百餘卷，爲明徐興公、曹石倉諸公所編。

《樵川二家詩》國朝朱霞編，凡四卷。樵川，今邵武縣。二家者合宋嚴羽《滄浪集》、元黄鎮成《秋聲集》，附《滄浪詩話》。

《閩詩選》國朝林從直編。

《木蘭風雅》國朝林鳳儀編。

《嶺海叢編》、《嶺海文編》國朝鄭方坤編，俱未刊行。

《莆風清籟集》國朝鄭王臣編，凡六十卷，選興化一府自唐至本朝之詩凡三千餘篇，作者一千九百餘人，附《蘭陔詩話》。

國朝《全閩詩録》國朝鄭杰編，凡初集二十一卷續十一卷。

《冶南文藪》國朝陳壽祺編。

《泉山文獻》國朝葉晴峰編。

《晉水詩選》國朝陳雲鵬編。

《閩中文獻》國朝柯輅編。

《清源文獻續纂合編》同上。

《東南嶠外詩文鈔》國朝梁章鉅編。

《建寧耆舊詩鈔》國朝張際亮原輯，李雲誥等續編，同治三年刊。

《閩南唐賦》國朝林壽圖編。

《温陵詩記》國朝陳棨仁、龔顯曾同輯，皆泉州一郡詩，凡初編八卷自唐迄明，二編十二卷皆國朝，用活字版印行。

番　　錢

番錢之設，不始于近代也。考《漢書・西域傳》上罽賓國以金銀爲錢，文爲騎，幕爲人面。又烏弋國其錢獨文爲人頭，幕爲騎馬。又安息國亦以銀爲錢，獨爲王面，幕爲夫人面，王死輒更鑄錢。後世番錢之名本此。惟入中國既久，較前代尤盛行，比年價漸昂，不獨外省市用通行番錢日增，紋銀日希，即京師亦便於並行，惟江蘇之蘇州、松江、江寧、揚州、淮安各郡，用以貿易，較不容易。銀凡數式，曰老板，曰新板，曰廣板，曰土板，曰啞板，曰輕板，曰爛板，以次論價，甚至稍有疵瑕，亦必量減其值。蓋番錢行而中國朱提益見匙少矣。

萬安橋記

蔡忠惠《萬安橋記》石凡二段,一粗一細,人多致疑爲重刻。又石末有小字一行,爲公曾孫桓立石時所書,亦從來著録家所未載。陳鐵香《閩中金石略》嘗辨之曰:碑石前段粗,後段細,前段有横裂紋,而後段完好。二石筆法亦復不同,則當有一石爲重刻,固自無疑。考《閩書》云:"好事者謂外國夷人摹倣其書,勒粗石上,盗易其一。"是以前段爲重刻矣。孫鑛《書畫跋》跋云:嘉靖中遘倭患,石燬其半,土人取舊本摹補之,前一段仍舊刻也。楊賓《大瓢偶筆》亦云:"後段筆弱,石理亦細,應是重刻。"是以後段爲重刻矣。然外國盗易之説,何鏡山已斥爲"齊東野語",本不足辨,而《閩書》述洛陽里人劉宏實之言,謂幼時讀書祠下,嘉靖末祠燬於倭,亂碑離地四尺許,石理横裂,斜倚石垣,居久之,忽自端正,意有神物呵護。則碑之横裂斜倚,宏實尚親見而歷歷言之,豈有一石全燬爲鄉人摹補者,乃反不知耶?是孫氏、楊氏之説亦非確據,嘗摩挲石下,於後段石末得細字一行,題曰:曾孫奉議郎直祕閣提舉福建路市舶,賜緋魚袋桓立石,福唐上官石鐫。凡二十八字,爲自來所未拓,著録家亦無言及之者。案:桓以避欽宗諱,改名槱,宣和間任泉州市舶,旋知泉州,去橋成之日已六十餘年,不應忠惠所書至桓始爲立石,種種疑竇,殊難肊决。竊意忠惠立石之地,其時尚未有祠。《福建通志》謂其初□在橋下,又云橋趾低下,水至則没石梁。或碑在橋下,時□十年間,風潮剥蝕,已闕其一,逮蔡桓提舶因補所缺,移碑祠中,故石質筆勢不能盡符歟。若謂明人重刻,則斷不然。

天禄識餘

杭大宗跋高澹人《天禄識餘》云:侍郎置身石渠金匱,獲窺人間未見之祕。今觀其書,則笑牒言鯖,豈足當天厨一臠,因迹其所徵引辨説,半襲前人之舊,一二偏解,時有牴牾。不觀《左傳》註,妄謂窒皇爲冢前之闕;不觀《漢書》註,妄引《後漢紀》以證太上皇之名;不觀《水經》、《文選》兩註,妄詑金虎冰井以實三臺。按：三臺説本《五雜組》。不觀《地理通釋》，妄分兩函谷關爲秦、漢。其尤踳駁不可據者，"青雲"二字，莆田周方叔以爲有四解，乃遽以隱逸當之。按：青雲説本《丹鉛總録》。聚頭扇已見之金章宗詞詠，出《歸潛志》。乃謂元時高麗國始貢。銀八兩爲流，本《漢書・食貨志》，乃引《集韻》以爲創獲。八米盧郎既見之齊隋書，姚寬《叢語》云：蓋關中語歲以六米、七米、八米分上中下，言在榖取米，取數之多也。黄山谷、徐師川何嘗誤用，乃用元微之"八采詩成未伏盧"爲證，是知一未知二也。按：八米説見朱翌《猗覺寮雜記》。按：《天禄識餘》所引，皆勦襲説部，没其所出。如白暗黑暗，見《墨客揮犀》。客作兒，見《能改齋漫録》。二分竹、四韓五鬣辨章見《癸辛雜識》。鄉里齊斧見《西溪叢語》。《晝錦堂記》見《過庭録》。花蠟燭見《歸田録》。真膺醉如泥見《墨莊漫録》。《司馬叙引》見《老學庵筆記》。《綢繆記印》見《妝樓記》。傅近見《焦氏筆乘》。袈裟變童鬼名見《藝林伐山》。耳衣，射落九烏，抛堶，菩薩鬘，青雲揭，調魚米，黔首使者曰信，寧馨，泊薄同字，莔蘭字，岳鄂王謚，俱見《丹鉛總録》。一号，半面，破老，破舌，老子述而不作，澤草，芒種，墳墓字異，六么，葑田，禘袜，穭秜，古文八字四韻，説御規磨，蠻煙蜃雨，小説過所零丁，日昃曰映，鮑姑艾腹，背鶬鴰，蘭槐，周紂築壓，俱見《譚苑醍醐》。又竊九一條引陳留謝肇淛《五雜組》，譌爲陳肇淛。又有一條云：《周禮》漏下三刻爲商，商音"滴"，錢竹汀曾譏之，云文見《儀禮・士昏禮》，鄭注"日入三商爲昏"，疏云：商謂商量，豈可讀"三商"爲"漏滴"之"滴"？既誤以《儀禮》鄭注爲《周禮》，又妄改爲漏下三刻，是并《周禮》亦未嘗讀。高氏有文名而不讀書，故涉筆便誤，則信乎著述之難也。

滋蕙堂帖

惠安曾省軒先生恒德。守惠州時，曾摹勒《滋蕙堂帖》十二卷，頗極用意。省軒固善書，而鉤摹圓媚，尚乏古意，往往類自書如出一手。然我朝集帖殊少，此亦錚錚者矣。聞諸前輩，省軒因侵蝕帑項，追板没公，今嵌大内殿壁上云。

宋槧本説苑　元槧本古史

家藏宋槧《説苑》二十卷，每半葉九行，每行十八字，每卷首題“鴻嘉四年三月己亥護左都水使者光禄大夫臣劉向上”，末卷後題“咸淳乙丑九月”，有朱卧菴之赤收藏鑒賞圖章。宋槧宋印綿紙本，爲安溪榕邨李氏舊藏書。考顧千里《百宋一廛賦》，述宋本《新序》，黄蕘圃注引《新序》跋云：舊本《新序》、《説苑》卷首，開列“陽朔鴻嘉某年某月具官臣劉向上”一行，此古人修書經進之體式。今本先將此行削去云云。其説與此本合，確爲宋槧無疑。又藏元槧《古史》六十卷，密行細字，紙墨俱古，卷七後别行刊“左迪功郎衢州司户參軍沈大廉同校勘”，卷十六後别行刊“右修職郎衢州録事參軍蔡宙校勘兼監鏤版”。謹按，《天禄琳琅書目·元版門》列載此本，兼考之云：《兩浙名賢録》載，沈大廉，字元簡，瑞安人，宋建炎進士，歷遷樞密院計儀官，紹興更化拜監察御史，遇事敢言云云。是書爲明晉莊王鐘鉉藏本，有“晉府書畫”之印。

三百三十有三士亭

三百三十有三士亭在福州學使者院中，朱笥河先生所建。亭前有石三百三十三峯，每一石鐫諸生一人姓名，即其人所獻也。道光間，惠安孫惕齋明經經世。治漢學，所著説經之書甚富，陳碩士先生督閩學，以優貢攜之入都，輒語人曰：“吾歸裝得一孫惕齋，可敵笥河三百石矣。”

尹杏農侍御詩

桃源尹杏農侍御耕雲。以詩名，著《學求有用齋詩稿》，稿中《哀獨流》詩及前後詠史諸作，皆思遠憂深，空諸依傍。黄泲川丈每喜誦其“春明門内無風雨，日日笙歌奏太平”之句。

山伯、英臺墓

世傳山伯、英臺同穴事，丙寅在甬上，訪其墓于鄞縣四十里接待寺後。考

《十道四蕃志》云：梁山伯、祝英臺，二人少同學，比及三年，而山伯初不知英臺之爲女也，以同學而同葬云。

臺灣風異

戊寅四月二十一日酉刻，臺灣府城突遭怪風，黑氣瀰漫，莫辨形質，自西南挾雨而來，直撲郡城，由西門衝入巡撫行署，經頭二門掠過内廳等處，從署後西北隅圍牆出，越北城而去。一路屋瓦齊飛，古樹爲拔，署前照壁坍頹，旗杆倒折，悉成平地。署内房屋吹倒大半，其未倒者，亦桁柱欹斜，片瓦無存。西北兩面圍牆盡傾。署東箭道内，兵房倒塌及半，壓傷左翼練兵十六名。北城垛口摧坍十餘丈，城内外民房，當風過處多有倒壞，壓傷數十人，壓斃二人。其餘文武大小衙署，或瓦片微有吹損。見邸報。

照畫

泰西照畫之法，初祗映取物影而圖之於室中圍幕，以蔽日光，頂開一孔，隔以透鏡，上又斜覆一鏡，使物返照，即按影繪之。迨法人始用銀片，傅藥置箱，照物於上，以海草薰之。初視若無跡，復薰以水銀，氣影即顯露，再用黄�水洗之，跡始難滅。然常懸於風日間，影即易滅，閩不十年而漫漶模餬矣。嗣有照於玻璃復脱於紙上者，近更能仿照書畫及名人墨跡。嘗見縮照宋元拓本、法帖，神采奕奕，豪髮不爽，宛如真本。苟非影迹易滅，則奪真窮巧，較雙鉤摹勒者用力易而神氣肖，洵爲古今絶技矣。

校點後記

《亦園脞牘》,“亦園”系作者龔顯曾的齋名,“脞”爲小而繁之意,“脞牘”即細小繁雜的文牘。

龔顯曾(一八四一——一八八五),字毓沂,號咏樵,曾自號盥薇公子,祖籍晉江,世居泉州三朝里(今古榕巷)。出身於書香世家。祖父龔維琳,號春溪,授翰林編修。龔顯曾中進士并欽點翰林,泉州人譽爲“祖孫翰林”。

龔顯曾天資稟賦穎異,早年是同里舉人許祖涝(澄甫)的學生,深爲許贊賞。稍後與内兄陳棨仁(鐵香)、内弟陳棨儀一同拜告老回鄉的御史陳慶鏞爲師,攻研經學,旁及金石考據學。咸豐九年(一八五九),龔顯曾考中舉人。同治二年(一八六三),清穆宗開極恩科,龔顯曾中二甲進士,與張之洞等人同榜,授翰林編修。當時翰林院中的供奉文字多出自他的手筆。龔顯曾擅長古近體詩和駢文,是泉州晚清著名的詩人。他在咸豐九年與許祖涝、陳棨仁、黄梧陽等人組織桐陰吟社,并刊印《桐陰吟社甲乙編詩集》。

龔顯曾受老師許祖涝的影響,特别重視對泉州鄉邦文獻的搜集與整理。他平日只要見到本地先哲遺文,無論是專集或散在其他集子中的都予以輯録匯抄,精心整理。如他與陳棨仁合輯《温陵詩紀》,認真查閲了上百種有關資料,逐一考訂,存其精華,去其糟粕。《温陵詩紀》甄録了泉州一百十七家詩作。龔顯曾一生收集的歷代泉州人著述很多,有版本、鈔本等,經他整理校訂後鈐上“晉江龔氏校藏本”、“咏樵經眼”等印鑒,多爲珍本。

龔顯曾平日好讀書、著書,嗜好金石文字,一生留下了不少著作。至今傳世的有《亦園脞牘》、《温陵遺書》抄本、《薇花吟館詩存》、《龔顯曾叢抄》等。

《亦園脞牘》共八卷,收文凡二百二十一篇,屬隨筆雜記體。未分門别類,隨想隨寫，編輯時大致按寫作時間順序排列。篇幅長短不一，長者八百字許，短者僅三十來字。内容涉及山川地理、史迹人物、稽古索隱、金石篆刻、詩文楹聯、字畫古玩、版本甄别、風物掌故，乃至制造種植、風水堪輿，包羅萬象。同邑内閣中書楊浚序稱“足參正史”，陳棨仁序稱“上足以備熙朝之掌故，闡名哲之言行，次亦可與考據諸君剖分一席”。迄今仍頗具參考價值。爲學之精神，也堪爲後世式範。第四卷中有一條雜記，把施琅平臺説爲“平寇”，即把逐荷復臺的民族英雄鄭成功及其後裔視爲“寇”，殊爲不當。

編　者

二〇一八年七月